# 조커와 나

창비청소년문학 48

조커와 나

초판 1쇄 발행 • 2013년 1월 18일
초판 29쇄 발행 • 2025년 4월 18일

지은이 • 김중미
펴낸이 • 염종선
책임편집 • 이하나
펴낸곳 • (주)창비
등록 • 1986년 8월 5일 제85호
주소 • 10881 경기도 파주시 회동길 184
전화 • 031-955-3333
팩시밀리 • 영업 031-955-3399 편집 031-955-3400
홈페이지 • www.changbi.com
전자우편 • ya@changbi.com

ⓒ 김중미 2013
ISBN 978-89-364-5648-1 43810

# 조커와 나

김중미 소설집

창비

**차 례**

# 조커와

# 나

1

　"이것 봐라. 입학 사정관제밖에 없어. 일단 에듀팟에 가입을 하고 너희 학교에 어떤 봉사 동아리가 있는지 찾아보자. 내가 학부모 회의 가서 듣기로는 너희 스스로 동아리를 만들어서 교장 선생님 승인을 받아도 된대."

　나는 한 시간째 엄마의 말을 건성으로 듣고 있다. 고등학교 생활을 시작한 지 아직 두 달도 안됐건만 엄마는 벌써부터 내 대학 진학 계획으로 골머리를 썩이고 있다. 고등학교에 입학하자마자 치른 첫 모의고사 성적이 엄마의 밤잠을 뺏을 만큼 충격적이었기 때문이다. 그때부터 엄마는 입시 설명회란 설명회는 다 쫓아다니며 하루 종일 컴퓨터 앞에서 시간을 보냈다. 그래서 내린 결론이 입학 사정관제였다. 바뀐 대학 입시 제도를 분석해 본 결과 내가 2호선을 타고 다니는 대학에 가려면 그 방법밖에 없다는 것이다. 입학 사정관제로 가기 위해 내가 쌓아야 할 스펙 중 하나가 봉사 동아리 활동이었다. 엄마가 봉사 활동에 관심을 기울이기 시작한 것은 내가 중학교 2학년 때 전교생 앞에서 모범상을 받은 뒤였다. 엄마는 아직까지도 거실에 걸어 놓은 모범상장을 보며 아까워한다.

"왜 중학교 때 수상 경력은 도움이 안 되나 몰라. 교육감상 정도면 정말 좋은 스펙이 될 텐데…… . 너희 고등학교에는 특수 학급 없니?"

나는 더는 참지 못하고 벌떡 일어나 내 방으로 들어왔다. 엄마가 쫓아와 방문을 두드리고 언성을 높였지만 귀를 막아 버렸다.


내일은 정우가 떠난 지 일 년이 되는 날이다. 정우는 없는데 나는 정우 덕분에 받은 상장을 가지고 내 미래를 계획하고 있다. 그래도 되는 걸까?

그때 전화벨이 울렸다. 영기였다.

"어, 오랜만이다."

"잘 지냈어?"

"응. 넌?"

"난 죽을 맛이다. 남녀 공학인데 연애했다간 퇴학이래."

유난히 여자에 관심 많던 영기다운 말이다.

"선규야, 내일이 정우 기일이더라."

뜻밖이었다. 영기가 먼저 정우 이야기를 꺼낼 줄은 몰랐다. 정우가 떠난 뒤, 영기는 물론이고 그 누구도 정우에 대해 말을 한 적이 없다. 물론 나 역시 마찬가지였다.

"기억하고 있었네?"

"갑자기 생각났어. 우리 참 잔인한 것 같아."

나는 영기의 말뜻을 이해할 수 있었다.

"그러게."

"선규 넌 내일 추모원 가나 해서……."

나는 잠깐 망설이다 물었다.

"갈까? 우리."

"그러자. 다른 애들 중에는 갈 사람 없겠지?"

"아마도."

전화를 끊었다. 내가 누구와 문자를 나누고 통화를 하는지 일일이 꿰뚫어야 직성이 풀리는 엄마가 문밖에서 소리쳤다.

"누구야? 어딜 간다는 거야?"

엄마 귀에는 보청기라도 달린 걸까? 어떻게 방문 밖에서도 그 말을 알아들었을까? 나는 더 실랑이하기 싫어 말했다.

"영기야."

영기란 말에 엄마의 목소리가 부드러워진다.

"아, 국제고 간 애? 근데 걔랑 어딜 간다는 거야?"

"그냥 이야기 좀 하재."

엄마가 방문을 두드리며 말했다.

"내가 내일 외출 허락해 줄게. 일단 하던 얘기나 끝내자."

"나중에. 나중에 해."

나는 방문을 잠그고 책상에 앉았다. 그리고 컴퓨터 내 문서 폴더에 넣어 두었던 정우의 일기장 파일을 열었다. 정우 엄마한테 USB를 전해 받아 컴퓨터에 저장했지만 일기를 볼 자신이 없었다. 몇번을 볼까 말까 망설이다가 일기 파일을 닫은 뒤 나는 정우에 대한 기억도 닫았다. 교실 맨 뒤에 있던 정우의 자리는 재빨리 치워졌고 나뿐 아니라 다른 아이들도 곧 정우를 잊었다.

그런데 나는 정우를 잊은 게 아니라 내 기억 서랍 맨 밑 구석에 넣어 두었을 뿐이었다. 다른 기억을 꺼내려 서랍을 열었다가 정우의 기억 한 자락이라도 보이면 서둘러 서랍을 닫았다. 나는 여자아이들처럼 괜히 감상에 젖어 눈물 바람을 하고 싶지 않았고, 이미 떠난 친구의 기억에 매달려 우울해 있고 싶지도 않았다. 정우는 중학교 시절 만난 반 친구 중 하나였을 뿐 내게 그다지 특별한 존재가 아니라고 생각했다. 그런데 이상하게도 늘 마음 한구석이 묵직

했다. 친구들과 축구를 하다가도, 신나게 놀다가도 어느 순간 스스로 묻고 있었다. 내가 이렇게 즐거워도 되나? 이렇게 행복해도 되나? 그게 정우 때문이라고는 생각하지 않았다. 그런데 어느 날 문득 내가 거실 한쪽 벽면에 걸려 있는 모범상장만 보면 기분이 언짢아진다는 걸 느꼈다. 평소에는 의도적으로 그쪽으론 눈길조차 주지 않는다는 것도 깨달았다. 그리고 고등학교에 입학하고 새로운 친구들을 만날 때마다 자꾸만 정우가 들어 있는 그 기억 서랍이 신경 쓰였다.

나는 그 서랍을 열기로 했다.


2

정우의 일기는 내가 정우를 만나기 바로 전날부터 시작되었다.

2009년 3월 1일

노트북이 생겼다. 외삼촌이 사 주셨다. 이제부터 일기를 열심히 쓸 거다. 외삼촌이 작가가 되려면 일기를 열심히 써야 한다고 하셨기 때문이다.

2009년 3월 2일

"야! 패스다, 패스."

"정우야, 받아."

"오케이, 형!"

나는 형이 몰고 오다 차 준 공을 받았다. 그리고 상대편 수비들을 잽싸게 물리치고 골대 앞에서 힘차게 공을 찼다.

"골인! 골인!"

나는 팔을 높이 들고 초록색 잔디 위를 달렸다. 그리고 내 쪽으로 달려오는 형을 만나 얼싸안았다. 그다음에 형과 나는 손가락으로 브이 자를 만들어 흔들면서 축구장을 한 바퀴 돌았다. 사람들이 다 박수를 쳐 주었다. 같이 뛰던 선수들이 우리한테 막 달려오더니 갑자기 형을 들었다. 난 다른 선수들이 형을 헹가래 쳐 주려는 걸로 알았다. 그런데 갑자기 누군가가 "비켜!" 하고 소리를 치더니 다 같이 뒤로 물러섰다. 형은 허공에서 땅바닥으로 곤두박질쳤다. 형의 몸이 다 부서져 버렸다. 나는 형을 소리쳐 불렀다.

"형! 형!"

그런데 어디선가 막 웃는 소리가 났다. 정신을 차리고 보니 학교였다. 사회 시간에 잠이 들었던 것이다. 아이들은 막 발을 구르며 웃었다. 뭐가 그렇게 재미있는지 창피해서 죽고만 싶었다. 다행히 사회 선생님이 선규더러 나를 밖으로 데리고 나가라고 해 주셨다. 선규는 내게 악몽을 꾼 것 같다며 따뜻하고 부드러운 말로 위로해 주었다. 선규의 목소리는 낮으면서도 비음이 약간 섞여 있어 매력적이다. 나는 선규의 위로가 무척 기분 좋았다. 선규 말을 듣고 보니 그것이 현실이 아닌 꿈인 게 다행이다. 형이 허공에서 떨어져 죽은 게 사실이라면 너무 무섭다. 그런데 그 뒤로 자꾸 내 머릿속에는 파란 잔디밭을 뛰어다니던 내가 떠올랐다. 꿈에서 내 다리는 잘 달리는 튼튼한 다리였다. 그러나 현실에서는 딱딱하게 굳어 움직이지 않는다. 발가락 하나도 내 마음대로 안 된다. 안으로 굽은 발목, 휘어져 뒤틀린 발등. 이런 걸 보면 다시 꿈으로 돌아가고 싶다.

수업이 끝나고 현관 앞에서 장애인 이동 차를 기다리다가 선규가 친구들이랑 축구 하는 걸 봤다. 선규는 정말 잘 뛰고 몸이 빠르다. 선규가 드리블을 할 때는 공을 잘 안 빼앗기고, 남들이 드리블할 때는 잽싸게 공을 뺏는다. 선규는 자기가 골을 넣는 것보다 패스해 주는 걸 좋아한다. 선규의 드리블 솜씨는 예술 같다. 나는 내가 선규라고 생각하면서 축구 구경을 했다. 참 재미있었다. 나는 선규가 참 좋다. 정말 좋다. 선규랑 짝이 돼서 참 다행이다. 선규가 내 도우미가 아니라 친구라면 얼마나 좋을까? 그러나 나는 친구가 되어 줄 수 없다. 선규에게 해 줄 수 있는 것이 아무것도 없기 때문이다. 그래서 몹시 슬프다.


내가 정우를 처음 본 것은 중학교 입학식에서였다. 삼백오십 명의 신입생 중 휠체어를 탄 아이는 정우 한 명이었기 때문에 눈에 확 들어왔다. 신입생은 누구나 교복 입은 모습이 어색하기 마련이지만 정우는 좀 더 심했다. 군청색 교복에 유난히 하얗고 큰 얼굴이 도드라져 보였다. 특수반 도우미 선생님과 함께 줄을 선 정우는 바로 옆 반이었다. 나는 정우가 우리 반이 아니라서 다행이라고 생각했다. 특별한 이유가 있었던 것은 아니다. 그냥 휠체어를 탄다는 사실 자체가 부담스러웠다. 1학년 때는 바로 옆 반인데도 딱 한 번 화장실에서 봤을 뿐 그 뒤로는 만날 수 없었다. 아니, 그 한 번의 기억이 너무 부끄럽고 아팠기 때문에 이정우란 아이와 마주칠 일을 만들지 않았는지도 모르겠다.

정우를 다시 만난 건 같은 반이 된 2학년 때였다. 선생님은 정우가 휠체어 사용을 편하게 하도록 교실 맨 뒤에 앉혔고, 하필 맨 뒤에 앉았던 내가 짝이 되었다. 그리고 그날 담임 선생님이 정우의 도우미를 뽑았다. 정우를 바로 옆에 두고 시치미를 떼는 것이 찔려 마지못해 손을 들었다.

"우와, 대단한데! 이선규 짱!"

아이들은 장난스럽게 요란을 떨었다. 1교시가 끝난 뒤 정우가 들릴락 말락 한 목소리로 말했다.

"고마워."

정우 도우미로서 내가 할 일은 수학, 영어 시간에 정우를 특수반에 데려다 주고 데려오기와 점심시간에 식당까지 데려다 주고 데려오는 거였다. 특수반에는 특수반 선생님과 보조 선생님이 있었고, 식당에서도 도우미들이 보조를 해 주었다. 그리고 정우가 갑자기 화장실에 가고 싶다고 할 때는 잽싸게 특수반 도우미 선생님이 계신 1층까지 데려다 주어야 했다. 딱 거기까지가 내 역할이라 힘들 것이 하나도 없었다. 다만 쉬는 시간이 줄어드는 것은 좀 걸렸다. 아무리 친한 친구들이 많다 해도 쉬는 시간에 같이 어울리지 못하면 서먹서먹해지고 축구나 농구를 하는 팀에서 빠질 위험이 있었다. 그래서 나는 다른 친구들과 관계를 유지하기 위해 점심시간이나 방과 후에는 꼭 축구나 농구를 했다.

반 아이들은 대체로 정우한테 별 관심이 없었다. 정우와 1학년 때 같은 반이었던 아이들 중 몇몇은 정우한테 지린내가 난다고 이맛살을 찌푸릴 때가 있었지만 정우가 느낄 정도로 내색하진 않았다.

정우를 알기 전에는 근육병에 대해 몰랐다. 정우의 도우미가 되겠다고 자청하고도 정우가 왜 휠체어를 타야 하는지에 대해서는 궁금해하지 않았다. 그런데 정우를 데리고 특수반에 간 첫날 특수반 선생님이 내게 자그마치 열 장이나 되는 복사물을 주며 말했다.

"정우가 앓는 병은 듀센형 근이영양증이야. 이 글을 보면 정우를 돕는 데 도움이 될 거야."

내가 복사물을 읽고 대충 이해한 '듀센형 근이영양증'은 근디스트로피라고도 하는 희귀병이었다. 근이영양증은 근육이 점점 마비돼서 심장 근육까지 마비가 되는 병이었다. 보통 스무 살쯤에 사망하는 경우가 많고, 모계 유전이라 형제들에게 모두 발병할 가능성이 있었다. 정우의 형도 정우와 똑같은 병으로 집에 누워 있다는 것도 알게 되었다. 정우의 병에 대해 읽고 나서 오히려 너무 쉽게 도우미를 자청한 건 아닌지 후회되었다. 정우는 학교 수업을 잘 따라가지 못했다. 수학이나 영어는 아예 특수 학급에 가야 하니 제쳐 놓고라도 사회나 국어 수업 시간조차 멍하니 있는 때가 많았다. 선생님이 칠판에 써 주는 것을 열심히 흉내 내 쓰기는 하지만 글씨는 괴발개발이고, 수업 내용을 다 이해하지도 못하는 듯했다.

정우는 특수반 학급 문고에 있는 동화책을 가져다 읽었다. 내가 초등학교 때 읽었던 책이 있어 가끔 알은척을 해 주면 무척 좋아했다. 하루는 도덕 시간에 자기 꿈은 작가라고 수줍게 고백했다. 자기가 스무 살 넘어서까지 살게 된다면 동화 작가나 드라마 작가가 되고 싶다고 했다. 특수반 선생님은 가끔씩 내게 정우와 좋은 친구가 되어 주어 고맙다고 했다. 그러면서 정우에게 말을 많이 시켜 달라고 부탁했다. 나는 좋은 친구라는 말이 늘 걸렸다. 왜냐하면 나는 그저 정우의 도우미라고만 생각하고 있었기 때문이다.

정우는 근이영양증 때문에 척추가 오른쪽으로 휘어지고 엉덩이에 살이 거의 없었다. 그런데도 하루 종일 휠체어를 타고 똑같은 자세로 앉아 있어야 하는 형편이라 다른 사람들이 정우의 자세를 조금씩 고쳐 주어야 했다. 내가 정우의 겨드랑이에 손을 넣어 몸을 들면 옆에 있는 아이들이 한쪽으로만 눌린 정우의 방석을 바꿔 주었다. 정우는 그때마다 늘 표정이 없었다. 정우는 내게도 자기표현을 잘 하지 않았다. 그래서 감정도 없는 아이처럼 보였다. 가끔 궁금했다. 정우가 자기 병에 대해 어떻게 생각하는지, 병에 대해 얼마나 알고 있는지. 그러나 그런 걸 묻는 건 정우에게 고통스러운 일이 될 듯해 물을 수 없었다.


3

2009년 3월 21일

셔틀버스가 우리 집 골목 앞에 서고 문이 열렸을 때 나는 슈퍼 옆 화단에 핀 노란 민들레를 보았다. 요 며칠 날씨가 무척 따뜻하더니 노란 민들레꽃이 활짝 피었다. 엄청 반가웠다. 휠체어를 버리고 거리를 막 걸어 다니며 봄을 느끼고 싶은 충동이 일 정도였다. 기사님의 도움을 받아 보도 블록 위에 내려왔는데 엄마가 보이지 않았다. 기사님이 할 수 없이 집까지 데려다 주셨다. 나는 이런 일이 있을 때가 가장 싫다. 내게도 전동 휠체어가 있다면 얼마나 좋을까? 그렇다면 이런 도움 따위는 받지 않아도 될 텐데……

집에 들어왔는데 형이 자꾸 엄마를 불렀다. 요즘 형은 짜증이 심해졌다. 엄마와 형은 자주 다툰다. 서로 짜증스러운 목소리로 싸우는 엄마와 형이 지겨울 때도 있다. 그런데 저 모습이 나의 미래가 될 수도 있다. 그래서 무섭다.

형이 거의 우는 소리로 엄마를 불렀다. 아무래도 기저귀 때문인 거 같았다. 나는 엉덩이로 기어서 형 방까지 갔다. 어렵게 방문을 열자마자 지린내가 진동을 했다. 형은 오래달리기를 한 것처럼 숨을 몰아쉬며 몸을 옆으로 움직여 달라고 했다. 내가 형 팔이랑 옆구리를 잡아 좀 들어 줬다. 나무토막에 걸쳐 입힌 것 같은 속옷에 얼룩덜룩 피와 고름이 묻어 있었다. 형은 욕창 때문에 고생이다. 엄마가 날마다 소독을 시켜 주고 목욕도 자주 해 주지만 낫질 않는다. 형이 나를 흘낏 보더니 숨을 크게 몰아쉬며 말했다.

"정우야, 있잖아. 저 닌텐도 너 가져. 그리고 저 크레파스랑 색종이도 다 가져가."

그것들은 형이 무척 아끼는 것들이다. 형이 아직 엎드려 있을 수 있을 때 형은 주로 그림을 그리고 색종이로 모양을 만들어 오려 붙이며 놀았다. 그러나 그것마저 못하게 된 지도 몇 년이 지났다. 그래도 형은 내가 형 크레파스나 색종이에 손대는 걸 싫어한다. 그런 형이 나더러 그 물건들을 다 가지라고 하니 덜컥 겁이 났다. 언젠가 텔레비전에서 사람이 안 하던 행동을 하면 곧 죽는다고 했던 이야기가 생각났다. 그래서 겁이 나 죽겠는데 형은 자꾸 자기가 보는 데서 물건을 챙기라고 했다. 나는 형이 쓸 리 없는 빛바랜 색종이 묶음과 크레파스만 가져가고 외삼촌이 사 준 닌텐도는 나중에 가지고 가겠다고 했다. 그런데 형이 막 짜증을 냈다. 나는 할 수 없이 닌텐도도 챙겼다.

엄마가 한의원에서 침을 맞고 와서는 짜증 내는 형과 또 싸웠다. 엄마가 오늘따라 형한테 너무 많이 화를 내는 것처럼 보였다. 갑자기 그런 모습이 슬퍼서 눈물이 나왔다.


그즈음 정우는 수업 시간이나 쉬는 시간 내내 최신형 닌텐도를 가지고 만지작거렸다. 그때만 해도 닌텐도 DSI를 가진 아이들이 많지 않았을 때라 걱정이 돼서 말했다.

"정우야, 그거 말이야. 애들 보는 데서는 가지고 놀지 마."

정우가 고개를 갸웃거렸다.

"그거 애들이 다 탐내는 거잖아. 혹시 조커라도 보면."

그러자 정우가 말했다.

"조커? 괜찮아. 비겁한 새끼."

나는 정우 입에서 욕이 튀어나오는 걸 듣고 깜짝 놀랐다. 정우는 내 말에 아랑곳하지 않고 게임기를 가지고 놀았다. 선생님은 정우가 수업 시간에 무엇을 하든 그냥 내버려 두었다. 그것이 정우에 대한 배려인지 아니면 무관심인지 늘 헷갈렸다. 언제나 자기만의 세계에 빠져 있는 정우를 보면 바다 한가운데의 외딴섬처럼 느껴졌다.

아니나 다를까 정우가 닌텐도를 가지고 다니기 시작한 지 얼마 안 돼 조커가 정우에게 시비를 걸었다.

"야, 애인, 닌텐도 좀 보자."

애인은 조커가 정우를 부르는 말이었다. 장애인이라는 말을 그렇게 줄여 불렀다.

"싫어."

정우가 닌텐도를 책상 밑으로 내리며 고개를 저었다.

"싫긴, 이리 내 봐. 그거 DSI라며?"

"안 돼. 내 거야."

"네 건지 누가 몰라? 그냥 한번 보자고. 그거 완전 최신 아니냐? 그거 어떻게 샀어? 인터넷으로 샀냐?"

정우가 대답도 않고 고개를 숙이고 있자 조커가 정우의 정수리를 손바닥으로 내리쳤다.

"주제에 개기냐?"

조커가 한 손으로 정우의 목덜미를 휘감고 다른 손으로 닌텐도를 빼앗았다.

"이 씨발놈아, 내 거야. 내놔."

정우가 소리를 치자 조커가 갑자기 정우의 휠체어 등받이를 뒤로 젖혔다. 그렇게 하면 정우가 꼼짝하지 못한다는 걸 아는 조커는 걸핏하면 정우를 그렇게 눕혀 놓고 괴롭혔다.

"뭐? 씨발놈? 이제는 정신까지 마비됐냐?"

조커가 닌텐도로 정우의 뺨을 툭툭 쳤다. 정우가 울음을 터뜨렸다. 그러나 아무도 섣불리 말리지 못했다. 나 역시 자리에서 일어났을 뿐 선뜻 조커에게 다가가지 못했다.

"야, 조혁, 그건 진짜 아니야. 그만해!"

큰 목소리의 주인공은 반장이었다. 조커가 멈칫하더니 정우의 휠체어를 세우며 말했다.

"그냥 한번 보려고 하는 건데 이 새끼가 도둑 취급 하잖아."

"장난 좀 그만 쳐."

반장이 한심하다는 투로 말하자 조커는 슬그머니 정우를 때리던 것을 멈췄다. 조커는 자타가 공인하는 우리 반 일진이지만 반장한테는 잘 맞서지 않았다. 반장은 전교에서 1, 2등을 다투는 모범생일 뿐만 아니라 어려서부터 검도, 유도 같은 운동을 해서 몸이 무척 단단했다. 조커가 반장 눈치를 살피는 걸 보면 아니꼽기 짝이 없다. 조혁이 조커란 별명을 갖게 된 것이 언제부터인지는 모른다. 영화 「다크 나이트」에 나오는 악당 조커와 외모가 비슷해서 누군가가 부르기 시작했거나 아니면 이름 때문에 생긴 별명일 수도 있다. 조커란 별명은 조혁에게 딱 어울렸다. 은근히 그 별명을 즐기는 것 같았다. 조커는 아침에 복장 단속을 하기 위해 교문 앞에 서 있는 선도부 중에서 특히 눈에 띄었다. 키가 유난히 크거나 몸집이 좋은 아이는 아니었지만 왠지 모르게 함부로 할 수 없는 분위기가 풍겼다. 1학년 때 조커와 같은 반이었던 아이들 말로는 조커가 힘이 세지는 않지만 한번 화가 나면 물불 안 가리는 데다 뒤끝이 오래가 친구들이 함부로 건드리지 않는다고 했다. 조커는 체육 선생님을 비롯해 무서운 선생님들한테는 남자답고 유머 있는 아이로 통했지만 여선생님들한테는 수업 분위기를 흐트리는 짓궂은 아이였다. 조커는 선생님들이 보지 않는 데서 정우처럼 약한 아이들을 괴롭혔다. 그리고 언제나 장난일 뿐이라고 변명했다. 어쩌다 조혁이 휘두른 주먹에 맞아 코피가 나도 그건 재수가 없는 경우일 뿐이었다. 조커가 체육복을 가져가서 정작 주인은 교복을 입은 채로 체육 시간에 나가 벌을 서도 좀 많이 재수 없는 일이었다. 그런 모습을 볼 때마다 화가 치밀었지만 나 역시 한 번도 조커에게 '하지 마.'라고 말하지 못했다. 조커를 무서워한 것은 아니었지만 왠지 조커에게는 정색하며 하지 말라고 할 수 없는 그런 분위기가 있었다.

조커는 반장 때문에 더는 정우를 괴롭히지 않았지만 게임기는 돌려주지 않았다. 정우는 눈물이 그렁그렁 맺힌 눈을 내리깔고 아무 말도 하지 않았다. 정우를 특수반에 데려다 주기 위해 밖으로 나오는데 조커가 한 번 더 쐐기를 박았다.

"야, 애인, 너 특수반 선생한테 이르면 죽는다. 이선규, 너도 마찬가지야."

정우가 울음을 그쳤다. 정우의 하얀 얼굴이 더 창백해졌다. 정우는 엘리베이터에 타자 나를 올려다보며 말했다.

"미안해. 나 때문에……."

정우의 말에 뜨끔했다. 정우가 맞는데도 조커의 서슬에 겁을 먹고 얼어붙어 있었던 나한테 미안하다니 얼굴이 확 달아올랐다. 그날 조커는 수학 시간에 정우 게임기를 가지고 놀다 담임 선생님한테 걸려 게임기를 빼앗기고 말았다. 조커는 특수반 교실에서 돌아온 정우를 보고 아무렇지도 않게 말했다.

"미안하게 됐다. 내가 나중에 찾아다 줄게."

2009년 3월 22일

오늘은 학교에서부터 재수가 없었다. 어제 형이 준 닌텐도를 조커 새끼가 뺏어 가더니 담임한테 뺏겼다. 선규는 나더러 왜 닌텐도를 꺼내서 뺏겼느냐고 했다. 다른 애들도 다 게임기 가져와서 한다. 그런데 나한테만 게임기를 가지고 오지 말라고 해서 자존심이 상하고 기분도 나빴다. 조커가 내 닌텐도를 빼앗아 갈 때 아무도 내 편을 안 들어 줬다. 선규는 조커보다도 키가 크고 운동도 잘한다. 그런데도 조커한테 아무 말도 하지 않는다. 다른 애들도 다 그렇다. 아이들은 조커를 무서워하는 것 같다. 어떤 아이들은 뒤에서 조커를 욕하기도 한다. 나는 하루 종일 같은 자리에 있어서 아이들이 하는 이야기를 다 듣는다. 어떤 애들은 내가 있는데도 내가 없는 것처럼 비밀 얘기를 한다. 조커를 욕하는 애들도 마찬가지다. 애들은 내가 귀도 없고, 생각도 없는 줄 아나 보다. 애들은 조커가 학생부 선생님 백만 믿고 애들을 괴롭힌다고 말한다. 그러면서도 조커 앞에서는 아무 말도 못 한다. 선규도 마찬가지다. 내가 선규 정도로 키가 크고 힘이 있으면 조커가 센 척할 때 선방을 날릴 것이다. 나보다 힘도 세고 아픈 데도 없고 뭐가 잘못된 건지, 맞는 건지 다 알면서도 조커한테 꼼짝 못 하는 애들은 왜 그런 걸까? 다 바보다. 다 비겁하다.

4

    목련꽃이 활짝 피고 벚꽃 꽃망울이 막 터질 무렵이었다. 정우가 학교에 오지 않았다. 조회 시간에 담임 선생님한테 정우 형이 죽었다는 말을 전해 들었다. 머릿속이 하얘졌다. 가족이 죽는다는 건 어떤 느낌일까? 더욱이 같은 병을 앓던 형이 죽었다는데 정우는 어떨까? 상상이 되지 않았다. 담임 선생님이 말했다.

    "내일 정우가 오면 선규 네가 위로 좀 해 줘라. 특수반 선생님께서 너 덕분에 정우가 많이 밝아졌다고 하셨거든. 선생님도 정우를 위해 해 줄 수 있는 게 없어서 참 속상하다."

    내가 정우에게 해 줄 수 있는 일이 무엇이 있을까? 나는 애써 우리 형이 죽는다면 어떨까 상상을 했다. 형이 죽으면 엄마는 나와 형을 비교하는 걸 그만둘까? 하지만 형이 죽으면 나는 당장 고민을 털어놓을 사람이 사라진다. 형이 죽으면 같이 찜질방에 갈 사람이 없어진다. 형이 죽으면 공부, 공부 하는 엄마 곁에서 공부가 다가 아니라고 내 편을 들어 줄 사람이 없어진다. 형이 죽으면 집에서 같이 게임을 할 사람도, 먹을 것을 가지고 싸울 사람도, 일요일 아침에 함께 농구를 하러 갈 사람도 없어진다. 형이 죽는다는 것은 내가 감당할 수 없는 슬픔임이 분명하다.

2009년 4월 11일

형이 하늘나라로 갔다.

엄마랑 외삼촌이 형을 데리고 나갔다.

엄마가 나간 뒤 사방에서 바람 소리가 들린다. 집에 구멍이 난 것 같다. 봄인데도 너무 춥다. 생각해 보니 내 마음속에 구멍이 뚫려서 그런 거 같다. 마음속에 구멍이 뚫릴 거면 차라리 내 몸 구석구석 구멍이 뻥뻥 나서 내 몸이 바람 빠진 풍선처럼 되면 좋겠다. 그래서 내 몸이 껍질만 남았으면 좋겠다. 생각을 안 하려고 해도 자꾸자꾸 형이 죽은 모습이 떠오른다. 형을 보지 말았어야 했다. 엄마가 형에게 인사를 하라고 했지만 나는 들어가고 싶지 않았다. 하지만 그러면 후회할 것 같았다. 형 방에 들어갔다. 지린내와 소독약 냄새가 뒤엉켜 고약한 냄새가 났다. 형은 팬티만 입은 채 이불 위에 누워 있었다. 갈비뼈가 다 드러난 형의 몸은 어깨부터 골반까지 빨래를 한 번 비틀어 짠 것처럼 휘어져 있다. 그래서 왼쪽 다리는 늘 오른쪽 무릎 위에 올라와 있다. 뼈만 앙상하게 남아 뒤틀어진 몸 때문인지 머리가 무진장 커 보였다. 오토바이 헬멧처럼 덥수룩해진 머리카락과 하얀 얼굴만 눈에 들어왔다. 엄마가 말했다.

"정우야, 형한테 인사해라. 숨은 놓았지만 아직 다 들린단다."

형 손을 잡았다. 형의 손은 딱딱한 뼈만 만져졌다. 하얀 살갗은 뼈를 감싼 포장지처럼 느껴졌다. 나는 형한테 뭐라고 해야 할지 떠오르지 않았다. 그냥 눈물만 나왔다.

외삼촌이 왔다. 외삼촌이 물었다.

"언제 간 거야?"

"한 시간 전에. 내가 마늘 깐 거 갖다 주고 왔더니…… 어제 밤새 짜증 내면서 이리 눕혀 달라, 저리 눕혀 달라 해서 혼을 냈더니…… 며칠 제대로 먹지도 못했는데 아침에 죽을 끓여 줬더니 한 그릇을 다 먹더라고."

외삼촌은 엄마 말을 들으며 눈물을 흘렸지만 엄마는 울지 않았다. 엄마가 무서웠다. 언젠가 엄마가 말했다. 이제는 흘릴 눈물이 없다고. 그래도 형이 죽었는데……. 엄마는 울음을 참는 걸까? 아니면 슬프지 않은 걸까? 엄마는 형이 갈 때가 다 된 것 같다고 말했었다. 저번에 외삼촌이 왔을 때 그랬고, 이모가 왔을 때도 그랬다. 나도 알고 있었다. 언젠가 나도 형처럼 그렇게 죽을지 모른다. 그때 내가 혼자일까 봐 무섭다. 나는 형처럼 되기 전에 죽고 싶다. 아니, 나는 형처럼 되고 싶지 않다.

형은 얼마나 무서웠을까? 나라도 형 옆에 있었으면 형이 덜 무서웠을 텐데, 형한테 미안하다. 형은 아무 죄도 짓지 않고 죽었는데 나는 형한테 죄를 지었다.


이틀 만에 학교에 온 정우는 좀 해쓱했다. 체육 시간에 정우를 특수반에 데려다 주는 대신 체육관 옆 벚나무 동산으로 데리고 갔다. 벚꽃이 막 피기 시작한 벚나무 동산에서는 은은한 벚꽃 향기가 났다.

"향기 좋다."

정우는 나무 아래에서 고개를 들어 벚꽃을 한참 바라보았다. 바람이 불 때마다 벚꽃 잎이 정우의 이마와 콧등 위로 하늘하늘 떨어져 내렸다. 얼마 지나지 않아 정우의 어깨와 팔, 무릎 위에도 하얗게 벚꽃 잎이 떨어졌다.

"나는 벚꽃 필 때 죽고 싶다. 내가 땅 위에 누워 있으면 벚꽃이 나를 하얗게 덮어 주면 좋겠다. 그런데 우리 형은 하루 만에 화장했어. 화장할 때 얼마나 뜨거운지 죽은 사람도 벌떡 일어선대."

나는 뭐라고 대답해야 할지 몰랐다. 애써 할 말을 떠올리고 있는데 정우가 말했다.

"그래도 우리 형은 천국 갔을 거야. 나쁜 짓 같은 거 안 했거든. 일곱 살 때부터 내내 누워만 있었으니까. 천국 갔어. 분명히."

나는 겨우 한마디 했다.

"그래, 그럴 거야."

나는 정우에게 형이 죽어서 얼마나 상심하고 있는지, 정우에게 형은 어떤 존재였는지 묻지 못했다. 너무 슬퍼하지 말라는 말도 하지 못했다. 만약 정우가 울음이라도 터뜨리면 어떻게 해야 할지 대책이 없었기 때문이다. 나는 정우가 혼자서 마음을 가라앉히길 기다렸다.

"이제 그만 가자."

정우의 그 말 한마디가 그렇게 고마울 수 없었다.

2009년 4월 13일


오늘 학교에서도 내내 형 생각이 났다. 형 생각을 하면 자꾸만 눈물이 나려고 했지만 꾹 참았다. 아까 낮에 벚꽃 나무 아래서 눈물이 나올 뻔했다. 연분홍빛 벚꽃 잎 사이로 보이던 파란 하늘이 참 슬프게 느껴졌다. 왜냐하면 우리 형은 그 파란 하늘을 본 적이 없기 때문이다. 형이 여덟 살 때 우리 동네 옆에 아파트가 들어서면서 형 방 창문으로는 아파트만 보였다. 형은 아침마다 날씨를 물어보는 버릇이 있었다. 그런데 어느 날부터는 그것도 안 물어봤다. 형이 간 하늘나라에도 봄 여름 가을 겨울이 있을까? 형이 간 하늘나라에서는 파란 하늘이 보일까?


2009년 4월 14일


형을 화장해서 어떻게 했나 궁금했는데 엄마한테 못 물어봤다. 그런데 오늘 대전 사는 이모랑 통화하는 걸 들으니 형의 유골을 화장터 뒤 언덕에 있는 분골함에 부었다고 했다. 엄마가 말했다.

"납골당에 안치해 봤자 뭐하니? 누가 찾아가서 걔를 기억해 줄 거라고. 정우 가면 나도 따라갈 건데 누가 기억해 줘. 아무도 찾아오지도 않을 유골, 거기에 안치해도 소용없어. 솔직히 네가 거기 가 주겠냐? 네 자식들이 있는데……. 이 세상에서 살았던 기억 다 잊고 훨훨 날아가라고 그냥 거기다 뿌렸어."

엄마의 말을 듣고 눈물이 쏟아져 나왔다. 자는 척하려고 참는데 자꾸만 자꾸만 어깨가 들썩였다. 이제 형은 세상에 왔다 간 흔적도 없이 다 사라져 버린 것이다. 나는 그게 너무 슬펐다.

"형, 잘 가. 미안해. 내가 가 줄 수 없어서."

정우는 일기에다 형이 죽은 뒤로 무척 상심하고 힘들었다고 고백했지만 그 당시 학교에서 정우의 모습은 평상시와 똑같았다. 아무것도 재미없어하는 것 같은 얼굴, 호기심도 기대도 없는 얼굴로 수업을 듣고, 특수반에 가고, 화장실에 갔다. 그때 나는 정우의 몸이 굳어 가듯 마음도 그렇게 굳어 가는 거라고 생각했다. 정우는 나와 다른 감정을 갖고 있어서 슬픔도 크게 느끼지 않을 거라고 생각했다. 그렇게 생각하는 편이 편했는지도 모른다.

5

조커는 정말 장난이나 재미를 위해 정우를 괴롭히는 것 같았다. 조커는 교과서나 학용품을 제대로 챙겨 오지 않으면 당연한 듯 정우 것을 가져다 썼다. 아무렇지도 않게 정우 것을 가져가는 이유는, 정우가 숙제를 해 오지 않건, 준비물을 가져오지 않건 선생님들이 상관하지 않기 때문이었다. 정우는 그럴 때마다 울거나 짜증을 낼 뿐이었다. 나는 정우 옆에 앉는 게 점점 부담스러워졌다. 정우에게 아무 도움도 되지 못하고 그저 휠체어 기사 노릇만 하는 것 같은 자괴감마저 들었다. 조커의 만행을 선생님께 이를 배짱도 없었다. 담임 선생님께 공부를 핑계로 도우미를 그만두겠다고 말할 생각을 굳혀 갈 무렵이었다. 6교시가 끝나고 정우를 화장실에 데려다 주려는데 조커가 갑자기 정우 휠체어를 한번 타 보겠다고 나섰다. 정우가 겁에 질린 얼굴로 나를 쳐다보았다. 나는 용기를 내 한마디 했다.

"정우 이번 시간에 화장실 가야 해."

"알아. 잠깐만 앉아 보겠다고, 새꺄."

그러더니 정우를 안아서 내 의자에 앉히고는 휠체어에 제가 앉아 재미있다는 듯이 쿡쿡 웃었다. 정우의 얼굴이 점점 울상으로 변했다. 조마조마한 마음으로 지켜보는데 조커가 정우에게 물었다.

"애인, 텔레비전 보면 장애인들이 휠체어 타고 삥 돌잖아. 이것도 그거 되냐?"

정우는 눈물을 그렁거리며 대답했다.

"한 번도 안 해 봤어. 나 화장실 가야 해."

"조혁, 이제 그만해. 정우 어서 화장실에 데려가야 해."

내가 사정하듯이 말하자 조커가 휠체어에서 내렸다.

"알았다, 알았어. 이 새끼, 휠체어 하나 가지고 되게 유세 떠네. 이 새끼들한테는 장난도 못 쳐."

조커가 투덜거리며 휠체어에서 일어났다. 나는 급한 마음에 정우를 번쩍 안아 휠체어에 앉혔다. 그리고 엘리베이터로 달려갔다.

정우는 비장애 학생들이 쓰는 화장실은 절대 이용하지 않았다. 중학교 1학년 때 그 일 때문이었다. 당시에는 하필 그 일의 목격자가 된 것이 재수 없는 일이라고 여겼다. 그러나 몇 달 뒤 정우와 조커를 만난 뒤, 혹시 이런 걸 운명이라 하나 보다고 생각했다. 그날은 때 이른 추위가 닥쳤던 늦가을이었다. 점심시간이 다 끝나 갈 무렵 화장실에 갔는데 분위기가 이상했다. 화장실을 나서는 아이들 표정이 뭔가 심상치 않았다. 그래도 급한 마음에 화장실에 들어갔더니 덩치 큰 아이 서넛이 둘러서 있고 한 명은 주전자처럼 생긴 플라스틱 병을 들고 서서 휠체어에 탄 정우 앞에서 키득거리고 있었다.

"야, 다리가 마비되면 그것도 마비되냐? 되게 작다."

정우는 소리도 내지 못하고 어깨만 들먹이며 울고 있었다. 순간 어떤 일이 일어나고 있는지 판단이 섰다. 나는 얼른 화장실을 나와 특수반 선생님한테 달려갔다. 그리고 다음 날, 조커를 비롯한 아이들 네 명이 정우 도우미한테서 소변기를 빼앗고 정우를 놀리며 겁을 주었다는 것이 드러났다. 특수반 선생님은 성추행이라며 학생들에게 엄중한 벌을 내리라고 했지만 학교에서는 이상하게 쉬쉬하며 넘어가 버렸다. 그리고 그 뒤로 정우는 비장애인 학생들이 이용하는 화장실 사용을 거부했다. 나는 정우의 얼굴을 제대로 본 적이 없었고, 조커가 어떤 말을 했는지 정확히 기억나지 않지만 내가 들은 한마디만으로도 성추행이 분명했다. 그때 나는 학교 역시 약한 아이들 편이 아니라는 것을 깨달았다. 그러나 딱 거기까지였다. 정우와 달리 나는 그 일을 곧 잊었다.

정우와 함께 엘리베이터를 타고 문을 닫는 순간 정우가 울음을 터뜨렸다. 휠체어 아래로 오줌이 흘러내렸다. 나는 당황해서 엘리베이터가 열리지 않도록 버튼을 누른 채 도우미 선생님에게 전화를 걸었다. 1층으로 내려가니 도우미 선생님이 문 앞에서 정우를 기다리고 있었다. 선생님의 도움으로 옷을 갈아입은 정우는 집에 가겠다고 떼를 부렸다. 그러나 시간이 맞지 않아 장애인 이동 서비스를 받을 수 없었다. 내가 담임 선생님한테 허락을 받아 정우를 집에 데려다 주기로 했다. 휠체어를 밀고 가는 동안 정우는 내내 고개를 숙이고 있었다. 정우네 집은 학교에서 십오 분이 걸렸다. 봄답지 않게 무더운 날씨 탓에 휠체어를 미는 나나 휠체어에 앉은 정우나 땀범벅이 되었다. 보도블록은 왜 그렇게 울퉁불퉁한지 휠체어 바퀴가 걸리는 곳이 많았다. 나름대로 자전거와 휠체어가 다닐 수 있게 턱을 낮춰 놓은 곳도 있었지만 길을 막아선 자동차를 비롯한 장애물이 많았다. 휠체어를 타고도 정우 혼자서는 절대 길을 다닐 수 없을 듯했다. 정우네 집은 아파트인 우리 집에서 내려다 보이는 오래된 주택가에 있었다. 집은 낡았지만 마당이 넓고 담장 앞 화단에는 감나무와 대추나무가 있었다. 마당에서 마루로 올라가는 길은 댓돌이 있어 정우 혼자 오르기는 무리였다. 정우가 마루 앞에서 엄마를 불렀지만 인기척이 없었다. 나는 정우를 안아 마루에 올려 주었다. 정우가 부끄러운 듯이 얼굴을 붉히며 말했다.

"고마워. 놀다 갈래?"

정우의 눈빛이 간절해 학교로 돌아가야 한다는 말이 나오지 않았다. 끝나고 학원도 가야 하는데. 얼떨결에 고개를 끄덕였다.

"잠깐만 기다려."

정우는 엉덩이로 앉은 채로 손으로 바닥을 밀며 목욕탕으로 갔다. 나도 모르게 정우를 쫓아가 문을 열어 주었지만 정우는 혼자 할 수 있다고 했다. 열린 문 사이로 보니 목욕탕의 샤워기와 수도 꼭지가 모두 정우가 쓸 수 있게 아래로 내려와 있었다. 정우는 혼자서 샤워를 하고 나왔다. 정우는 내게 게임을 하자고 했다. 정우가 텔레비전 밑에 있는 상자에서 꺼낸 것은 가상 탁구 게임기와 야구 게임기였다. 언뜻 고장 난 겜보이와 텔레비전용 게임기도 보였다. 정우가 쑥스럽게 말했다.

"난 혼자 노니까 이런 거 하고 놀아. 야구 게임도 있어. 이거 하면 그래도 손을 계속 움직이게 되니까……. 한번 볼래?"

그날 나는 정우가 가르쳐 주는 대로 탁구 채와 야구 방망이를 휘둘러 보았다.

"집에서 주로 게임 하고 놀아?"

"응."

그리고 작은 소리로 덧붙였다.

"글도 쓰고."

"무슨 이야기를 쓰는데?"

"나처럼 아픈 아이들 이야기."

정우는 내 질문에 대답하며 쑥스러워했지만 행복해 보였다.

정우 엄마는 해가 아파트 너머로 뉘엿뉘엿 질 무렵 돌아왔다. 정우 엄마는 나를 보고 무척 놀랐다. 정우가 말했다.

"엄마, 내 짝이야."

"짝?"

정우 엄마는 짝이 뭔지 모르는 사람처럼 되물었다.

"네, 저 정우 짝이에요. 안녕하세요? 이선규입니다."

내가 인사를 했는데도 정우 엄마는 여전히 어리둥절한 표정으로 나를 올려다보았다. 학교에서 가끔 봤던 정우 엄마는 한 번도 웃는 법이 없었다. 정우 엄마는 여전히 무표정한 얼굴로 물었다.

"어디 사니?"

"저, 저기 동인 아파트요."

"그래?"

정우 엄마는 아직도 뭐가 그리 미심쩍은지 나를 위아래로 살폈다. 그러자 정우가 나섰다.

"엄마, 선규는 공부 짱 잘해. 전교 20등 안에 들어."

"그래?"

"응, 선규는 운동도 잘하고 되게 착해."

정우 엄마가 여전히 무표정한 얼굴로 말했다.

"그래. 와 줘서 고맙다. 자주 놀러 와라."

정우네 집을 나서는데 묘한 느낌이 들었다. 아무도 모르는 정우의 세계를 혼자만 엿본 느낌과 더불어 정우와 너무 가까워진 것은 아닌가 하는 두려움도 느껴졌다.

그날 이후 매주 수요일마다 정우네 집으로 놀러 갔다. 학원에다가는 수요일마다 성당에 가야 한다고 둘러대고, 엄마에게는 학원에 열심히 다니는 것처럼 시치미를 뗐다. 정우네 집에서 내가 할 수 있는 거라고는 컴퓨터 게임과 만화책을 보는 것뿐이었다. 정우는 내가 읽은 책에 대해 물었다. 그러나 나는 정우만큼 책을 많이 읽지 않았다. 정우는 늘 권정생이란 작가가 쓴 책과 그림책 이야기를 했다. 그 사람의 작품 속에 나오는 주인공들은 언제나 자기처럼 느껴진다고 했다. 정우는 가끔 어렸을 때 이야기를 해 주었다. 아직 걸을 수 있었던 초등학교 4학년까지의 이야기가 대부분이었다. 자기 이야기를 하고 나서는 나에 대해 물었다. 친구와 가족, 축구나 야구에 대해서도 물었다. 때로는 시시콜콜한 것까지 물어서 당황스러울 때가 있었다. 몽정을 언제 했는지 어떤 여자가 이상형인지도 물었다. 마냥 어린아이 같아 보였는데 때로는 내가 미처 생각하지 못한 것까지 물었다. 그때마다 나는 정우에게 어디까지 내 이야기를 해 주어야 할지 몰라 당황스러웠다. 가끔은 내게 너무 집착하고 매달리는 것 같아 귀찮을 때도 있었다.

2009년 5월 20일

오늘도 선규가 왔다 갔다. 오늘도 자기 엄마한테 거짓말을 하고 나한테와 주었다. 선규는 우리 집에 오면 텔레비전을 보고, 컴퓨터 게임을 하고 만화책을 본다. 가끔 내 얘기도 들어 준다. 나는 선규가 내 얘기를 들어 주면서 나를 쳐다볼 때가 좋다. 그러면 나는 속으로 생각한다. 선규가 자기 얘기도 내게 해 주면 좋겠다고. 나는 선규가 애들이랑 하는 축구 얘기를 듣고 싶고, 농구랑 야구 얘기도 듣고 싶다. 혹시 여자 친구는 없는지, 좋아하는 애는 없는지 그런 얘기도 듣고 싶다. 공부를 무지무지 잘한다는 선규 형 얘기도 듣고 싶다. 나도 선규네 집에 놀러 가 보고 싶다. 선규네 집은 아파트다. 나는 아파트에 가 보고 싶다. 우리 집이 아파트라면 지내기에 훨씬 편할 것 같다. 선규는 내게 자기 얘기를 안 한다. 아마 나 말고도 이야기할 친구가 많기 때문일 거다. 나는 선규의 절친이 되고 싶지만 그럴 수 없다는 걸 안다. 그래서 나는 속으로 욕심을 누르면서 주문을 걸듯이 말한다. '이선규는 그냥 내 도우미야.'

정우가 김민지라는 아이에 대해 말한 것도 그 무렵이었다.

"이선규, 쟤 아는 애야?"

시청각실에서 정우가 누군가를 가리켰다. 정우가 가리킨 아이는 여자 2반 아이였다.

"쟤? 글쎄, 어디서 본 것 같기도 하고……."

"우리 특수반에 오는 보미라는 애 도우미거든. 접때 나한테 너에 대해 물어보더라."

"김민지가?"

"응."

"뭐라고?"

"기억은 안 나는데, 너에 대해 물어봤어."

가만 보니 그 애는 나와 같은 성당에 다니는 아이였다. 언젠가 빈첸시오회라는 장애인 봉사 단체에서 그 아이를 본 적이 있다. 그렇지만 별 관심은 없었다. 아주 예쁘거나 행동이 튀는 아이도 아니어서 눈에 띄지 않았고 나도 성당 활동을 잘 하지 않아 마주칠 일이 별로 없었다. 그런데 난데없이 정우가 김민지에 대해 물으니 당혹스러웠다.

"걔가 너 좋아하는 거 같아."

정우의 말에 깜짝 놀랐다.

"그게 무슨 말이야?"

"나 복도에서 걔가 너 쳐다보고 가는 거 여러 번 봤어."

"난 여자한테 관심 없어."

"거짓말. 여자한테 관심 없다는 게 말이 되냐?"

나는 정우의 입에서 그런 말이 나오리라고는 상상조차 못 했기에 깜짝 놀랐다.

"넌 관심 있어?"

내가 되묻자 정우는 갑자기 얼굴이 빨개지더니 말했다.

"남자가 여자한테 관심 없다는 게 더 이상한 거 아냐?"

2009년 5월 26일

김민지가 왔다. 김민지는 최보미에게 팔짱을 내주며 사뿐사뿐 걸어왔다. 김민지는 시각 장애 2급인 최보미의 친구다. 김민지는 여자 반 2반이다. 김민지는 키가 크고 좀 통통하다. 나는 남자애들이 김민지를 보고 돼지라고 하는 걸 들었다. 나는 남자애들이 여자애들보고 뚱뚱하다, 못생겼다 하는 게 싫다. 김민지는 얼굴이 김태희처럼 생긴 건 아니지만 매력이 있다. 나는 김태희보다 전지현이 좋다. 김민지는 전지현을 닮았다. 그렇지만 전지현처럼 키가 큰 건 아니다. 머리도 길지 않다. 그런데 김민지는 목소리가 참 예쁘다. 나는 최보미한테 김민지가 노래를 잘하는지 물어보았다. 최보미가 노래는 잘 못하는 것 같다고 했다. 그런데 김민지는 성당에서 피아노를 친다고 했다. 최보미와 김민지는 선규가 다니는 성당 친구다. 나도 성당에 가고 싶다. 김민지에 대해 더 알고 싶어 미니홈피에 들어갔는데 친구가 아니면 사진도 일기도 못 보게 해 놓았다. 그렇다고 무조건 일촌 신청을 할 수도 없다. 나는 선규에게 성당에 같이 가자고 하고 싶다. 혹시 선규가 김민지를 좋아하는 건 아닌지 걱정이 되었는데 선규는 민지를 잘 알지도 못했다. 다행이다.

어느 날 정우가 한참을 쭈뼛거리다 물었다.
"선규야, 너 만약 모르는 여자애가 일촌 신청하면 받아 줄 거야?"
"몰라, 생각 안 해 봤어."
"너 혹시 김민지랑 일촌이야?"
"김민지?"
"있잖아, 너희 성당 다닌다는 애."
"아, 걔. 아니? 나 걔랑 하나도 안 친하다니까."
정우는 내가 김민지라는 아이에 대해 잘 모른다고 하자 무척 실망한 눈빛이었다. 그래서 토요일 학생 미사에 가서 김민지에게 말을 걸어 봐야겠다고 생각했다. 중학생이 된 뒤 뭔가 멋쩍어 학생 미사에 가지 않고 주일 미사에만 억지로 끌려가던 터라 좀 쑥스러웠다. 미사가 끝난 뒤 아이들이 삼삼오오 모여 떠드는데 용기를 내서 김민지가 있는 무리로 갔다.
"저기, 김민지, 얘기 좀 할래?"
함께 있던 서너 명의 여자애들이 일제히 나를 쳐다보았다. 창피하고 민망한 걸 꾹꾹 참고 있는데 김민지가 탐탁지 않은 표정으로 물었다.

"왜?"

뭐라고 말해야 할지 몰라 우물쭈물하고 있는데 김민지가 먼저 물었다.

"너 이정우 도우미지?"

"응."

얼떨결에 대답하자 김민지가 뽀로통한 얼굴로 쌀쌀맞게 말했다.

"걔 좀 이상하더라."

당황한 나는 말까지 더듬으며 물었다.

"뭐, 뭐가?"

"걔 자꾸 내 미니홈피에 들어오거든. 그 짓 그만하라고 해. 미니홈피에 방문자 추적 해 놨거든. 스토커처럼 그러지 말라고 전해 줘."

나는 어리벙벙해서 아무 말도 하지 못했다. 그리고 며칠 동안 고민한 끝에 정우에게 말했다.

"정우야, 있잖아. 김민지 걔 우리 성당 다니는 고딩이랑 사귄대."

정우가 나를 쳐다보았다.

"그런 말을 왜 해?"

"아니, 니가 자꾸 나랑 김민지 사이를 오해하는 거 같아서. 나는 걔한테 관심 없고 걔도 나한테 관심 없다고. 근데 걔 사귀는 거 비밀이래. 우리 성당 애 중에 나랑 친한 애가 있는데 걔가 알려 준 거야. 근데 걔 남친이 되게 무서워. 그래서 자기 여친한테 관심 있어 하는 남자애들한테 다 겁주고 다닌대. 그러니까 너도 내가 뭐 걜 좋아한다느니 그런 생각을 하거나 관심 갖거나 그러지 말라고. 그리고 이거 비밀이다. 절대 말하면 안 돼."

어둡던 정우 얼굴이 갑자기 밝아지더니 말했다.

"비밀?"

"응, 너랑 나랑만 알고 있어야지. 이거 소문나면 내가 소문낸 거 다 알게 되거든."

"응, 알았어. 고마워, 선규야. 나한테 비밀 말해 줘서."


2009년 6월 3일


오늘 처음으로 선규가 내게 비밀을 말해 주었다. 김민지가 자기네 성당 고등학교 형이랑 사귄다는 말이었다. 김민지가 누굴 사귀든 상관없다. 나는 그래도 김민지를 마음으로 사랑하니까. 어차피 나는 김민지를 사귈수 없고 사귈 생각도 없다. 아니다. 사귀고 싶기는 하지만 사귈 수 없는 거다. 그래서 나는 김민지를 그냥 내 마음속의 소녀로 영원히 사랑할 것이다. 김민지가 좋아하는 사람이 있다는 건 슬픈 일이다. 그렇다고 내 사랑이 변하지는 않는다. 소설이나 드라마를 보면 원래 사랑은 다 그런 거다. 나는 이 마음을 김민지의 비밀을 지켜 주는 걸로 이어 갈 것이다. 그리고 선규가 내게 비밀을 말해 줘서 기분이 좋다. 이제 나는 선규와 둘만의 비밀을 갖게 되었다.


6


정우와 나는 서로 점점 익숙해졌다. 나는 높낮이가 거의 없는 정
우의 말투에 익숙해졌고, 밑도 끝도 없는 정우의 수다에도 익숙해
졌다. 정우는 정우대로 무뚝뚝한 내게 익숙해져 가는 것 같았다.
그 무렵 조커는 선도부 활동으로 바빠 정우가 괴롭힘 당하는 일도
뜸했다. 그런데 1학기 기말고사가 문제였다. 엄마는 성적표가 나
오기도 전에 학원을 알아보기 시작했다. 그리고 방학하자마자 영
어, 수학, 과학에 논술 교실까지 나가라 했다. 방학 동안 계획했던
축구 모임은 물론이고 정우네 집에도 갈 새가 없었다. 하루 종일
학원 순례를 하는 내게 정우가 가끔 문자를 보냈다. 긴 이야기는
없고 "뭐 해?", "잘 있어?"가 전부였다. 물론 그 문자 뒤에는 놀러
오라는 말이 숨어 있다는 걸 알았지만 나는 옴짝달싹할 수 없었다.
그해 여름 방학은 지옥 같았다. 개학이 반가울 정도였다.

2009년 8월 14일

덥고 비만 많이 오고 기분도 댑따 나쁜 여름 방학이다.

방학이 빨리 끝났으면 좋겠다.

여름이 싫다. 샤워해도 덥다. 땀띠가 많이 났다. 짜증 난다. 아무것도 하기 싫다.

엄마랑 한바탕 싸웠다. 내가 짜증 내서 그렇다.

선규는 나를 생각할까? 아닐 거다. 걔는 바쁘고 나를 친구로 생각하지 않을지도 모른다. 그러니까 내 문자를 봐도 놀러 오지 않는 거다.


개학하고 만난 정우는 나를 서먹서먹하게 대했다. 한 달 동안 만나지 못한 탓인지, 아니면 놀러 가지 않은 것 때문에 삐친 건지 몰라도 금세 풀릴 줄 알았다. 그런데 며칠이 지나도 풀리기는커녕 오히려 점점 차가워졌다. 정우는 내가 뭘 물어도 짧게 대답하고 특수 학급에 데려다 주면 깍듯이 고맙다고 말하며 데면데면하게 굴었다. 며칠을 혼자 고민하다가 특수반 선생님을 찾아갔다. 그리고 여름 방학 동안 정우네 집에 놀러 가지 못했던 사정을 이야기했다. 정우의 행동이 이해가 안 되고 불편하다는 말도 했다. 잠자코 이야기를 듣던 특수반 선생님이 말했다.

"별거 아니네."

"네?"

"별일 아니라고. 정우가 선규 사정을 모르고 삐친 거잖아."

"네, 제 생각에는 그런데요. 또 다른 일이 있는지⋯⋯."

"그럼 물어보면 되잖아."

"네?"

"야, 이정우 삐쳤냐? 내가 여름 방학 동안 못 갔다고 그런 걸로 삐치냐? 아니면 무슨 일 있었냐? 그렇게 물어볼 수 있잖아. 나 다른 친구들하고도 놀 새 없었다. 학원 다니느라고 지옥 같았다. 친구끼리 왜 그러냐? 이렇게."

나는 별일 아니라는 듯이 가볍게 대답하는 선생님이 한편으로는 야속했다. 나 나름대로 정우를 걱정하고 배려해서 고민을 말하러 간 건데 너무 쉽게 생각하는 것 같았다. 그런데 선생님이 나를 물끄러미 바라보더니 말했다.

"선규야, 다른 친구들하고는 어땠어? 그냥 쉽잖아. 정우도 그냥 그렇게 생각해 줘. 나도 알아, 정우가 예민하고 잘 삐치겠지. 자격지심도 있을 거고, 너한테 바라는 것도 많을 거고. 그런데 그냥 그런 친구가 있는 거잖아. 성격이 다른 친구. 선규가 정우를 배려한다는 걸 아는데 아마 정우는 선규가 그냥 편한 친구로 대해 주길 바랄 거야. 자기는 그러지 못해도……."

선생님 말이 맞았다. 친구끼리라면 미안하다고 하고 나면 그만이었다. 방학 내내 같이 축구 한번 못 한 다른 친구들하고도 그랬다. 그런데도 나는 그 뒤로도 며칠 동안 정우에게 먼저 말을 걸지 못했다. 하필 체육 대회가 코앞이었고 나는 반 대표로 축구 경기에 나가야 했기 때문에 점심시간, 방과 후에도 축구를 하고 아침에는 예선 경기를 뛰어야 했다. 점심시간 내내 축구를 하고 들어오면 정우는 아무 표정 없이 화장실에 데려다 달라거나 특수 학급에 갈 시간이라고 말했다. 그날도 점심시간에 축구를 하고 들어왔는데 정우가 퉁명스럽게 말했다.

"나 화장실 가야 해."

정우의 짜증 섞인 말에 나도 발끈해 무심코 투덜거렸다.

"야, 화장실 가고 싶은 걸 여태껏 참고 있었어? 다른 애들한테 좀 데려다 달래지."

그러고는 괜히 애꿎은 반장한테 화를 냈다.

"야, 반장, 나를 반 대항 축구 대표로 뽑았으면 나 없는 동안 정우 화장실 데리고 갈 사람도 대신 뽑아 줘야 하는 거 아니야?"

그때 조커가 능갈맞게 나섰다.

"우와, 우리 천사표 도우미님께서 드디어 정우한테 질렸나 보지. 좋아 좋아. 내가 데리고 가 주지. 진작 나한테 도움을 청했으면 좋잖아."

조커가 까불거리며 내가 잡고 있던 휠체어 손잡이를 낚아챘다. 순간 굳어지는 정우의 표정이 보였다. 나는 얼른 조커를 밀쳐 냈다.

"너한테 한 말 아니야. 비켜."

정우는 엘리베이터 안에서도 아무 말 하지 않았다. 그날 밤 내내 뭔가가 마음을 무겁게 내리눌러 밤잠을 설쳤다. 다음 날 정우가 학교에 오기를 기다렸다가 물었다.

"정우야, 나한테 화났어?"

정우가 눈도 마주치지 않고 말했다.

"아니."

"나는 화났는데……."

정우가 나를 쳐다보았다. 나는 선생님 충고대로 해 보기로 했다.

"내가 방학 동안에 좀 못 갔다고 삐치냐? 나도 놀러 가고 싶은데 울 엄마 등쌀에 놀 수가 없었어. 남자애가 왜 그렇게 쪼잔하냐. 좀 이해해 주면 안 돼? 개학하고 내내 너 눈치 보느라 짜증 나잖아. 어제 일도 네가 계속 뿌루퉁해 있으니까 짜증이 나서 그런 거고."

정우가 뺑한 눈으로 나를 바라보다 이내 눈을 내리깔며 기어들어 가는 목소리로 말했다.

"나 때문에 눈치를 본다고?"

"그래. 네가 말도 안 하고 삐쳐 있는데 신경이 안 쓰이냐?"

정우는 고개를 들지 않은 채 우물거렸다.

"신경 안 쓰면 되지."

정우는 고까운 마음을 풀지 않을 것 같았다. 나는 약간 목소리를 낮추고 한결 부드럽게 말했다.

"어떻게 신경이 안 쓰이냐?"

나는 차마 친구라는 말은 덧붙이지 못했다. 친구란 말이 쉽게 나오지 않아 우물쭈물하는데 정우가 더 쌀쌀맞은 목소리로 말했다.

"너 신경 쓰이고 부담스러우면 선생님한테 말씀드려. 학기도 바뀌었으니까 다른 애들더러 도우미 해 달라고 하면 돼."

정우의 말에 화가 치밀었다. 나도 모르게 소리를 질렀다.

"야, 그런 말이 아니잖아. 쪼잔한 놈, 친구끼리 끝까지 이렇게 꽁 할 거야?"

"친구?"

굳었던 정우의 얼굴이 흔들렸다. 순간 얼굴이 확 달아올랐다. 나는 목소리를 낮춰 웅얼거렸다.

"그래, 새끼. 정말 쪼잔하네."

2009년 9월 16일

선규가 나더러 삐쳤냐고 물었다. 나 때문에 신경이 쓰인다고 했다. 솔직히 말해서 나는 선규한테 섭섭했다. 방학 내내 선규를 기다렸으니까. 내가 기다릴 사람은 오로지 선규밖에 없었다. 그런데 나는 그 기다림 속에서 깨달았다. 나는 선규를 좋아하고 기다리지만 선규와 친구가 될 수는 없다는 것을. 선규는 나 말고도 친구가 많다. 선규가 내 도우미만 하지 않는다면 공부를 더 잘할 수 있고, 친구들과도 더 많은 시간을 보낼 수 있고, 여자 친구도 사귈 수 있을 거라는 생각이 들었다. 선규는 나를 친구로 생각하지 않는다 해도 나는 그렇지 않기 때문에 선규를 위해 일부러 쌀쌀맞게 해야겠다고 생각했다. 이제 선규도 나한테 지쳤다는 것을 직감적으로 느낄 수 있었다. 그래서 나는 더 차갑게 말했다. 그런데 그게 아니었다. 선규가 내게 말했다. 친구끼리 꽁할 거냐고……. 나는 내 귀를 의심했다. 선규가 나를, 나를 친구로 생각하고 있었다니. 눈물이 나려고 했지만 참았다.

　나는 정우에게 친구라고 말해 놓고도 왠지 모르게 찜찜했다. 정우가 일기에 쓴 것처럼 나는 정우에게 절실히 필요한 존재였는지 모르나 내게 정우는 그저 내가 도움을 줄 수 있는, 기꺼이 내 것을 나눠 줄 수 있는 대상일 뿐이었다. 서로 편해졌다 해도 그것이 우정이라고까지는 생각지 못했다. 정우가 나에게 갖는 기대가 크다는 걸 느끼면 느낄수록 나는 뭔지 모를 부담을 느끼게 되었다. 하지만 나는 2학기에도 여전히 정우에게 썩 괜찮은 도우미가 되어 주었고, 수요일마다 정우네 집에 갔다. 가끔 정우가 재미있다고 추천하는 시트콤을 함께 보고, 일일 연속극도 보았다. 나는 별로 좋아하지 않는 오목도 두고 알까기 같은 것도 했다. 나는 정우를 위해 웬만한 일은 다 참고 양보할 수 있었다. 그러나 내가 정우한테 뭔가 바라고 기대는 적은 없었다. 그래서 마음 한편으로는 내가 여전히 정우를 편하고 허물없는 친구로 대하지 못한다는 자책감이 들었다.


7


　학기말 고사를 일주일 앞둔 종례 시간에 담임 선생님이 내가 교육감이 주는 모범 학생상을 받게 되었다고 말했다. 세계 자원봉사자의 날에 맞춰 자원봉사에 앞장서는 학생을 추천해 달라는 말에 특수반 선생님이 나를 추천했던 것이다. 종례가 끝나자 반 아이들이 다가와 말했다.

"고생 끝에 낙이 온다는 말이 맞구나."

나는 쥐구멍이라도 찾고 싶은 심정이었다. 무엇보다 정우한테 겸연쩍어 얼굴조차 바로 볼 수 없었다. 몇몇 아이들의 축하에는 비아냥거리는 말투가 숨김없이 드러났다. 나는 교무실로 담임 선생님을 쫓아갔다.

"선생님, 저 그 상 못 받아요."

담임은 뜨악한 표정으로 물었다.

"왜?"

"모범상 받을 만한 일을 한 것도 없고……."

"왜 한 게 없어. 일 년 동안이나 도우미 하는 거 쉬운 일 아니야. 내가 보기에도 참 잘했어. 그런 상이 있다는 걸 미리 알았으면 내가 먼저 추천했을걸. 괜히 겸손한 척하지 말고 받아."

"아니요. 저 겸손한 척이 아니라……."

선생님은 내가 무엇 때문에 그러는지 알아챈 듯 말했다.

"꺼림칙할 거 없어. 네가 상을 받고 나면 다른 아이들도 자기보다 약하고 몸이 불편한 친구들을 보살피는 일이 좋은 일이라는 걸 깨닫게 될걸."

학원에 갔다가 집에 들어가자 엄마가 현관까지 나와 반기며 호들갑을 떨었다.

"여, 우리 아들. 모범상 받는다며? 우리 아들이 그렇게 착한 인물인 줄 몰랐네."

"그건 어떻게 알았어?"

"엄마가 다 소식통이 있지. 잘됐다. 요즘은 그런 봉사 활동도 대학 갈 때 도움이 된단다."

나한테는 도통 무관심하던 엄마의 관심을 받으니 싫지는 않았지만 한편으로는 화가 났다.

"엄만 무조건 대학밖에 몰라? 나 그 상 안 받아. 내가 상 받으려고 정우 도우미 한 줄 알아? 걔는 그냥 내 친구야."

다음 날 아침 밥상에서 엄마가 넌지시 물었다.

"그런데 그동안 방해는 안 됐니? 어쩜 엄마한테는 한마디 말도 없이. 너 1학기 때 성적 떨어진 거 그것 때문 아니니? 아니다. 아무렴 어때. 하여간 내 자식 참 자랑스럽다. 쉬는 시간마다 걔 특수반 교실에 데려다 주고 데려오고 그러려면 수업에 방해 안 됐어?"

엄마가 쏟아 내는 질문에 귀를 닫고 싶었다.


학교에서 준다는 상을 끝까지 거절할 수는 없었다. 아이들은 그것마저 잘난 척이라고 이죽거렸다. 다행스러운 것은 정우가 내가 상 받는 걸 진심으로 기뻐한다는 거였다. 방학식 날 상패와 만 원짜리 문화 상품권 다섯 장을 받았다. 나는 정우에게 반을 나눠 주려 했지만 정우가 정색하며 손사래를 쳤다.

그날 저녁 엄마는 아버지를 부추겨 외식까지 했다. 고작 상패에다 오만 원어치 상품권이 전부였지만 엄마에게는 교육감이 주는 상이라는 게 중요했다.

"야, 내가 이렇게 기쁘지 않을 수가 있니? 너 처음 받는 상이잖아. 솔직히 네 형이라면 별거 아닐 테지만 이런 봉사상이라도 받다니 얼마나 영광이니. 더욱이 교육감이 주는 상이라니. 이 엄마는 늘 네 진로가 걱정이었는데 한 줄기 빛을 본 것 같아 좋다. 생각해 보면 넌 어렸을 때부터 인정이 많고 정의감이 좀 있었어."

나는 그때까지도 엄마가 무슨 생각을 하는지 몰랐다. 그런데 다음 날 엄마는 내 겨울 방학 계획을 쫙 읊었다.

"너 1월 8일부터 필리핀으로 영어 캠프 가게 되어 있어. 엄마랑 아빠는 캐나다나 호주로 보내고 싶었는데 올해는 아버지 가게 매상도 시원찮고, 너희 형이 어학연수를 가야 하니까 이번만 양보해. 영어 캠프 다녀와서는 학원에서 영어 공부를 하자. 그러고 나서 수, 금에는 논술 과외야. 여름 방학 때 받았던 논술 과외 선생님은 별로였어. 이번엔 아주 유능한 선생이래. 이 선생 밑에서 논술 한 애들 다 연대, 고대, 성균관대 갔대."

"뭐야? 방학 때가 더 바빠? 나 일주일에 한 번은 정우네 집에 가서 놀아 줘야 해."

"너, 방학 때도 도우미 하기로 했어?"

"그게 아니라 친구니까 놀러 가는 거지."

"방학은 놀라고 있는 게 아니야. 방학을 얼마나 알차게 보내느냐에 따라 네 미래가 결정된다고. 네가 그 애를 계속 돕는 건 나쁘지 않지만 이제 너도 네 시간을 잘 써야 해."

엄마랑 이야기를 하면 가슴이 갑갑해 오래 이야기를 할 수가 없었다.

"엄마, 몇 번을 말해야 돼? 나는 걔 도우미가 아니라 친구라고."

도우미라고 말하는 엄마 앞에서 친구라는 말을 강조하면서도 나는 진짜 내 마음이 어떤지 잘 몰랐다.

### 2009년 12월 24일 방학식

오늘 방학식을 했다. 방학식이 좋기도 하고 싫기도 하다. 힘든 학교에 가지 않아 좋지만 겨울 방학 내내 혼자 방에만 있는 건 싫다. 나는 친척도 없고 여행을 갈 수도 없다. 그래서 방학식 내내 우울했다. 선규랑 헤어지는 것도 슬프다. 여름 방학 때 보면 선규는 방학 때 더 바쁘다. 또 2학년이 끝나면 선규와 헤어질 게 틀림없다. 선규와는 진정한 우정을 나누는 사이가 되고 싶었는데…… 조커처럼 배신하는 친구가 아닌……. 그러나 나는 장애인이다. 장애인은 비장애인과 친구가 될 수 없다. 그런데 정말 그런 걸까?

2009년 12월 31일

이제 십오 분만 있으면 열여섯 살이 된다. 나는 아직 살아 있고, 눕지도 않았다. 점점 손 기능이 떨어지고 있고, 척추 측만증도 심해지고 있지만 아직은 혼자서 엉덩이로 몸을 움직일 수 있다. 다른 아이들에게는 열여섯 살이 된다는 것이 아무 의미가 없을지 모르지만 나에게는 아주 큰 의미가 있다. 나는 다가오는 새해에는 좀 더 희망차게 살고 싶다. 우선 책을 많이 읽고 싶다. 때 묻은 어른들을 위한 글이 아니라 동화를 많이 읽을 것이다. 그리고 나와 같은 또래를 위한 글을 쓰고 싶다. 요즘 형 생각을 자주 한다. 한글도 읽고 쓰지 못하던 우리 형, 형은 얼마나 답답하고 갑갑했을까? 나는 그렇게 살고 싶지 않다.

엄마가 중3이 되면 천만 원이 넘는 특수 전동 휠체어를 사 준다고 했다. 그러면 그걸 타고 고등학교에 다니고 대학에도 갈 것이다. 어제 병원에 갔을 때 의사 선생님이 재활 치료만 계속하면 나도 그럴 수 있다고 했다. 그리고 의학이 날마다 발전하니 희망을 가지라고도 했다. 그렇지만 재활 치료로 하는 체조는 너무 힘들다. 엄마도 힘들어한다. 그래도 열심히 해야겠지? 이정우 파이팅!

2010년 1월 1일

하루 종일 게임. 새해 첫날인데……. 선규에게 문자를 보냈다. 새해 복 많이 받으라고. 그런데 답장이 없다.


2010년 1월 2일


선규가 필리핀에 간단다. 그래서 예비 캠프 준비로 바빠 어제 문자를 못 봤다고 했다. 보름 동안 간다고 한다. 인터넷으로 필리핀에 대해 찾아 보았다. 아름다운 섬나라다. 루손 섬과 민다나오 섬이 가장 크단다. 보라카이와 팔라완이 가장 아름답다고 한다. 나도 가고 싶다.


2010년 1월 17일


어제도 하루 종일 게임, 오늘은 하루 종일 인터넷만 했다. 오늘 아침 선규한테 문자가 왔다. 필리핀으로 영어 캠프를 갔다가 돌아왔으니까 곧 오겠다고 했다. 난 괜찮다고 말했지만 속으로는 선규가 빨리 오길 바랐다. 혹시라도 선규가 올까 해서 엄마한테 맛있는 음식을 할 준비를 해 달라고 했다. 하루 종일 기다려도 선규가 오지 않아 문자를 했더니 곧 온다는 것은 곧장 온다는 것이 아니라 조만간 온다는 말이었단다. 엄마가 화를 냈다. 돈도 없는데 반찬값만 많이 들었다고……. 그러나 이내 엄마의 표정이 슬퍼졌다. 아마 내게 미안했을 것이다. 엄마의 마음을 아프게 한 내가 밉다.

요즘은 엄마가 아침이랑 점심을 아주 조금만 준다. 방학 동안 몸무게가

3킬로그램이나 더 늘었기 때문이다. 엄마는 자꾸 움직이라는데 이젠 엉덩이에 살이 없어서 움직이는 게 싫다. 심심하니까 더 움직이기 싫고, 텔레비전을 보다 보면 자꾸 먹고 싶은 것만 생각난다. 엄마가 나보고 그렇게 안 움직이고 체조를 게을리하면 텔레비전을 없애겠다고 했다. 움직이는 게 좋다는 건 나도 안다. 새해가 얼마 지나지 않았으니 열심히 운동을 해야겠다. 벌써 결심이 흐려지면 나는 정말 문제 있는 인간이 될 것이다.


2010년 1월 23일


선규가 성당에서 봉사 활동을 갔다. 소록도에 있는 한센병 공동체로 간다고 했다. 한센병은 나병이다. 문둥병이라고 낮잡아 말하기도 했단다. 일제 강점기 때는 한센병 환자들을 소록도나 다른 지방의 외딴곳에 강제로 격리시켰다고 한다. 보기가 흉하고 전염성이 강하다고 잘못 알려졌기 때문이다. 나도 소록도에 가 보고 싶다. 나도 가서 봉사를 하고 바다를 보고 싶다. 나는 선규에게 한센병 환자였던 한하운이라는 시인의 「보리피리」를 보내 주었다. 어쩌면 나는 한하운이 살았던 때의 한센병 환자와 비슷하다. 병을 옮기지 않을 뿐 점점 내 몸이 마비되고 쓸모가 없어진다. 사람들과 어울리지 못하고 갇혀 지내야 한다.


나는 "인환의 거리 / 인간사 그리워" 부분이 맘에 든다. "눈물의 언덕을"이라는 표현도 멋지다. 한하운 시를 읽으며 나도 시인이 될까 생각해 보았다.

2010년 2월 7일

내일이면 개학이다. 방학 동안 딱 두 번 나갔다 왔다. 한 번은 서울에 있는 대학 병원에 가는 날이었고 한 번은 감기로 동네 소아과 의원에 갔다. 한 달 전만 해도 2010년 새해를 맞이하며 기대에 부풀어 있었는데 이제는 그런 기분이 하나도 안 남았다. 내일이면 선규를 만난다. 여름 방학 때처럼 서먹서먹해지면 어떡하지?


8


겨울 방학을 고3처럼 보냈다고 투덜거리면서도 한편으로는 엄마 덕에 방학을 알차게 보냈다는 뿌듯한 마음도 있었다. 그런데 막상 개학이 다가오자 정우에게 미안한 마음이 들었다. 그래서 개학식 날 학교 가는 발걸음이 영 무거웠다. 정우가 여름 방학 때처럼 삐쳐 있지는 않을지 걱정이 되었다. 그런데 이번에는 정우가 먼저 밝게 웃어 주었다. 마음이 놓였다. 정우는 살이 좀 찌고 얼굴이 푸석푸석해 보였다. 방학 내내 병원 가는 날만 빼놓고는 밖에 나온 적이 없다고 했다. 정우는 살이 찌면 건강에 좋지 않다. 심장에 무

리가 가고, 하체가 약하니 몸무게를 감당하지 못해 앉아 있는 게
더 힘들어진다. 조커가 정우를 보더니 키득거리며 말했다.

"야, 이정우 얼굴에 달 떴다. 방학 동안 뭘 그렇게 잘 처먹어서
살이 쪘냐?"

정우는 조커의 말은 무시하고 내게 물었다.

"방학 동안 뭐 했어?"

"그냥 학원이랑 집이랑 뺑이 쳤지 뭐. 울 엄마는 내가 형처럼 될
거라고 믿는 거 같아."

내 말에 정우가 대답했다.

"나돈데."

"뭐?"

"울 엄마는 내가 우리 형처럼 될까 봐 걱정해. 빨리 죽을까 봐."

정우의 말에 갑자기 머리가 멍해졌다. 내가 어학연수를 다녀오
고 학원에 처박혀 지내는 동안 정우는 방에 갇혀 사십 일을 보냈다.
나는 봄 방학 때만이라도 정우와 잘 지내야겠다고 생각했다. 3학
년이 되면 다른 반이 될 수도 있다.

그런데 어느 날 특수반 선생님이 나를 불러 물었다.

"선규야, 너 3학년 때도 정우랑 같은 반 할래?"

"그게 제 마음대로 되나요?"

"너만 좋다면 한번 말씀드려 보려고 해. 만약 정우랑 같은 반 되
면 3학년 때도 2학년 때처럼 할 수 있겠어?"

정우한테 미안한 마음이 다 가시지 않았던 나는 망설일 새도 없이 대답했다.

"그럼요."

종업식 날 반 발표 결과 나와 정우는 정말 같은 반이 되었다. 나나 정우나 무척 기뻤다. 조커도 같은 반이 된 것이 좀 꺼림칙했지만 상관없었다.

3학년 첫날 첫 조회 때, 담임 선생님이 정우 도우미를 할 사람을 물어보았다. 나는 좀 의아해하며 손을 들었다. 당연히 정우의 도우미는 내가 될 거라고 생각하고 있었기 때문이다. 그런데 놀랍게도 세 명이 더 손을 들었다. 선생님은 흐뭇해하며 말했다.

"오! 우리 반 친구들이 이렇게 속이 깊다니 아주 기쁘다. 오늘 거수로 정하는 것보다 선생님하고 개별 상담을 한 뒤 결정해야 할 것 같네."

그런데 그 세 명 중에 조커가 있었다. 나는 정우의 표정이 얼어붙는 것을 보았다. 나는 조회가 끝나자마자 선생님을 쫓아가 말했다.

"선생님, 제가 2학년 때부터 정우 도우미를 했거든요. 그래서 이번에도 같은 반 해 주신 거로 아는데요."

내 말에 담임 선생님이 말했다.

"그랬구나. 그런데 내 생각에는 정우가 여러 친구들과 사귈 수 있는 기회를 갖는 게 더 필요하다고 생각하는데……."

"저, 정우는 다른 애들이랑 또 친해지려면 힘들 거예요."

선생님의 얼굴이 굳었다.

"그건 선규의 주관적인 생각 같은데? 다른 친구들도 친구를 위해 봉사할 기회를 갖고, 정우도 더 많은 친구를 만나는 게 좋지 않겠니? 2학년 때 담임 선생님 얘기로는 정우가 너 이외에는 말도 잘 안 한다며? 정우한테 그게 좋은 일일까?"

나는 선생님의 말에 더 반박할 수 없었다. 교실에 들어갔더니 정우가 걱정스럽게 물었다.

"뭐래?"

"나도 몰라."

괜히 정우한테만 퉁명스럽게 말을 하고 말았다. 다음 날 선생님은 정우의 도우미는 원하는 사람들이 한 달에 한 번씩 돌아가면서 하라고 했다. 도우미를 지원한 아이들 중 조커만 빼고 나쁜 아이는 없었다. 그러나 문제는 정우였다. 정우의 얼굴이 딱딱하게 굳었다. 나는 정우에게 담임 선생님이 한 말을 그대로 했다. 그러나 정우의 굳은 얼굴은 펴지지 않았다. 나는 망설이다가 특수반 선생님을 찾아갔다. 특수반 선생님도 속이 상한 듯 말했다.

"나도 좀 황당해. 학부모들의 건의가 있었대."

"무슨 건의요?"

"봉사할 기회를 골고루 달라고……. 다른 애들은 청소다 뭐다 해서 봉사할 걸 찾아야 하는데……. 네가 상 받은 것도 영향을 미

친 거 같고. 건의해도 통하질 않아. 교장 선생님이 어쩔 수 없다고
하신다."

나는 눈물이 핑 돌았다. 특수반 선생님에게라도 조커 얘기를 해
야 할지 망설였지만 용기가 나질 않았다.

"선규야, 네 걱정 다 알아. 그래도 도우미 선생님이 계시니까. 누
가 되든 잘해 줄 거고."

"정우는요?"

"선규야, 정우랑 같은 반이잖아. 도우미 안 해도 친구로 지내 줄
수 있잖아."

나는 수업이 끝나고 조커에게 갔다.

"너 왜 정우 도우미 하겠다고 했어?"

"왜? 그럼 안 되냐?"

조커가 문어발을 질겅질겅 씹으며 물었다. 나는 그런 조커의 태
도에 화가 치밀었지만 꾹 참고 물었다.

"너 정우 도우미 할 생각 없잖아. 괴롭히려고 그러는 거잖아."

"참 내, 이 자식 열라 웃기네. 네가 어떻게 알아?"

"이건 장난 아니야."

"야, 누가 장난이래? 난 그냥 순수한 마음에서 도우미를 한다고
한 거야. 선생님도 아무 말 안 하는데 왜 니가 나서서 그래? 너, 민
영기랑 최호철한테도 가서 말했냐? 아니지? 걔네는 모범생들이라
괜찮고 나는 왜, 꼴통이라 안 되냐?"

"난 민영기랑 최호철 어떤 애들인지 몰라. 그런데 너는 알아."

"네가 날 안다고? 네가? 헐, 이 자식 진짜 존나 웃기네. 도우미를 하든 말든 네가 간섭할 일이 아니야."

"너 알잖아. 정우가 너 싫어하는 거."

"걔가 싫어하든 말든 무슨 상관이야. 내가 도우미 한다는데."

"도우미는 그 사람이 원해야 하는 거야. 정우는 널 무서워한다고."

"내가 귀신이냐? 괴물이야? 이선규 넌 뭘 몰라서 그러는데 걔랑 나랑은 그렇게 단순한 사이가 아니야. 그러니까 괜히 깝치지 말고 꺼져."

나는 조커에게 더는 말할 수 없었다.

2010년 3월 3일

선규랑 같은 반이라서 안심이 됐는데, 선규는 이제 내 짝도 도우미도 아니다. 선규가 도우미를 할 수 없게 되었다고 하자 특수반 선생님은 선규는 내 도우미가 아니라 친구라고 했다. 그리고 선규도 이제 중3이 되었으니 짐을 덜어 주면 좋다고 했다. 그럼 내가 짐이었나? 하긴 그 말이 틀리진 않는다. 선생님은 나를 위해서도 선규 말고 다른 친구들이랑 더 많이 사귀는 게 필요하다고 했다. 그런데 새 도우미 중에 조커가 있다. 조커는 왜 내 도우미가 되겠다고 한 걸까? 나를 괴롭히기 위해설까? 아니면 옛날로 돌아가고 싶은 걸까? 만약에 조커가 옛날처럼 다시 친구 하자고 하면 나는 그럴 수 있을까? 조커는 그동안 나를 괴롭혔다. 나는 그 이유도 모른다. 어쨌든 나는 두렵다. 학교 가기가 싫다. 3월은 민영기가 내 도우미다. 민영기는 나한테 아주 친절하고 자꾸만 무엇이든 해 주고 싶어 한다. 화장실이 안 가고 싶은데도 자꾸만 물어본다. 나한테 모르는 것이 있으면 물어보라고 한다. 그러나 나는 어차피 학교 공부에 대해 아는 게 거의 없으니 물어볼 것도 없다. 친절한 민영기가 부담스럽다. 오늘 점심시간에 선규는 애들이랑 축구를 하러 나갔다. 그런데 민영기는 밥을 다 먹고도 내 휠체어를 밀어 줬다. 그러면서 산책을 가자고 했다. 날씨가 쌀쌀했지만 선규가 축구 하는 걸 구경했다. 선규는 정말 잘 뛴다. 겨울 방학 동안 선규는 키가 더 컸고 어깨도 더 넓어졌다. 수염도 깎아야 해서 귀찮다고 했다. 축구를 더 보고 싶었지만 너무 추워서 민영기한테 들어가자고 했다. 민영기가 너무너무 미안하다고 추운 줄 몰랐다고 했다. 나는 그 말도 부담스럽다.

정우는 새로운 도우미인 영기와 잘 지내는 것처럼 보였다. 모든 면에서 모범생인 영기는 나보다도 정우에게 헌신적이었다. 그런데 정우는 얼굴이 편해 보이지 않았다. 그리고 이상하게도 정우와 나는 바로 옆자리인데도 짝일 때와는 좀 달랐다. 그만큼 신경이 덜 쓰였고 함께할 시간이 많지 않았다. 불편한 정우 모습을 보면 내가 가서 도와주고 싶었지만 영기가 있는데 내가 나서는 것도 껄끄러웠다. 정우는 MP3 이어폰을 꽂고 음악만 듣는 시간이 더 많아졌다.

"이정우 원래 그래?"

영기가 쉬는 시간에 와서 물었다.

"뭐가?"

"정우가 공부를 너무 안 해. 그래서 내가 보충을 해 줄까 했는데 싫대. 매사에 너무 무기력한 거 같아서 걱정이야."

나는 영기에게 무슨 말을 해 주어야 할지 몰랐다. 그래서 그냥 정우 마음대로 하게 내버려 두라고 했다. 그러자 영기가 말했다.

"그건 안 되지. 정우에게 뭔가 도움이 되어야지."

영기는 정우에게 책을 선물하고 집에서 간식 같은 걸 가져다주기도 했다. 조커도 수시로 정우 자리로 가는 것 같았다. 그러나 정우에게 별쭝나게 해코지를 하는 것 같지는 않았다. 조커는 2학년 때 같이 어울려 다니던 선도부 선배들이 졸업한 뒤 선도부장 자리를 놓고 몇몇 아이들과 경쟁하다가 성적 때문에 밀렸다는 소문이 돌았다. 학생부장 선생님을 믿고 있었는데 조커의 성적이 중후반대다 보니 아무래도 다른 선생님들이 달가워하지 않은 모양이었다. 그 뒤로 풀이 죽어 보이긴 했지만 그래도 여전히 선도부 아이들과 몰려다니며 신입생들 복장 검사와 두발 검사를 하는 데 열심이었다.

2010년 3월 26일

이틀 동안 방에서 꼼짝하지 못하고 있다. 감기 때문에 열이 높았다. 낮에는 날씨가 좋아도 저녁이 되면 쌀쌀해져 감기가 떨어지지 않는다. 엄마는 내가 감기만 들면 걱정을 한다. 폐렴 때문이다. 엄마는 열이 다 내리고 나서도 세 시간이나 꼼짝 못 하게 하다가 3시가 넘어서야 마루까지 나오게 해 주었다. 딱 삼십 분을 앉아 있었는데 다시 기침이 나와 방에 들어왔다. 내가 아프면 엄마는 내 옆에 딱 붙어서 꼼짝하지 않는다. 어젯밤에도 엄마는 한숨도 못 잤다. 자다 깨면 엄마가 날 내려다보고 있었다. 엄마한테 미안했다. 내가 이렇게 계속 아프다가 형처럼 죽으면 우리 엄마는 어떻게 하나 걱정이 됐다. 그래서 엄마한테 내가 죽어도 울지 말라고 했다. 그러자 엄마가 막 화를 내면서 나는 형보다 오래 살 거라고 했다. 나는 엄마한테 소원이 따로 있다고 말하고 싶다. 내가 아프면 병원에 데려가 달라고 말하고 싶다. 내가 죽을 때 옆에 있어 달라고 말하고 싶다. 형처럼 그냥 내버려 두지 말라고. 그러나 그 말을 할 수 없다. 엄마 마음이 아플까 봐. 그래도 언젠가는 그 말을 꼭 하고 싶다. 내가 죽으려고 하면 병원에 데려가 주고 엄마가 옆에 있어 달라고, 꼭 말할 거다.


9


일주일 만에 학교에 온 정우의 얼굴은 핏기가 하나도 없었다. 점점 살이 찌는 것 같아서 걱정이 많았는데 몸도 좀 야윈 것 같았다. 나는 영기가 없는 틈을 타서 정우에게 가 물었다.

"이젠 괜찮은 거지?"

"응. 폐렴으로 갈까 봐 조심한 거야."

참 이상했다. 도우미를 그만둔 것뿐인데 쉬는 시간에 정우한테 가서 말을 붙이는 것조차 어색했다. 정우 역시 그래 보였다. 내가 정우 옆에 오래 있으면 영기가 불편할 것 같기도 했다.

"정우야, 이번 주 수요일 날 너희 집에 놀러 갈까?"

정우가 밝은 얼굴로 대답했다.

"그럼 좋지. 우리 엄마한테 맛있는 거 해 달라 그럴까?"

"아니, 그냥 라면 끓여 먹자."

정우와 몇 마디 주고받고 있을 때 갑자기 조커가 다가오더니 말했다.

"이번 달부터는 내가 애인 담당이야. 몰랐어?"

그러고 보니 어느새 4월이었다. 조커는 나를 밀치더니 정우에게 다짜고짜 풍선을 내밀었다.

"이, 이게 뭐야?"

정우가 긴장해서 조커에게 물었다.

"너희 같은 애들은 심폐 기능을 강화하는 운동을 해야 한다며? 풍선 부는 게 심폐 기능 강화에 짱이거든. 선물이야."

정우가 곤란한 얼굴로 나를 올려다보았다. 생뚱맞긴 했지만 조커가 나름대로 정우에게 신경을 쓴 것이었기에 나는 뭐라 참견할 수 없었다. 나는 정우에게 눈인사를 하고 뒤로 물러서 내 자리로 돌아왔다. 쉬는 시간에 조커가 정우에게 말했다.

"야, 애인. 화장실 안 가고 싶냐?"

정우가 고개를 저었다. 나는 한참 망설이다 조커에게 말했다.

"조혁. 너 정우 도우미 하려면 정우 이름부터 제대로 불러."

조커가 나를 고까운 듯 보며 말했다.

"야, 니가 뭐 이정우 애인이라도 되냐? 까불면 너희 게이라고 확 소문낸다."

갑자기 뒤통수를 맞은 것 같았다.

"너랑 이정우랑 그렇고 그런 사이인 거 다 알거든."

조커는 실실 웃음을 흘리며 야죽거렸다. 일부러 그러는 걸 뻔히 알면서도 불뚝성이 나 나도 모르게 조커에게 달려갔다. 그런데 누군가가 나를 막아섰다. 영기였다.

"아무도 그렇게 생각 안 해."

분을 참으려니 눈물이 핑 돌았다. 이를 악물었다.

"선규야, 참아. 여기 교실이야."

정우의 어깨가 들썩거리고 있었다. 불쑥 걸핏하면 울기부터 하는 정우가 짜증스러웠다. 조커가 우는 정우를 신경 쓰는 것 같았다. 나는 분을 삭이고 나서 차갑게 말했다.

"네가 그런다고 센 것처럼 보일 거라고 착각하지 마. 센 척하려면 너보다 힘센 애들한테 그래 봐. 이 비겁한 찌질아."

조커의 눈가가 바르르 떨렸다.

"우와, 이선규 너 많이 컸다. 개기냐? 나한테? 병신이랑 다니더니 네 정신도 병신 됐냐?"

나는 병신이라는 소리에 더는 참지 못하고 조커에게 주먹을 날렸다. 엉겁결에 한 대 맞은 조커가 욱하며 내 멱살을 잡았다. 그때 정우가 갑자기 소리를 질렀다.

"그만해!"

그 소리에 조커가 멈칫했다. 정우가 엎드려 엉엉 울기 시작했다. 교실이 술렁이고 반장이 일어나 교탁 앞으로 나가 소리를 쳤다.

"야, 너희 지금 뭐 하는 거야? 여기 교실이야. 이선규, 조혁, 너희 그만해!"

조커의 손아귀 힘이 빠지는가 싶더니 멱살을 잡았던 손을 풀었다.

"재수 없는 새끼."

조커는 딱 한마디를 하고는 제자리로 돌아갔다. 조커가 자리에 앉자 정우는 울음을 그쳤다.


2010년 4월 1일


선규가 조커를 때렸다. 선규가 주먹을 날린 것은 처음이다. 나 때문에 화가 난 걸까? 아니면 게이라는 말에 화가 난 걸까? 아무래도 상관없다.

조커에게 선방을 날리다니 멋졌다. 그러나 금세 조커가 불쌍해졌다. 자존심 엄청 센 놈인데 얼마나 속상했을까? 그런데도 마음 한구석이 시원하다. 이런 내가 나쁜 걸까? 조커는 왜 그렇게 변한 걸까? 김포에 살 때 내 친구 조혁은 착한 아이였다. 다른 애들이 나를 못살게 굴고 놀려도 조혁은 내 옆에 있어 주었다. 가방을 들어 주고, 내가 엎어지면 조용히 기다려 주었다. 그래서 조혁은 나와 같이 따돌림을 당했다. 아이들은 나를 거북이, 굼벵이라고 불렀고 조혁은 거북이 꼬붕, 굼벵이 딸랑이라고 불렀다. 내가 미안해하면 조혁은 언제나 괜찮다고 말해 주었다. 조혁 형이 죽었다는 소식을 듣고 교실을 나가며 펑펑 울던 조혁의 모습이 아직도 생생하게 떠오른다. 형 장례를 치르고 조혁네 엄마는 조혁이랑 외할머니를 두고 집을 나갔다. 그리고 조혁 외할머니는 너무 늙어 조혁을 기를 수 없어서 친할머니네 집으로 보냈다. 그래서 조혁은 어쩔 수 없이 전학을 갔다. 조혁이 친할머니 댁에 살 때만 해도 전화를 하고 방학 때 오기도 했다. 그런데 어느 날부터 연락이 끊겼다. 내가 하도 조혁을 보고 싶어 하니까 엄마가 조혁네 외할머니한테 가서 소식을 들어 왔다. 조혁네 친할머니가 아파서 조혁을 보육원에 보냈다고 했다. 그 뒤로 나는 조혁을 만날 수 없었고 6학년 겨울 방학 때 나도 이리로 전학을 왔다. 중학교 입학식에서 만난 조혁은 조혁이 아니라 조커가 되어 있었다. 조혁은 나한테 와서 자기를 알은 척하지 말라고 했다. 나는 조혁이 왜 그렇게 변했는지 아무것도 모른다. 조커는 조혁이 아니다. 그래서 슬프다.

그런 일이 있은 뒤에도 조혁은 정우 도우미 역할을 그런대로 잘했다. 나한테 맞은 것을 정우한테 화풀이하지나 않을지 걱정했지만 별일 없었다. 그즈음 정우는 기침을 많이 했다. 워낙 기온차가 큰 봄마다 기관지염이나 중이염을 앓았다지만 콜록거리는 기침소리가 심상치 않았다. 그러다 폐렴으로 가면 큰일이라 걱정이 되었다. 학교에 오면 정우 자리부터 확인했다. 정우가 와 있으면 마음이 놓였다. 얼굴이 창백해 보이기는 했지만 다행히 크게 아프거나 하지는 않은 것 같았다. 같이 어울리던 친구들이 나더러 정우 좀 그만 신경 쓰라는 말을 자주 하기 시작한 것이 그 무렵이었다. 친구들은 내게 가끔 물었다.

"야, 이선규 넌 왜 저런 애랑 친구가 됐냐?"

그러나 다른 아이들과도 특별히 친구가 된 까닭이 있지는 않았다. 그럴 때마다 나는 어깨를 으쓱하고 말았다. 그러던 어느 날 점심시간에 축구를 하다 바람이 너무 불어 교실로 들어왔는데 정우와 조커가 보이지 않았다. 혹시 조커가 정우를 어디로 데려가 괴롭히기라도 할까 봐 음악실, 과학실, 강당, 도서관을 다 뒤졌다. 그러다 수업 시작 예비 종이 치고 나서야 벚꽃 동산에 있는 정우와 조커를 보았다. 나는 한달음에 달려가 조커를 밀치고 휠체어 손잡이를 잡았다.

"야, 조커 너 미쳤어? 이런 날씨에 정우를 데리고 나오면 어떻게 해?"

조커가 붉으락푸르락하며 소리쳤다.

"야, 이 새끼가 나가자고 했거든."

"구라 치지 마. 네 말은 콩으로 메주를 쑨다 해도 안 믿어, 새끼
야."

"그럼 애인한테 물어봐."

"물어볼 필요도 없다고, 새꺄."

나는 조커에게 내가 할 수 있는 욕을 다 퍼부어 주고 싶었다. 정
우는 계속 기침을 해 댔다.


## 2010년 4월 16일

오늘 선규와 조커가 또 싸웠다. 점심시간에 날이 따뜻하고 햇볕도 좋
아서 조커한테 벚꽃 동산에 데려다 달라고 했다. 조커는 처음에는 바람이
아직 쌀쌀하다고 안 된다고 했다. 그런데 내가 데려다 달라고 우겼다. 벚
꽃 동산에 가는데 지나가던 1학년 애들이 조커한테 인사를 했다. 조커가
거드름을 피우며 인사를 받아 주었다. 그런 꼴을 보는 게 싫었다. 내가 그
렇게 인사를 받으면 좋냐고 조커한테 물었다. 그러자 조커가 말했다.

"그럼 나쁠 거 같냐? 하긴 너 같은 새끼는 이런 기분 모를 거다."

나는 그런 기분 알고 싶지도 않다고 말했다. 그러자 조커가 심각한 얼
굴로 말했다.

"니가 뭘 알겠냐? 휠체어에만 앉아 있으니. 넌 세상을 몰라. 5학년 때

보육원에 처음 가서 거의 날마다 괴롭힘을 당했어. 친할머니가 미안하다며 사 준 메이커 신발, 옷 다 뺏겼지. 이르면 죽인다고 협박해서 이르지도 못했어. 거기는 형들이 대장이고 법이었어. 거의 날마다 맞았어. 너도 알지? 나 원래 열라 착했어. 그러니까 맨날 손해만 보게 되더라. 만만하면 안 되겠더라고. 거기서는 착한 거, 공부 잘하는 거 다 소용없었어. 힘센 게 최고지."

조커가 씁쓸하게 말했다. 나는 조커에게 거기서 언제 나왔는지 물었다.

"재작년 2월. 중학교 들어오기 바로 전에. 우리 할아버지가 돌아가시고 할머니 혼자 남았거든. 그런데 할머니가 당뇨 때문에 눈이 잘 안 보이셔. 재작년 설날에 보육원에서 가정 방문 보내 줘서 할머니 댁에 갔는데 할머니가 혼자서 밥을 차려 드시는 거야. 그걸 보고 가니까 할머니가 걱정돼서 보육원에 있는 게 더 싫었어. 그래서 일부러 계속 사고 쳤어. 애들 때리고 가출하고 담배 피우고. 그러니까 보육원에서 집에 가라고 하더라. 첨엔 할머니한테 다시 와서도 힘들었어. 보육원에 있을 때나 나와서나 기초 생활 수급자인 게 화나고 창피해. 엄마, 아빠, 외할머니, 친할머니 다 날 버렸어. 세상에서 가장 좋아했던 하나밖에 없는 형은 불치병 걸려서 죽고. 되게 불쌍한 인생이잖아. 내 인생이. 그런 게 짜증 나. 난 궁상맞은 게 존나 싫어. 그래서 네가 싫었어. 널 보면 우리 형 생각나고, 존나 불행한 내 신세랑 똑같은 거 같아서 보기도 싫어. 니가 나에 대해 잘 아는 것도 싫어. 난 누가 날 알고 동정하는 거 진짜 싫거든."

조커 말에 눈물이 났다. 나는 걱정 말라고 했다. 절대 말하지 않을 거라고 했다. 그런데도 조커는 다시 협박을 했다.

"니가 내 얘기 하고 다니면, 특히 이선규 그 새끼한테 하면 나 죽어 버릴 거다."

나를 죽이는 게 아니라 자기가 죽겠다고 했다. 그 말이 더 무서웠다. 바람 때문인지 조커가 무서워서 그런지 기침이 더 나왔다. 내가 토할 것처럼 기침을 하니까 조커가 내 이마를 만지더니 당황해서 어쩔 줄 몰랐다.

"이 새꺄, 이렇게 열이 나면 말했어야지."

조커가 휠체어를 밀려고 내 뒤로 가는데 그때 선규가 왔다. 선규는 나를 찾아다닌 것 같았다. 선규가 조커한테 막 화를 냈다. 선규가 나를 걱정해서 찾아다녔다니 눈물이 나올 것 같았다. 조커가 나를 괴롭히려고 한 게 아니라고 말하고 싶었지만 자꾸 기침이 터져 나와 그 말을 하지 못했다.


그 일이 있고 난 뒤 주말을 보내고 학교에 갔는데 정우 자리가 비어 있었다. 아무래도 이상한 느낌이 들어 정우에게 전화를 걸었지만 전화기가 꺼져 있었다. 아이들은 정우가 학교에 오건 말건 상관을 안 했다. 담임 선생님도 정우가 오지 않은 것만 확인할 뿐 더 말이 없었다. 조커가 내게 물었다.

"이정우 왜 안 오냐?"

"몰라. 연락이 안 돼."

정우의 빈자리가 무척 신경 쓰였다. 허옇고 넙데데한 얼굴에 가득 번지던 정우의 해맑은 웃음이 그립고, 낮은 소리로 조잘조잘 떠들던 모습도 그리워졌다.

2010년 4월 20일

날씨가 참 좋다. 지금 나가면 따뜻하고 꽃도 많이 피었을 거다. 그런데 나는 지금 자판을 두드릴 힘도 없다. 나는 느낄 수 있다. 내 몸이 많이 안 좋다는 걸. 엄마한테 인사를 하고 싶은데 말이 나오지 않는다. 그래서 여기다 쓴다.

엄마, 고마웠어. 형이랑 내가 이 병에 걸린 거 엄마 잘못 아니야. 엄마도 아무 잘못 없는데 그냥 유전이 된 거잖아. 그러니까 내가 죽어도 엄마는 살아. 형이랑 내 몫까지 살아서 다른 사람들 도우면서 살아. 텔레비전 보니까 그런 사람들 많아. 그러니까 엄마, 나 화장해서 그냥 뿌리지 말고 납골당에다 놓아 줘. 내가 살았다는 거 아무도 기억 못 하는 거 슬프잖아. 납골당에 내 유골 놔두고 엄마가 와 줘. 내가 보고 싶을 때 와서 보고 가 줘. 엄마가 할머니 될 때까지 살아서 나한테 와 줘. 부탁이야. 재작년에 엄마랑 같이 벚나무 앞에서 찍었던 사진이랑, 2학년 때 학교에서 선규랑 라일락 꽃 앞에서 찍었던 사진이 『바닷가 아이들』이란 동화책 안에 있어. 그 사진 액자에 넣어서 앞에 놔 줘. 엄마 고맙고, 고생 많았고, 사랑해.

학교가 끝나고 정우네 집에 가 보니 대문이 잠겨 있었다. 대문이 잠긴 것은 처음 있는 일이었다. 나는 골목을 서성이다 그냥 왔다.

기분이 내내 이상했다. 그날 밤 가위에 눌렸다. 정우가 휠체어를 타고 내 방문으로 들어오려는데 자꾸만 휠체어 바퀴가 문턱에 걸렸다. 정우의 휠체어를 밀어 주려면 침대에서 일어나야 하는데 일어나지지 않았다. 아무리 몸부림을 쳐도 몸이 움직이지 않고, 정우더러 힘껏 바퀴를 밀어 보라고 소리를 쳐도 소리가 나오지 않았다. 답답한 마음에 엉엉 우는데 누군가 내 몸을 흔들었다. 아버지였다. 아버지가 늦게 퇴근해 내 방문을 열었는데 내가 신음 소리를 내더니 끝내 울음을 터뜨렸다면서 공부에 너무 스트레스를 받지 말라고 했다.

다음 날 아침에도 정우의 자리는 비어 있었다. 그날, 조회를 하러 들어온 선생님의 얼굴이 무거웠다. 그러나 조회 시간에는 아무 말이 없더니 나를 따로 불렀다.

"정우 엄마한테 전화가 왔다. 정우가 중환자실에 있다는구나. 6시가 면회 시간이래. 선생님은 점심시간에 특수반 선생님하고 갔다 올 건데 너는 이따 끝나자마자 가 봐라. 아직 친구들한테는 말하지 말고. 정우 엄마가 그걸 원하신다."

나는 겁이 났다. 중환자실에 있다는 말이나 선생님의 무거운 표정이 자꾸 불길한 예감이 들게 했다. 담임 선생님은 아무한테도 말하지 말라고 했지만 겁이 나서 영기에게 말했다. 혼자 가는 것보다 영기와 같이 가는 게 좋을 것 같았다. 그러나 영기는 학원 때문에 안 된다고 말했다. 조커에게 말을 할까 하다 말았다. 혹시라도 조커가 병원에 같이 가겠다고 하면 정우가 싫어할 것 같았다. 병원 중환자실 앞에 도착해 정우 엄마에게 전화를 걸었다. 면회증을 목에 건 정우 엄마가 나왔다. 간호사가 주는 초록색 가운을 입고 중환자실로 들어갔다. 약 냄새와 기구에서 나는 소리들이 정신을 멍하게 만들었다. 정우는 호흡기를 끼고 있었다. 중환자실의 조명 때문인지 정우의 얼굴은 핏기 하나 없이 하얬다.

"패혈증이 와서…… 기관지염이 심한 걸 학교에 보낸 게…… 집에서 쉬라고 했어야 하는 건데. 이 못난 에미 때문에 우리 정우가 이 고생이다."

정우와 눈이 마주쳤다. 정우는 열 때문인지, 약 기운 때문인지 눈동자가 풀리고 눈가에 물기가 어려 있었다. 그래도 정우가 나를 알아보는 것 같았다. 링거 바늘이 꽂혀 있는 손등을 움직이는 것도 같았다. 정우 엄마가 말했다.

"의식이 있으니 알아볼 거야. 하고 싶은 말 해도 돼."

나는 정우의 마른 손가락 끝을 잡았다. 손끝이 차가웠다.

"정우야, 미안해. 빨리 못 와서. 연락이 안 됐어."

목이 콱 메어 왔다. 정우가 눈을 깜박거렸다.

"정우야, 빨리 나아야지. 수수꽃다리가 피었어. 너 좋아하지? 라일락."

정우가 다시 눈을 깜박거렸다. 다음에는 무슨 말을 해야 할지 몰랐다. 친구들이 너를 기다린다는 상투적인 거짓말에 정우가 속을

리도 없었다. 나는 정우에게 아무것도 해 줄 수가 없었다. 중환자
실을 나오는데 나도 모르게 눈물이 쏟아졌다. 처음으로 정우가 죽
을지도 모른다는 생각이 들었다.


10


월요일 아침, 오랜만에 강당에서 전체 조회를 하는데 담임 선생
님이 보이질 않았다. 이상한 느낌이 들었다. 교실에 갔는데 선생님
이 책상에 말없이 앉아 있었다. 그 모습을 보는데 나도 모르게 눈
물이 쏟아졌다. 우리가 교실에 들어와 다 앉자 교탁에 선 선생님이
말했다.

"얘들아. 토요일 날 정우가 하늘나라로 갔다는구나. 감기가 심
해져 폐렴이 패혈증이 되었대."

순간, 교실이 고요한 물속으로 쑥 가라앉는 느낌이었다. 영기가
물었다.

"그럼 오늘이 발인 아닌가요?"

"이미 오늘 새벽에 화장을 했다는구나. 납골당에 유골이 안치
되면 그때 개별적으로 갈 사람은 가도록 하자. 정우 엄마가 원하시
는 게 그거야."

머리가 멍해졌다. 눈물이 쏟아져 내렸다. 조회가 끝난 뒤에도 눈

물이 멈추질 않았다. 아이들이 슬쩍슬쩍 내 눈치를 보고 있는 것이 느껴졌다. 이정우가 어디 아팠냐고 묻는 아이의 목소리도 들렸다. 원래 근육병은 오래 못 산다고 하는 아이의 말도 귀에 들어왔다. 나도 모르게 주먹을 움켜쥐었다. 그때 조커가 다가왔다.

"야, 이선규. 울지 마라. 너만 슬픈 거 아니잖아. 유별 떨지 마."

조커를 올려다보았다. 조커의 얼굴에서 슬픔이 보이지 않았다. 그때는 적어도 그렇게 느꼈다. 그래서 나는 조커에게 주먹을 날렸다. 엉겁결에 얻어맞은 조커가 휘청거렸다. 나는 조커의 멱살을 잡고 일어나 조커를 교실 뒤로 끌고 갔다. 조커는 반항을 하지 않고 순순히 따라왔다. 나는 또다시 주먹을 날렸다. 휘청거리는 조커의 배를, 이번에는 머리로 받아 버렸다. 그리고 언젠가 조커가 정우의 휠체어를 젖히고 뺨을 때린 것이 떠올라 나자빠진 조커의 배에 올라가 손에 있는 힘껏 힘을 실어 따귀를 때렸다.

"나쁜 새끼. 개자식, 너 때문이야. 왜 데리고 나갔어? 왜?"

나는 정우가 죽은 것이 조커 때문이라 생각했다. 그 바람 많은 날 정우를 밖에 데리고 간 조커 탓이라고 생각했다. 조커는 아무 변명도 하지 않았다. 그리고 말했다.

"더 쳐라. 그러면 내 마음이 편해질 거 같다."

그 순긴 팔에 힘이 빠졌다. 조커는 나쁜 애였다. 나보다 힘이 세고 비열하고 졸렬한 아이였다. 조커는 나 같은 애의 주먹을 참아 내는 아이가 아니었다. 내가 때린 거의 두 배, 세 배로 나를 공격해야 했다. 조커는 정우의 죽음 따위에 눈물을 흘릴 아이가 아니었다. 조커는 그만큼 무섭고 잔인한 애여야 했다. 그래야만 정우가 조커에게 당하는 동안 제대로 맞서 보지 못한 나 자신을 변명할 수 있었다. 그러나 조커는 끝까지 공격하지 않았다. 맥이 빠진 채 가방을 메고 교실을 나서는데 조커가 닌텐도를 내밀었다. 일 년 전 정우에게서 빼앗았던 거였다.

"줄 기회를 놓쳤다. 일부러 그러려고 그런 게 아닌데……."


며칠 뒤, 닌텐도를 가지고 정우네 집에 갔다. 정우 엄마는 이삿짐을 싸고 있었다.

"아들 둘을 보냈으니 여기서 살아도 사는 게 아니지."

정우 엄마는 내가 내민 닌텐도를 보며 말했다.

"그냥 가져가라. 그게 왜 너한테 있는지는 모르겠다만 정우가 너한테 주고 싶었을 거야. 잠깐만 기다려."

정우 엄마가 방으로 들어가더니 USB를 가져다주었다.

"정우 일기가 들어 있대. 병원에 가기 전에 외삼촌한테 자기 컴퓨터에 있는 걸 USB에 담아 달라고 그랬다는구나. 너한테 꼭 전해 달라고. 고맙다. 정우가 너 많이 좋아했어. 그래도 우리 정우한테는 친구가 있어서 행복했을 거야."

나는 망설이다 정우 엄마에게 말했다.

"여러 번 왔어요, 정우한테……. 그런데 어디다 연락을 해야 할지 몰라서…….”

“괜찮아. 정우가 너 다녀가고 좋아했어. 얼굴이 편안해지는 거 같더라.”

나는 한참을 망설이다 정우의 마지막이 어땠는지 물었다. 그래야만 할 것 같았다. 정우 엄마의 눈시울이 붉어졌다. 언젠가 정우는 자기 엄마는 눈물이 다 말랐다고 했었다. 그런데 정우 엄마의 눈에서 눈물이 흘러내렸다.

“혀가 다 말려들어 가는데 마지막으로 한 말이 ‘고마웠어.’였어. 이 엄마 어떻게 살라고 나 같은 년한테 고맙다고 했는지…….”


그날 집으로 돌아오는데 조커가 우리 아파트 입구를 서성이고 있었다. 내가 모르는 척하고 지나자 조커가 나를 불러 세웠다.

“혹시 이정우네 집 갔다 오냐?”

“응.”

“걔네 엄마가 별말 없었냐?”

“무슨 말?”

“그냥.”

나는 그때 조커가 몸서리치도록 싫었다.

“나한테 더 할 말 있냐?”

조커가 고개를 저었다.

나는 그대로 돌아와 버렸다.

반 아이들한테 정우의 죽음은 그저 작은 사건에 지나지 않았다. 아이들에게 정우는 불쌍한 아이였지만 정우의 죽음을 슬퍼할 만큼 가까운 사이는 아니었다. 그래도 정우의 죽음을 애도하느라 한 사나흘간은 교실이 평소보다 조용했다. 영기가 꽃다발을 사 온 덕분에 사흘간은 정우의 빈 책상 위에 꽃다발이 놓여 있었다. 나흘째 되던 날, 담임 선생님은 이제 꽃을 치우자고 했다. 꽃이 사라지자 교실은 평소와 다름없어졌다. 정우의 빈자리도 치워졌다. 일주일이 지나도 예전으로 돌아오지 않는 것은 오로지 조커뿐이었다. 조커는 눈에 띄게 조용해졌고 아이들과 잘 어울리지도 않았다. 아이들은 정우의 죽음보다 조커의 변화에 더 주목했다. 2학년 때 정우보다 정우의 도우미였던 내가 봉사상을 받은 것에 더 관심을 기울였던 것처럼.

아침마다 교문 앞에 서 있는 조커의 눈총이 더는 무섭지 않았고 어깨의 힘도 빠져 갔다. 점심시간에 식당 앞에 서서 복장 검사를 할 때도 혼자 느지감치 나와 아이들 복장을 건성건성 보다가 들어갔다. 그러다가 결국 여름 방학 전에 선도부를 그만두고 말았다. 조커가 힘을 쓰지 않자 옆에 있던 아이들이 하나둘 떨어져 나갔다. 가끔 아이들 사이에서 조커에 대해 험담하는 소리가 들렸다. 병든 할머니와 단둘이 살아 가정 형편이 아주 어렵다는 이야기도 들렸다. 그런 조커를 보면 문득문득 혹시 내가 한 말 때문에 조커가 그러는 건 아닌지 께름칙했다. 나는 그렇다 해도 어쩔 수 없는 일이라고 애써 스스로 합리화했다. 그런 것이 인과응보라고 여겼다. 그리고 나는 정우를 잊었다. 정우를 잊는 것은 쉬웠다. 아니 잊어야 쉬워졌다. 그래야 선생님의 무관심에 화가 나지 않고, 반 아이들의 가벼움에 나도 가볍게 호응할 수 있었다. 그래야 조커의 변화를 모르는 척할 수 있었다.

3학년 말, 조커는 전문계 고등학교를 선택했다. 그것도 우리 학교와 먼 북구의 자동차 공고를 지원했다. 겨울 방학 때 아이들한테 조커가 치킨을 배달한다는 소문을 들었다. 나도 몇 번 조커가 일한다는 치킨집 오토바이를 보았다. 그러나 그 배달원이 조커인지 아닌지 확인하고 싶은 마음 따위는 없었다.

11

정우의 일기 마지막에는 '단편 소설'이라는 제목의 글이 있었다.

"이정우 씨는 가장 인기 있는 방송 작가입니다. 지난번 16부작 미니 시리즈는 최고의 시청률을 기록했는데요. 이제까지 이정우 씨는 철저하게 자신을 숨기는 방송 작가로 유명했습니다. 그런데 이번에 이정우 씨가 처음으로 방송과 인터뷰를 수락했습니다. 이정우 씨는 인터뷰 장소로 벚꽃 축제가 한창인 여의도를 택했습니다. 벚꽃 축제가 끝나 가는 여의도 윤중 로는 벚꽃보다 사람이 더 많은 것 같습니다. 앗, 그런데 이게 웬일입니까? 혹시 저 휠체어를 타고 있는 사람이 이정우 씨 맞을까요? 저 혹시 이정우 씨입니까?"

"네, 맞습니다."

"장애인이셨군요."

"네, 정확히 말하면 저는 듀센형 근이영양증 환자입니다. 나이는 스물여섯이고 대학에서 문예창작을 전공했습니다."

"그런데 이 휠체어는 굉장히 특이하네요?"

"네, 근이영양증 환자를 위한 특별한 휠체어입니다. 우리 같은 근육병 환자들은 호흡에 어려움을 겪기 때문에 특수 호흡 장치가 달려 있고요. 손 근육을 쓰지 못하기 때문에 말로 하면 컴퓨터가 반응해 글을 써 주는 특수 장치도 달려 있습니다. 제가 말을 하면 밥을 대신 먹여 주고 어디든 스스로 움직여 갈 수 있게 해 줍니다. 요즘은 장애인용 버스도 많고, 또 콜택시도 예전보다 자유롭게 이용할 수 있어 어디로든 다닐 수 있습니다."

"근이영양증은 보통 이십 대를 전후해 사망하는 걸로 알고 있는데요."

"아, 반드시 그런 것은 아니고요. 재활 치료를 꾸준히 하면 경과가 다 다르죠. 더욱이 일 년 전 근이영양증의 진행을 막는 약이 출시되었습니다. 아직은 가격이 비싸지만 다행히 저는 경제적 능력이 돼서 그 약을 복용하고 있습니다. 앞으로 근육병 환자를 위한 이 약이 보험 혜택을 받을 수 있도록 널리 운동을 펴 나갈 생각입니다."

"네, 그런데 근육병이 희귀병이지 않습니까? 팬들에게 자신의 이야기를 간단하게라도 설명해 주실 수 있는지요?"

"제게는 형이 있었습니다. 형도 근육병을 앓았죠. 형은 걸음마를 시작한 두 살 무렵부터 걷는 게 이상했답니다. 그때만 해도 근육병에 대한 인식이 부족해 여덟 살 때가 돼서야 근육병 진단을 받았습니다. 저희 형은 듀센형 근이영양증 환자들에게 종종 나타나는 지적 장애도 같이 있었던 것 같습니다. 한글도 모르는 채 열여덟까지 살았습니다. 형이 근육병 진단을 받은 뒤 어머니는 형과 함께 바다에 빠져 죽을 생각으로 형을 업고 바다로 갔답니다. 그런데 형이 갑자기 어머니의 목을 감싸 안고 말했답니다. '엄마, 나 죽기 싫어.' 그래서 이를 악물었답니다.

형의 병명을 알게 되고 네 살인 저마저 근육병일지 모른다는 얘기에 아버지는 이혼을 요구했습니다. 어머니는 모든 것이 자기 탓이라고 여겼기 때문에 이혼을 해 주었답니다. 그러면서도 저만은 형과 같지 않기를 바라셨지요. 처음에 저는 형과 많이 달랐답니다. 또래에 비해 말이 현저히 늦고 걸음마도 늦었던 형과 달리 말도 빠르고 일찍 걸었습니다. 그러나 네 살이 지나 종아리가 땡땡해지고 알통이 생기는 걸 발견하셨답니다. 형과 같은 증상이었던 거죠. 어머니는 저를 서울에 있는 병원으로 데려갔고 저역시 근이영양증 진단을 받았습니다. 어머니는 저와 형을 데리고 외갓집이 있는 김포로 이사했습니다. 어머니는 외갓집에서 하는 장어구이집에서 일을 도우며 우리 두 형제를 키웠습니다. 형은 바쁜 어머니 때문에 늘 혼자 있었고, 저 역시 형 방에 잘 가지 않았습니다. 형은 참 외로운 사람이었습니다. 형을 그렇게 외롭게 했다는 죄책감이 한참 동안 저를 괴롭혔지요. 저는 초등학교에 입학하고 2학년 때까지는 그래도 친구들과 잘 어울렸습니다. 그런데 3학년이 되자 점점 걷는 게 힘들었습니다. 자주 넘어졌죠. 넘어졌다 일어날 때면 손으로 땅을 짚고 일어선 뒤 무릎에 손을 대고 힘겹게 허리를 펴야 했습니다. 한 번 넘어져 일어나려 하다가 다른 아이들 때문에 다시 넘어진 적도 많습니다. 아이들이 원래 그렇잖습니까? 주위를 살피지 않고⋯⋯. 그런데 어렸을 때는 그것마저 고깝고 서러웠습니다. 그래서 참 많이 울었지요. 그런 일이 반복되다 보니 학교 가는 길에 다른 아이들이 우르르 뛰기라도 하면 몸이 굳어 그대로 서 있다가 아이들이 다 지나가면 걸었습니다. 학교는 집에서 십오 분 거리였지만 점점 학교 가는 시간이 길어졌습니다. 이십 분, 삼십 분, 사십 분. 그래서 다른 아이들보다 일찍 집을 나서도 늘 지각이었습니다. 그러다 4학년 2학기 때부터는 2층 교실까지 올라가는 게 힘들어졌습니다. 그때부터 아이들이 뻣뻣한 다리로 층계를 올라가는 제 모습을 흉내 내기 시작했습니다. 화장실에서 미끄러져 넘어지면 일으켜 세워 주려고 하지 않고 깔깔거리며 웃었습니다. 저의 별명은 거북이가 되었습니다. 저는 차라리 진짜 거북이가 되고 싶었습니다. 차라리 진짜 거북이가 된다면 등딱지 안으로 자기 얼굴을 쑥 집어넣고 다닐 수 있을 거 같다고 생각했으니까요. 책 읽는 것이 귀찮아지고 노래를 부르는 일도 재미가 없어졌습니다. 4학년 가을 운동회 때였습니다. 담임 선생님은 저더러 이어달리기에 나가라고 했습니다. 그 선생님은 저를 아껴 주시고 격려를 많이 해 주신 분이었는데 그런 말씀을 하시니 속상했습니다. 저는 전교생 앞에서 웃음거리가 되고 싶지 않았습니다. 제가 다닌 초등학교는 작은 학교로 전교생이 백 명뿐이라 저를 모르는 사람이 없긴 했지만 학부모들이랑 선생님들이 다 있는 데서 웃음거리가 되고 싶지 않았습니다. 그런데 선생님이 말없이 청군 자리를 가리켰습니다. 거기에는 다리를 다쳐 깁스를 한 조민이라는 아이가 서 있었습니다. 선생님이 말했습니다.

'정우야, 미리 포기하지 말고 끝까지 해 보는 거야.'

그 아이를 보고 나는 용기를 내서 바통을 이어받았습니다. 그러나 나는 한쪽 다리에 깁스를 한 조민이라는 아이보다 느렸습니다. 처음에는 내가 뛰는 것을 보며 재밌다고 웃던 아이들이 백군이 지려고 하자 야유하기 시작했습니다. 그런데 그때였습니다. 조민이 아예 천천히 걷기 시작했습니다. 내가 옆을 쳐다보자 나를 보고 빙긋이 웃어 주었습니다. 처음에는 놀리는 게 아닌가 했는데 그게 아니었습니다. 제가 백군의 다음 주자에게 바통을 넘겨주려고 할 때가 돼서야 조민이 깁스한 다리를 끌고 들어왔습니다. 청군은 조민에게 야유를 퍼부었습니다. 담임 선생님은 그날 조민과 저를 꼭 안아 주며 앞으로도 뭐든 포기하지 말고 끝까지 하라고 말씀해 주셨습니다. 그리고 그날 조민과 저는 친구가 되었습니다. 조민은 인천에 있는 학교를 다니다가 전학 온 아이였습니다. 조민은 내게 혹시 루게릭병이냐고 물었습니다. 조민의 형이 루게릭병으로 누워 있었기 때문에 나도 같은 병이 아닐까 생각했던 겁니다. 조민과 나는 금세 친한 친구가 되었습니다. 조민은 아침마다 교문 앞에서 나를 기다렸다가 학교에 들어갔습니다. 아이들이 조민을 거북이 꼬붕이라며 놀렸습니다. 그래도 조민은 내 친구가 되어 주었죠. 그러나 조민과는 5학년 겨울 방학 때 헤어졌습니다. 그 뒤로 조민은 어머니와 외할머니, 친할머니에게 차례대로 버림받았습니다. 제 몸이 점점 마비가 되어 고통스러운 나날을 보낼 때 조민은 마음의 상처와 싸워야 했습니다. 제가 곁에서 조민의 상처를 감싸 줄 수 있었더라면 좋았겠지만 저는 그럴 수 없었습니다. 조민한테 갈 수 없었습니다.

조민과 헤어진 뒤 다시는 친구를 사귈 수 없을 거라 생각했지만 중학교에 올라가 새로운 친구를 사귀었습니다. 이현규라는 그 친구 덕분에 저는 학교 가는 것이 즐거웠고, 누군가를 좋아하고 기다리고 아끼는 것이 무엇인지 배우게 되었습니다. 그 친구는 저를 위해 자기의 시간을 나눠 주었고 좋은 친구가 되어 주었습니다. 저는 그 친구에게 아무것도 해 줄 수 없는 것이 늘 미안했습니다. 그래서 이를 악물었습니다. 내가 재활을 꾸준히 하고 공부를 열심히 해서 고등학교에 가고, 대학에 가서 꿈을 이루는 모습을 보여 주자. 그것이 그 친구에게 선물이 될 것이다. 저는 이렇게 생각했습니다."

"아, 그럼 그 꿈을 이루신 거네요. 친구분이 자랑스러워하십니까?"

"물론이죠. 저보다 더 저의 성공을 기뻐합니다."

"두 분의 우정이 부럽습니다. 그렇다면 작가가 되고 싶다고 생각한 직접적인 계기가 있을까요?"

"작가의 꿈을 갖게 된 계기는 좋은 책을 만난 것 때문이지만 따지고 보면 제 몸 때문이지요. 아무래도 이런 몸으로는 활동에 제약이 있으니 음악을 듣고 책을 읽는 시간이 많아졌습니다. 그러다 초등학교 6학년 때 권정생 선생님의 『강아지똥』을 읽었습니다. 『강아지똥』을 하루에도 열 번씩은 읽었던 것 같습니다. 저 스스로 강아지똥이라고 느꼈었나 봅니다. 그때부터 권정생 선생님의 작품을 읽기 시작했습니다. 아동 소설이든 청소년 소설이든 가리지 않고 읽었습니다. 그리고 저도 타인에게 감동을 주는 글을 쓰는 작가가 되고 싶어졌습니다. 중학교에 올라와서부터는 드라마를 즐겨 봤습니다. 재미있는 드라마를 보면서 방송 작가를 꿈꾸게 되었죠."

"마지막으로 작가님처럼 병을 앓거나 장애가 있는 어린이, 청소년들에게 해 주고 싶은 말씀이 있다면 어떤 게 있을까요?"

"저는 장애나 병이 있다고 해서 사람을 피하거나 꿈을 접지 말라고 말씀드리고 싶습니다. 그리고 내 몸이 불편하다고 해서 먼저 숨지 말라고도 말씀드리고 싶습니다. 함께 이야기를 나누고 힘이 될 친구가 있다면 외롭지 않을 것이기 때문입니다. 그리고 꿈을 포기하고 싶을 때마다 이를 악무십시오. 내가 나 자신을 포기하면 다른 사람들도 나를 포기하게 됩니다."


소설은 거기까지였다. 모든 일에 무기력해 보이던 정우가 다른 이들이 보지 않는 곳에서는 자신의 무력감과 치열하게 싸우고 있었다는 것을 알게 되자 가슴이 먹먹해져 왔다. 정우는 가끔 수업 시간 내내 엎드려 잠을 잘 때가 있었다. 그럴 때마다 글을 쓰느라 밤새 잠을 못 잤다고 말했다. 나는 정우가 힘겹게 자판을 눌러 쓴

글이 소설인지 수필인지 수기인지 가려낼 수 없었다. 다만 정우가 이 글을 쓰는 동안 만큼은 행복했을 거라는 생각이 들었다. 열여섯 정우는 스물여섯 정우를 생각하며, 꿈을 꾸며 행복해했을 것이 분명하다.

나는 곰곰이 생각하다 이메일 주소록에서 중학교 때 특수반 선생님의 주소를 찾아냈다. 특수반 선생님은 정우를 기억하고 있을 얼마 되지 않는 사람들 중에 한 명이었다. 나는 특수반 선생님에게 정우의 일기와 글을 보냈다. 선생님이라면 정우의 글을 건성으로 봐 넘길 것 같지 않았다. 그리고 조커가 일한다는 치킨집에 전화를 걸었다. 초인종이 울린 것은 정확히 삼십이 분 뒤였다. 인터폰으로 현관문 앞에 서 있는 사람이 누구인지 살폈다. 비닐 봉투에 치킨 상자를 담아 들고 있는 사람은 조커가 맞았다. 나는 엘리베이터 앞에서 조커를 기다렸다.

"죄송합니다. 토요일이라 배달이 밀려서요."

나는 손을 내밀고 말했다.

"오랜만이다."

조커가 그제야 고개를 들어 나를 보았다. 조커가 깜짝 놀랐다.

"여기가 너희 집이야?"

"응."

조커는 당황한 기색을 감추고 싶은지 헬멧을 더 깊숙이 고쳐 쓰며 말했다.

"만 삼천 원이야."

나는 돈을 주는 대신 물었다.

"내일 정우 기일이다."

조커의 몸이 굳어지는 게 느껴졌다.

"힘들었지?"

조커가 나를 흘끗 쳐다보았다.

"난 사실 정우에 대한 기억을 다 지웠었거든. 정우가 죽고 나자마자. 그런데 너는 그렇지 않았어. 그런데도 나는 모르는 척했었어."

뜨악한 표정으로 나를 올려다보던 조커의 눈빛이 흔들렸다. 나는 얼른 조커에게 USB를 내밀었다.

"이게 뭐야?"

"정우 일기야. 사실 나도 오늘 처음 읽었어. 정우 죽고 네가 준 닌텐도 돌려주러 걔네 집에 갔었거든. 그때 어머니가 주신 거야. 그런데 그때는 못 읽었어."

"그런데 이걸 왜 날 줘?"

"너도 봐야 할 거 같아서."

조커는 USB를 한참 들여다보았다.

"나 내일 정우 있는 추모원에 갈 건데 너도 갈래?"

조커가 나를 올려다보더니 이내 눈을 내리깔며 말했다.

"난 내일도 일해서 못 가. 이제 그만 치킨값 줄래?"

나는 조커에게 돈을 내밀며 다시 한 번 말했다.

"같이 가자. 정우를 기억하는 애라고는 너랑 나, 그리고 영기뿐이다. 그나마도 정우가 친구라 생각했던 애는 너랑 나뿐이야."

조커는 내게 받은 돈을 점퍼 주머니에 쑤셔 넣으며 말했다.

"미안하다. 나 배달이 밀려 있어. 오늘 토요일이라."

나는 엘리베이터 버튼을 누르는 조커에게 다시 말했다.

"혹시라도 일기 보고 마음 바뀌면 문자라도 줘. 아니면 내일 10시 반까지 추모원으로 오든가. 영기는 11시까지 온댔어. 영기 오기 전에 너랑 나랑 먼저 정우 보면 좋겠다."

날이 오랜만에 맑았다. 아파트 입구를 나오자마자 짙은 수수꽃다리 향기가 코를 찔렀다. 주위를 둘러보니 아파트 화단에 연보랏빛 수수꽃다리가 활짝 피어 있었다. 정우는 여느 사내아이들과 달리 유난히 꽃을 좋아했다. 정우는 자기가 좋아하는 김민지가 고딩이랑 사귄다는 이야기를 듣고 난 뒤, 갑자기 수수꽃다리 꽃잎을 뜯어다 달라고 했었다. 그리고 그 꽃잎을 씹으며 말했다.

"이게 첫사랑의 맛이래. 향기는 달콤하지만 맛보면 쓰디써."

그때 나는 정우의 행동이 유치해 보였다. 그런데 나 역시 작년 겨울, 정우가 씹었던 그 라일락 꽃잎의 쓴맛을 경험했다. 그때 내가 참 부끄러웠다. 정우의 행동을 유치하다고 치부했던 속 좁은 내가 부끄러웠다. 그래서 정우가 좋아하던 꽃들을 인터넷으로 검색

해 보기도 했다. 정우는 크고 화려한 꽃보다 작은 꽃송이들이 모여 은은한 빛깔을 뿜어내는 봄꽃을 좋아했다. 수수꽃다리, 벚꽃, 개나리, 그리고 조팝나무까지. 나는 주위를 두리번거리다가 꽃이 탐스럽게 핀 수수꽃다리 가지를 몇 개 꺾어 가방에 조심스레 넣었다.

버스가 추모원에 가까워질수록 가슴이 뛰었다. 조커가 나와 있을지, 정우는 일 년 만에 찾아오는 나를 어떻게 맞아 줄지 두렵고 설렜다. 추모원이 있는 오르막길 가에는 하얀 조팝나무의 꽃이 탐스럽게 피어 있었다. 그리고 그 조팝나무 무리 끝, 추모원 어귀에 조커가 있었다. 오토바이 헬멧 대신 야구 모자를 푹 눌러쓴 조커의 손에는 노란 꽃다발이 들려 있었다.

"촌스러운 새끼, 프리지아라니."

나는 가방에서 수수꽃다리 가지를 꺼냈다. 약간 시들기는 했지만 그래도 꽃이 많이 상하지는 않았다. 향기도 그대로였다. 나는 잰걸음으로 오르막길을 오르다가 주위를 두리번거렸다. 그리고 잽싸게 조팝나무 가지 하나를 꺾었다. 조커와 눈이 마주쳤다. 조커가 씩 웃으며 내게로 걸어왔다. 그리고 우리는 정우를 만나기 위해 함께 걷기 시작했다.

불편한

진실

1

잠결에 나를 부르는 엄마의 소리를 들었다. 아득한 그 목소리가 꿈이길 바랐지만 잠이 깨는 순간 눈까풀 위로 쏟아지는 아침 햇살이 현실임을 깨닫게 했다. 또 아침이 왔다.

"7시야. 어서 나와서 씻어."

엄마가 주방에서 다시 한 번 소리를 질렀다. 주방으로 나가니 엄마는 이미 출근 준비를 마친 옷차림으로 아침 밥상을 차리고 있었다. 화장실로 들어가 고양이 세수를 했다. 그리고 부스스한 머리카락을 손가락으로 대충 쓸어 올려 묶었다. 화장실에서 나와 식탁에 앉는 나를 보던 엄마는 말없이 이맛살만 찌푸렸다.

"인상 좀 펴시지?"

엄마가 식탁에 국을 놓아 주며 말했다.

"마음이 안 편한데 어떻게 인상을 펴?"

"억지로라도 펴! 그래야 너도 기분이 나아지고 보는 사람도 좋아."

나는 숟가락을 집어 들다 말고 엄마를 올려다보며 간절한 목소리로 말한다.

"엄마, 나 제발 전학 좀 시켜 주라."

엄마는 정색을 했다.

"안 된다는 거 알잖아."

"엄마, 나 정말 숨 막혀서 죽을 거 같아."

"현서야, 어디든 다 똑같아. 다른 학교로 전학 간다고 학생과가 없을 리 없고, 차별이 없을 리도 없어. 선생님들도 다 거기서 거기고, 노는 애들도 다 있어. 원래 학교가 다 그래."

날마다 듣는 대답인데 오늘도 눈물이 핑 돌았다. 엄마가 나를 한심한 눈으로 쳐다보며 두덜거렸다.

"참 못 할 노릇이다. 아침마다 이렇게 눈물 바람 하면서 학교에 가야겠니?"

엄마가 동생 방으로 들어가 등교 준비를 도와주는 동안 나는 밥을 먹는 둥 마는 둥 하고 일어나 책가방을 멨다.

"현서야, 날씨 쌀쌀한데 왜 점퍼 안 입어?"

엄마가 어느새 동생 방에서 나왔는지 현관을 나서는 나를 불러 세웠다. 나는 고개를 돌리지도 않은 채 무뚝뚝하게 대답했다.

"뺏겼어."

"교문에 들어갈 때는 벗고 들어간다며 옷을 왜 뺏겨?"

"교실에서 입고 있다가 교장한테 걸려서 뺏겼어. 새로 온 교장은 애들이 교실에서 점퍼 입고 있을까 봐 복도 창문으로 감시한다고."

"그게 말이 돼?"

엄마가 어처구니없다는 말투로 되물었다.

"말이 안 되지. 그러니까 내가 전학시켜 달라잖아."

나는 엄마에게 통명스럽게 내뱉고 현관을 나섰다.


2


대문을 나서려다 옆에 있는 감나무 곁으로 갔다. 아침 햇살을 받은 감나무 잎이 반짝반짝 빛난다. 아버지가 내가 태어나던 해에 심었다는 감나무에 올해는 유난히 감이 많이 열렸다. 나는 감나무의 힘찬 기운이 내게도 스며들기를 바라며 감나무 기둥에 손바닥을 대고 한참 동안 눈을 감고 있었다. 대문을 나선 뒤 될 수 있는 대로 느럭느럭 걸었다. 그렇게라도 학교에 도착하는 시간을 미루고 싶었다. 골목을 나오자마자 건널목 신호등에 파란불이 깜빡거리는 게 보였다. 출근하는 사람들과 등교하는 학생들이 일제히 건널목을 향해 뛰었다. 그러나 나는 결코 뛰지 않는다.

"하여간 게을러 터져서는."

뒤를 돌아보니 민우다. 민우를 보는 순간 나는 소스라치게 놀랐다. 민우의 머리가 반삭발이다. 나는 비명을 질렀다.

"김민우, 너 머리가 그게 뭐야? 머리 잘렸어?"

"응."

"너 머리 짧았잖아?"

"몰라. 교문에서는 안 걸렸는데 점심시간에 급식 도우미들이 이름 적어서 내는 바람에 벌점도 2점이나 받았어."

"어떡해. 넌 머리 짧은 거 안 어울리는데……."

"우리가 어울리는 머리를 선택할 권리가 있기나 하냐?"

안타까운 마음에 민우를 다시 한 번 올려다보았다. 민우는 뚱뚱하고 얼굴이 넙데데해서 머리카락이 없으면 금동 보살이랑 똑같다. 아마도 한참 동안 아이들의 놀림감이 될 것이다.

오늘도 교문에는 선도부 선배들이 죽 서 있고, 그 옆에는 바람막이라고 부르는 점퍼가 탑처럼 쌓여 있다. 전설의 학생 주임 김덕근 선생은 눈을 가늘게 뜨고 교문에 들어서는 아이들 하나하나를 살핀다. 날카로운 김덕근 선생의 눈 낚시에 걸린 아이들은 곧장 점퍼를 뺏기고 운동장을 세 바퀴씩 뛰어야 한다. 다행히 민우와 나는 무사히 선도부의 대열을 벗어났다. 별 탈 없이 교문을 통과한 기쁨에 젖어 교실에 들어섰는데 분위기가 싸늘하다. 경미가 책상 사이를 돌며 아이들한테 돈을 걷고 있었다. 경미는 얼마 전에도 자기 패거리의 짱인 미정이의 생일 파티를 해 준다며 돈을 걷은 적이 있다. 내가 자리에 앉자마자 경미가 다가왔다.

"야, 강현서, 돈 내."

"무슨 돈?"

"미정이가 아파서 못 왔어."

"그래서?"

"오늘 걔 문병 갈 때 전복죽 사 가려고. 그러니까 천 원씩 내라고."

나는 어이가 없어 경미를 올려다보았다.

"걔 문병 가는데 왜 내가 돈을 내야 하는데?"

"친구가 아픈데 그까짓 천 원도 못 내냐?"

"걔가 내 친구야? 네 친구지."

"야, 같은 반 친구끼리 서로 돕고 사는 거지."

나는 눈을 치떠 경미를 노려보며 말했다.

"난 너희가 다른 애들 돕는 거 못 봤거든."

내 말에 경미가 삐딱하게 서서 빈정거리며 말했다.

"와, 강현서, 너 많이 컸다. 그러다 미정이한테 까인다. 두고 봐."

경미가 나를 노려보고 가더니 아름이한테 손을 내민다. 아름이
는 잠시의 망설임도 없이 경미 손에 천 원을 내밀었다.


"어머, 최민영 좀 봐."

경미와 말다툼을 한 뒤 기분이 나빠 낙서를 하고 있는데 아름이
가 내 어깨를 치며 호들갑을 떨었다. 고개를 들어 보니 민영이가
앞섶이 찢긴 조끼를 입고 울며 서 있었다.

"도대체 무슨 일이야?"

애들이 우르르 민영이에게 달려갔다. 민영이가 울먹거렸다.

"교복 줄여 입었다고 교장이 가위로 잘랐어."

아이들은 모두 어처구니가 없어 할 말을 잃었다. 지난주 월요일
조회 시간에 교장이 미리 엄포를 놓긴 했다. 교복을 줄여 코르셋
처럼 입은 아이들 옷은 가위로 다 찢어 버린다고 말이다. 이번 학
기에 새로 부임한 교장은 유난히 단정한 복장에 집착한다. 그래도
설마 진짜로 교복에 가위질을 할 줄은 몰랐다. 민영이는 노는 애
도 아니고 일부러 교복을 줄인 것도 아니다. 우리 1학년들은 걸핏
하면 교복이나 체육복을 도난당한다. 주로 2, 3학년들이 새 교복을
입으려고 체육 시간이나 점심시간을 이용해 훔쳐 가기 때문이다.
1학년 아이들이 견디다 못해 선생님들께 항의를 하자 선생님들은
오히려 잃어버린 사람의 책임이라며 지청구를 주었다. 그리고는
선배들이 물려준 옷을 쌓아 놓는 창고에서 맞는 걸 골라 입든가

새로 사라고 했다. 민영이도 그렇게 창고에서 그나마 맞는 조끼를
골라 입은 터였다.

"네가 줄인 거 아니라고 해야지."

아이들이 말하자 민영이가 또 훌쩍거렸다.

"말했는데도 막무가내였단 말이야."

우리는 모두 부아가 치밀었다. 마침 담임 선생님이 조회를 하러
들어왔다. 아이들이 담임 선생님을 보며 볼멘소리로 따졌다.

"선생님, 이게 뭐예요. 어떻게 교복을 이렇게 잘라요? 이래도 되
는 거예요?"

담임도 민영이의 조끼를 보고 놀란 표정이었다. 그러나 이내 담
담한 표정으로 얼굴을 바꾸며 말했다.

"교장 선생님께서 지난주 조회 시간에 미리 공고하셨잖아."

담임의 무책임한 말에 화가 난 아이들이 따지기 시작했다.

"어떻게 줄인 교복을 다시 늘려요. 새로 맞추는 것도 금방 안 되
고……."

"그건 내 소관이 아니지."

담임의 말에 불뚝성이 났다.

"담임 선생님께서 반 애들 일에 상관이 없다는 게 말이 돼요?"

담임이 나를 날카로운 눈으로 쏘아보며 말했다.

"강현서, 말조심해. 애초에 교복 가지고 장난하는 너희가 잘못
된 거지."

그러자 몇몇 아이들이 함께 나섰다.

"민영이는 교복을 줄인 게 아니라 잃어버려서 창고에서 골라 입은 거란 말이에요."

"이건 인격을 무시하는 거예요."

아이들의 원성을 잠시 듣던 담임이 얼굴빛을 싸늘하게 바꾸며 말했다.

"그래? 그렇게 생각하면 교장 선생님한테 정식으로 건의해."


3


드디어 1학년 점심시간. 점심시간 종이 울렸지만 식당으로 부리나케 내려가는 아이들은 별로 없다. 특히 나와 아름이는 한참을 뭉그적거리다가 식당으로 향했다. 오늘도 선생님은 한 분도 보이지 않지만 여전히 식당은 질서 정연하고 조용하다. 모두 급식 도우미 덕분이다. 우리 학교에 급식 도우미가 생긴 건 이번 2학기부터다. 개학한 첫날, 학교 식당에 급식 도우미 명찰을 달고 선 선배들을 본 순간 온몸이 굳어 버렸다. 학생과에서 선정했다는 급식 도우미는 우리 학교에서 서열이 가장 높은 스무 명의 3학년 선배들이었다. 급식 도우미들은 첫날부터 배식, 잔반통 관리, 식판 정리뿐 아니라 아이들의 복장 검사에 소지품 검사까지 하며 식당 안을 싸늘하게 만들었다. 급식 도우미가 선도부처럼 복장 검사와 소지품 검사를 하는 건 월권 행위라며 아이들이 반발하자 학생과 선생님은 학교 식당에서는 급식 도우미들 말을 무조건 따르는 게 학교 규칙이라고 을러댔다. 소문에 의하면 김덕근 선생이 급식 도우미 스무 명에게 학교 식당 분위기를 질서 정연하게 바꿔 놓으면 벌점 30점을 깎아 주고 수행 평가 점수를 올려 주겠다고 약속했다고 한다. 수행 평가 점수는 성적이 안 좋은 학생들에게는 인문계를 가느냐 못 가느냐를 가를 만큼 중요했다. 선생님들의 목표가 학생들을 억압하고 협박해서라도 학교 식당의 질서를 유지하는 거였다면 그 목표는 완벽하게 이루어졌다. 1학기 때만 해도 식당은 도떼기시장이었다. 배식받을 때 새치기를 하는 애들 때문에 싸움이 끊이지 않았고, 밥을 먹는 중에도 어찌나 심한 장난을 치는지 식판을 엎고 난리 법석이었다. 또 아이들이 먹다 버린 반찬으로 잔반통은 늘 차고 넘쳤다. 그러나 급식 도우미의 등장으로 그 모든 문제들이 사라졌다. 그때부터 학교 식당에서 선생님들의 모습을 전혀 볼 수 없게 되었다. 선생님들은 교사 식당에서 편안하게 점심 식사를 했고, 식당은 온전히 급식 도우미들의 손에 들어갔다. 그래서 급식 도우미와 줄이 닿는 힘 있는 아이들을 뺀 나머지 학생들은 그들에게 꼬투리를 잡힐까 두려워 떨며 점심을 먹어야 했다.

"저 튀김 하나만 더 주시면 안 돼요?"

나보다 서너 명 앞에서 배식을 받던 민우가 애원하듯이 말했다.

왼손에 들고 있던 튀김을 날름 입에 넣고 난 급식 도우미가 민우를 쏘아보았다.

"뭐시라?"

"튀김 하나 더 달라고요."

"이 새꺄, 모자라. 그리고 니 몸집에 튀김 많이 처먹으면 고혈압 걸려."

민우에게 면박을 준 급식 도우미는 다시 튀김을 집어 들고 민우 앞에다 흔들어 보이더니 얼른 제 입에 넣었다. 나도 모르게 주먹이 불끈 쥐어졌다. 그러나 그뿐이었다. 급식 도우미의 서슬에 맞설 용기가 없었다. 주방 아줌마들은 유리창 너머로 급식 도우미들의 횡포를 못마땅한 듯이 쳐다보았지만 그뿐이었다. 주방 아줌마들은 모두 급식 위탁 업체 소속이었다.

"메슥메슥거려서 더 못 먹겠어."

내가 숟가락을 놓자 아름이가 걱정스럽게 말했다.

"그냥 먹어. 급식 도우미들이 뭐라 할 텐데……."

"상관없어."

나는 식판을 들고 잔반통으로 가 남은 음식을 부었다. 급식 도우미 언니 하나가 내 곁으로 와 서며 빈정거렸다.

"어쭈구리. 너 뭐냐?"

"체해서 더 못 먹겠어요."

급식 도우미가 나를 아래위로 훑어보더니 건들건들 비꼬는 말투로 말했다.

"너 쫌 싸가지가 없구나. 너 언제 손 좀 봐줘야겠다. 어쨌든 벌점 2점이다."

나는 아무 말 하지 않고 식당을 나왔다.


4


5교시 과학 시간. 과학 선생님이 생물의 구성에 관해 칠판에 써 가며 열심히 설명을 하고 있지만 귀를 기울이는 아이들은 서너 명 뿐이다. 과학 선생님이 아예 엎드려 자는 아이에게 분필을 날리려고 하는데 갑자기 교실 앞문이 열렸다. 교실로 들어온 것은 2학년 남자 선배 세 명이었다.

"뭐야?"

과학 선생님이 불쾌한 듯 잔뜩 인상을 찌푸리며 물었다. 2학년 선배 중 한 명이 건들거리며 대답했다.

"미술실 구석에서 담배꽁초가 나왔는데요. 김덕근 선생님께서 오늘 오전에 미술실 쓴 반에 가서 가방 검사 하라는데요."

과학 선생님의 얼굴에는 못마땅한 빛이 또렷했지만 애써 덤덤하게 말했다.

"알았어. 해."

그러자 선배들의 눈이 휘둥그레졌다.

"우리가요?"

"그럼 내가 하리?"

과학 선생님의 말에 심부름 온 선배들은 뜨악한 표정으로 첫째 줄부터 검사를 하겠다며 가방을 올리라고 했다. 그러나 선뜻 가방을 책상 위에 올리는 아이들이 없었다.

"깝치냐? 어서 올려."

선배 중 하나가 아름이에게 눈을 부라리며 말했다. 그러나 아름이는 선뜻 가방을 올려놓지 못하고 머뭇거렸다. 순간 아름이가 생리 중이라는 게 떠올랐다. 나는 용기를 내서 소리쳤다.

"선생님, 이게 뭐예요? 여학생 가방을 남학생이 뒤지게 하는 게 어디 있어요?"

내 목소리를 들은 아름이가 과학 선생님에게 떨리는 목소리로 말했다.

"저 생리한단 말이에요."

아름이 가방에 손을 대려던 선배가 움찔했다. 선생님은 나를 흘끗 보더니 괘씸하다는 얼굴로 노려보았다. 나는 눈을 피하지 않고 선생님을 쏘아보았다. 물론 가슴은 쿵쾅쿵쾅 망치질을 했지만 티 내지 않으려고 애썼다. 다행히 내 뒤를 이어 다른 아이들도 너무한다고 항의했다. 과학 선생님이 마지못해 말했다.

"야, 그럼 노는 애들 몇 명만 검사해라."

2학년 선배들과 선생님이 선택한 아이들은 경미를 비롯한 미정이 패거리였다. 노는 애들이라고 지목당한 아이들은 짐짓 아무렇지도 않은 척 스스로 가방을 열어 보였지만 얼굴은 딱딱하게 굳어 있었다. 우연히 나와 눈이 마주친 경미는 나를 노려보며 주먹을 쥐어 보였다.

5

엄마가 부르는 소리에 눈을 뜨니 어느새 아침이다. 오늘도 어제와 똑같은 하루가 시작되었다. 엄마와 아침부터 전학 문제로 한바탕 말다툼을 한 뒤 집을 나섰고, 건널목에서는 언제나처럼 민우를 만났다. 민우는 나를 보자마자 한숨을 쉬며 말했다.

"현서야, 나 또 벌점 받았다."

"왜?"

"복도에서 바람막이 입고 있다 뺏겼어. 아이 씨. 그거 노스페이스 정품인데……. 근데 어제 저녁때 3학년 선도부 형이 그거 입고 집에 갔어."

"그러는 게 어딨어? 돌려 달라고 해."

"내가 달라니까 어차피 일주일 동안 학생과에서 보관하기로 한 거니까 그동안 자기가 입겠대."

"야, 그럼 떡근이한테 말해."

"야, 그런다고 눈 하나 깜짝할 거 같아? 빌려 입었다고 하면 그만이지."

"정말 이건 교육청에 찔러야 해."

"뭘 찔러?"

"복장 단속한다고 학생들 옷 막 뺏는 거, 그리고 뺏은 옷을 선도부들이 입고 다녀도 모르는 척 봐주는 거. 학교 규정이라면서 머리 밀라고 하고, 교복 자르고. 솔직히 그것뿐이 아니잖아. 학교 식당에서 선배들이 후배들 괴롭히고 폭력 쓰는 거. 학생 지도를 선생님이 아닌 고학년 선배들한테 맡기는 거. 함부로 책가방 뒤지고, 어디 한두 개야? 끝도 없이 나온다."

"그걸 교육청에다 이르면 교육청에서 학교에다가 그러지 마라, 그럴 거 같아?"

"그럼 이대로 당하고만 있자고?"

"우리 이모가 고등학교 교사잖아. 우리가 무작정 교육청에다 찌른다고 되는 게 아니래. 학교의 복장 규정이 인권 탄압이라는 걸 증명해야 조사라도 나온대. 정확한 증거를 잡아서 학교 교장한테 정식으로 건의하고, 그다음에 언론사랑, 교육청에 알려야 한다는 거야. 그렇게 해도 학생이 이기는 법이 거의 없대."

민우의 말을 듣다 보니 점점 자신이 없어졌다.

"그럼 지나간 일은 얘기도 못 하는 거네?"

"그렇지."

"증거를 잡으려면 사진기라도 가지고 다녀야 하나?"

"그러다 선배들한테 들키면 그냥 죽는 거지."

민우와 나는 땅이 꺼져라 한숨을 쉬었다. 학교에 거의 다다라서였다. 갑자기 문방구 골목에서 미정이와 경미가 툭 튀어나오더니 나를 불렀다.

"야, 강현서, 나 좀 봐."

미정이가 삐딱하게 서서 시비조로 말했다. 가슴이 쿵쾅거리기 시작했다. 그러나 나는 애써 태연한 척하고 민우에게 말했다.

"너 먼저 가."

민우가 걱정스러운 얼굴로 어쩔 줄 몰라 할 때 미정이가 내 팔을 잡아당겼다. 미정이가 나를 끌고 간 곳은 건물과 건물 사이에 있는 좁은 골목이었다. 애들이 담배를 피울 때 모이는 아지트였다. 미정이는 경미에게 망을 보게 하더니 나를 구석에다 밀어붙이고는 따져 물었다.

"너 때문에 우리 경미가 대표로 가방 검사 당했다며?"

가슴이 또 벌렁거리기 시작했다. 그래도 미정이의 눈을 똑바로 쳐다보며 되물었다.

"그게 왜 내 탓인데?"

"네가 안 나섰으면 단체로 가방 검사 당했을 거 아냐? 왜 우리 애들만 당하게 했느냐고? 게다가 내 병문안 간다고 돈 좀 보태라고 했는데도 뻐졌다며? 너 저번에 내 생일 때도 그랬잖아. 너 은근히 겁이 없어. 3학년 선배들도 나한테 교육 좀 시키라던데?"

미정이는 자기 말을 끝내기도 전에 주먹을 뻗어 내 배를 쳤다. 나는 배를 움켜쥐고 앞으로 고꾸라졌다. 미정이는 내가 숨을 돌릴 새도 없이 신발을 벗더니 발뒤꿈치로 내 등과 옆구리를 내리쳤다. 허리가 꺾이고 창자가 터지는 것 같았다. 나도 모르게 비명을 질렀다. 그러자 경미가 얼른 다가와 내 입을 막았다. 얼마나 맞았는지 모른다. 머리가 어찔어찔해지고 가슴이 뻐근해 숨을 쉬기가 힘들었다.

"미정아, 7시 50분이야. 괜히 떡근이한테 걸리면 곤란해. 이쯤 하자."

경미가 시계를 들여다보며 미정이를 말렸다.

"그럴까?"

미정이는 재미있다는 듯이 웃으며 나를 일으켜 세웠다. 그리고 내 옷차림을 찬찬히 살피더니 경미를 보며 말했다.

"티 나는 데 없지?"

"퍼펙트."

경미가 경쾌한 목소리로 대꾸했다.

"너 학교에서 맞은 거 티 내면 죽는 거 알지?"

미정이의 으름장에 반사적으로 고개를 끄덕였다. 나 자신이 너무 비겁하게 느껴져 왈칵 눈물이 쏟아졌다. 미정이가 울지 말라며 또다시 울러댔다. 허리를 펴는 게 힘들 정도로 배가 당기고 가슴이 뻐근했다. 나는 벽을 잡고 겨우 일어섰다. 미정이와 경미는 내 팔짱을 끼고 골목을 나왔다. 등교하는 학생들, 거리를 지나는 어른들 중 누구도 나에게 관심 갖지 않았다. 무섭고 외로웠다. 자꾸만 코끝이 매워졌지만 애써 참았다. 교문을 지날 때 경미와 미정이는 내 곁에 바짝 다가서서 양팔을 감쌌다. 아무도 내가 아프다는 걸 눈치채지 못했다. 미정이와 경미는 교실에 들어서자 다시 한 번 내 귀에 대고 으름장을 놓았다.

"너 맞은 거 불기만 해 봐. 가만 안 둬."

아침 자습 시간을 어떻게 보냈는지 모르겠다. 몇 번이나 구역질이 나는 걸 참았다. 아름이가 뒤를 돌아보며 걱정스럽게 물었다.

"현서야, 너 어디 아파? 얼굴에 핏기가 하나도 없어. 양호실 가자."

나는 미정이와 경미 눈치가 보여 고개를 저었다. 조회 시간이 되자 담임 선생님이 들어왔다. 담임한테 들키지 않으려고 허리를 펴고 앉았지만 배가 결리고 식은땀이 자꾸 흘렀다. 더는 버티지 못하고 책상에 엎드리고 말았다. 담임이 내 이름을 부르면서 어디 아프냐고 물었다. 반 아이들이 술렁거리는데 갑자기 미정이 목소리가 들렸다.

"현서가 생리통이 심하다는데요. 양호실에 데리고 갈까요?"

담임 선생님이 짜증스러운 목소리로 대답했다.

"그래."


6


양호 선생님은 의심쩍은 얼굴로 나를 쳐다보더니 우선 침대에 눕게 했다. 미정이는 선생님 눈치를 보더니 얼른 새살거리며 진통제를 받아 와서는 내게 먹으라고 내밀었다. 미정이는 커튼을 치고는 침대에 걸터앉더니 휴대 전화를 꺼냈다. 그리고 잠시 뒤 이모티콘으로 누군가의 목을 내리치는 모양을 만들어 내게 보여 주었다. 나는 그 뜻을 충분히 이해했다. 미정이는 양호 선생님 눈치를 보며 내 곁을 맴돌다가 이제 그만 가 보라는 양호 선생님의 말에 마지못해 양호실을 나섰다. 양호 선생님은 커튼을 쳐 주며 잠을 자라고 했다.

얼마나 지났을까, 누군가 나를 흔들어 깨웠다. 눈을 떠 보니 담임과 학생과 김덕근 선생이 나를 내려다보고 있었다. 김덕근 선생은 나와 눈이 마주치자 다짜고짜 따져 물었다.

"너 뭐야? 왜 말 안 했어?"

옆에 섰던 담임도 덧붙였다.

"그렇게 힘들면 사실대로 말했어야지. 너 상습적으로 당했던 거야?"

뭐라고 해야 할지 몰라 어리둥절해 있는데 마침 양호 선생님이 들어왔다. 양호 선생님은 두 선생님을 제치고 내 곁으로 오더니 나를 부축해 일으켜 세웠다.

"병원에 데리고 가려고 차 대 놨거든. 같이 병원 가자."

양호 선생님의 말에 담임이 갑자기 다정다감한 목소리로 말했다.

"그래, 일단 양호 선생님하고 병원에 가 있어. 교장 선생님과 회의하고 곧 갈게. 양호 선생님 부탁드려요."

양호 선생님은 담임의 말에 대꾸조차 하지 않았다. 아이들이 우르르 몰려나와 구경하는 걸 보며 양호 선생님 차에 올랐다. 교감까지 와서 곧 가겠다며 배웅을 했다. 양호 선생님은 차에 시동을 걸며 혼잣말을 했다.

"가소롭고 경멸스럽다."

나는 어안이 벙벙해 양호 선생님을 쳐다보았다.

"그동안 이 학교 관행을 뒤집어엎고 싶었는데 일이 이렇게 터지는구나. 꼭 희생자가 생겨야 정신을 차리지."

나는 머리가 어지러워졌다. 양호 선생님이 다시 말했다.

"이제 걱정 마. 선생님이 보기엔 타박상만 좀 심한 거 같아. 그래도 병원 가서 검사를 해 보자. 내가 너 잠들었을 때 몸을 살폈거든. 아무래도 이상하더라고. 그래서 너희 담임한테 말하려고 교무실에 갔는데 이미 교무실이 발칵 뒤집혔더라. 1학년 김민우라는 애가 네가 골목으로 끌려가는 걸 보고 따라갔었나 봐. 너랑 친구라던데?"

"네, 초등학교 동창이에요."

"걔가 아무래도 네가 맞을 것 같아서 문방구 옆에 있는 건물 2층으로 올라갔대. 거기 피아노 학원 화장실 창문에서 보면 골목이 내려다보인다며?"

"네."

"거기서 휴대 전화 동영상으로 찍었대. 그걸 학교 홈페이지에 올리고, 신문사랑 경찰서에까지 다 뿌렸다는 거야. 그래서 학교가 발칵 뒤집혔어."

"네?"

나는 놀라서 가슴이 벌렁거렸다.

"어떡해요. 민우, 선배들한테 찍히면 힘들 텐데……. 미정이랑 경미는 선배들이랑 다 연결되어 있어요. 바보같이 왜 나서서……."

양호 선생님은 나를 안쓰럽게 내려다보며 말했다.

"너무 걱정 마. 일이 커졌으니 학교에서도 학교 폭력 문제는 해결하려고 할 거야. 이게 시작이라고 생각해."

나는 양호 선생님의 말에도 안심이 되지 않았다. 학교에서 그 아이들을 징계한다고 해서 지금까지 있었던 폭력이 완전히 해결될 거라고 믿어지지 않는다. 내가 원하던 것은 이런 게 아니었다. 나는 그냥 조용히 이 학교를 떠나 다른 곳으로 전학 가고 싶었을 뿐이다. 복장 규제가 덜 엄격하고 경미나 미정이 같은 애들이 없는

데라면 어디든 괜찮을 거 같았다. 그러나 엄마 말대로 그런 학교는 어디에도 없을지 모른다.

이런 상황이 벌어진 것이 두렵고 무섭다. 그렇지만 한편으로는 시원한 마음도 든다. 아이들이 모르는 척 외면하고 눈감아 주던 일이 비로소 드러났다. 아무도 더는 쉬쉬할 수는 없을 것이다. 양호 선생님 말씀대로 이제 시작인지도 모른다.

나는 차창을 내리고 바깥 공기를 힘껏 들이마셨다. 어쩌면 이제부터 진짜 용기가 필요할 때인지 모르겠다. 더는 피하지 않고 모르는 척하지 않는 용기가 말이다.

꿈을
지키는

카메라

1

담임과 면담을 하고 나오니 어느새 해가 아파트 뒤로 넘어가고 있다. 여름이 가고 있다. 5교시 체육 시간만 해도 햇볕이 따가워 선크림을 덕지덕지 발라야 했는데 어느새 운동장을 가로질러 불어오는 바람이 써늘하게 느껴진다. 다 저녁때가 되었는데도 교문 너머 주택가에서는 여전히 굴착기 소리가 들린다. 기이잉 푹, 기이잉 푹. 요즘 학교 주변은 온통 공사장이다. 굴착기 소리, 쇳소리, 우지끈하며 뭔가가 넘어가는 소리, 덤프트럭 오가는 소리가 수업을 망치기 일쑤고 창문을 열어 놓으면 책상 위에 먼지가 하얗게 쌓인다.

공사장을 오가는 레미콘과 덤프트럭은 등하교 시간마다 학생들과 뒤엉켜 아슬아슬 곡예를 한다. 교문을 나서자마자 덤프트럭의 경적 소리에 깜짝 놀라 가슴을 쓸어내렸다. 소리가 난 쪽을 보니 덤프트럭 기사가 삿대질을 하며 자전거 탄 남학생을 혼내고 있었다. 남학생이 덤프트럭과 주차된 승용차 사이를 지나려다 멈춰 선 모양이었다. 나는 얼른 휴대 전화를 꺼내 그 모습을 찍었다.

"아람아!"

연서가 길 건너 분식집에 있다가 뛰어나오며 물었다.

"어떻게 됐어?"

"담임이 그냥 잘 생각해 보래. 그래서 생각해도 마찬가지라고 했어. 넌?"

연서의 눈빛이 흔들리더니 조심스레 말했다.

"나도 마찬가지지 뭐. 근데 애들이 그러는데 우리 담임 선생님 요새 부장 선생님이랑 교감한테 날마다 까인대. 다른 반에는 보충 안 하는 애들 거의 없는데 우리 반만 두 명이라고."

나는 연서의 말에 아무 대꾸도 하지 않았지만 마음이 더 무거워졌다.


작년에 부임한 교장 선생님의 목표는 전국 학력 평가 꼴찌인 우리 학교를 전국 제일의 명품 학교로 만드는 것이다. 그래서 교장 선생님이 부임한 작년 2학기부터 국어, 영어, 수학은 수준별 수업을 한다. 수업 때마다 상반, 하반으로 나뉘어 공부를 하는 건 썩 기분 좋은 일이 아니다. 그런데 이번 2학기부터는 보충 수업마저 명품반과 상, 중, 하반으로 나눴다. 1학기 기말고사를 엉망으로 본 나는 국어, 수학은 중반, 영어는 하반이 되었다. 하반은 엄청 무섭거나 우리 담임처럼 경험이 적은 선생님들이 주로 맡고, 명품반이나 상반은 아이들한테 인기 있고 실력이 있다고 소문난 선생님들이 맡았다. 수업을 우열반으로 나누는 것도 기분 나쁜데 담당 선생님들까지 우열을 가려 배치한 걸 보니 정말 부아가 치밀었다. 그래서 보충 수업 여부를 묻는 가정 통신문에 '아니요' 칸에 표시했다. 가정 통신문을 걷은 다음 날, 담임 선생님은 보충 수업을 안 하겠다고 한 아이들을 불러 상담을 했다. 나와 연서도 상담실로 불려 갔다. 선생님은 난감한 얼굴로 조심스레 물었다.

"너희 둘은 보충 수업을 왜 안 하려고 하니?"

"1학기 때 해 봤지만 별로 도움이 안 돼서요."

연서의 말에 선생님은 정색을 하고 말했다.

"연서야, 이번에는 달라. 너는 명품반이잖아. 명품반은 우리 학교에서도 가장 실력 있는 선생님들이 가르쳐 주는 거야. 학원 시간하고 겹치는 것도 아니니까 그냥 해."

연서가 내 눈치를 흘끗 봤다. 연서는 요즘 학원을 못 다닌다. 연서 엄마가 유아 용품점을 하던 종합 상가 건물이 철거를 앞두고 있어 장사를 제대로 못 한 지 두 달째다. 셔터가 내려진 가게 앞에서 가판대를 펼쳐 놓고 재고품을 팔고 있기는 하지만 그걸로는 연서네 생활비도 나오지 않을 터였다. 연서 오빠는 지난봄 등록금 때문에 휴학을 했다.

"연서야, 명품반에 들어가는 건 선택받은 거야. 학교에서 앞으로 명품반에 지원을 아끼지 않을 거야. 보충이 도움이 되면 됐지 방해가 될 일은 절대 없어. 엄마랑 의논해 보고 내일 다시 얘기하자. 응?"

나는 연서가 당당하게 "아니요."라고 말해 주길 바랐다. 반 아이들 앞에서 했던 것처럼 보충 수업이 너무 불평등하다고, 이건 수준별 수업이 아니라 학생 차별이라고 말해 주길 바랐다. 선생님들은 공부 못하는 내 말보다는 공부 잘하는 연서의 말에 더 귀를 기울일 게 분명했다. 그런데 연서는 선생님 말에 순순히 고개를 끄덕였다. 가슴이 철렁 내려앉았다. 그러나 나는 아무래도 상관없다고 스스로 위로했다. 어차피 보충 수업을 하지 않겠다는 건 나의 결정이었다. 선생님의 눈길이 연서에게서 내게로 옮겨졌다.

"아람아, 너야말로 보충 수업 꼭 해야지. 1학기 기말고사 점수가 너무 안 나와서 하반이 됐잖아. 이번에 열심히 해서 중반으로 올라가야지."

"보충 수업 한다고 중반으로 올라가는 것도 아니에요. 솔직히 하반은 수업 시간에 애들이 너무 많이 떠들어서 집중이 안 돼요. 학교에서도 하반에는 신경 안 쓰잖아요. 저는 그냥 혼자 열심히 할 거예요."

선생님의 얼굴이 굳었다. 선생님도 내 말이 무슨 뜻인지 모를 리가 없다. 담임 선생님은 1학기 때 하반 영어 담당이었다. 교사가 된지 이 년도 채 안된 데다 마음까지 여린 선생님은 수업 때마다 센아이들한테 휘둘렸다. 하반에는 공부에 관심이 없는 아이들이 많아 수업 시간에 집중하지 않고 떠드는 것은 예사이고, 아예 MP3를 듣거나 휴대 전화 DMB로 드라마를 보는 애들도 있었다. 선생님은 그런 아이들과 실랑이를 하다가 몇 번씩 눈물을 쏟았다. 그런 선생님이 안쓰러워 나라도 정신을 차리고 수업을 들으려고 노력했지만 아이들한테 공부도 못하는 주제에 모범생인 척한다고 놀림만 받았다. 하반에도 공부를 하려는 아이들이 있었지만 수업 분위기가 제대로 잡힌 적이 없다. 그런데 이번엔 정규 수업도 아니고 보충 수업의 하반이다. 정규 수업 때는 여섯 개 반을 상반 셋, 하반 셋으로 나눈 거였지만 보충 수업의 하반은 여섯 반 중 영어 성적이 가장 낮은 서른다섯 명이다.

"그래, 아람이 네 말이 무슨 말인지 알아. 솔직히 선생님도 많이 걱정돼. 그래도 전교생이 보충 수업에 참여하게 하는 게 학교 방침이야. 너도 조회 시간에 교장 선생님 말씀 들었잖아. 우리 명성시가 전국 학력 평가 꼴찌인 거. 거기다가 우리 중구 교육청이 명성시에서 또 꼴찌야. 교육청에서 성적 올리라고 하도 압박이 심해서 교장 선생님이 태권도부랑 축구부도 없애려고 그러고 계셔. 어차피 종례는 보충 끝나고 하기 때문에 보충 안 하면 갈 데도 없어."

선생님의 말에 온몸이 옥죄어 왔다. 도대체 빠져나갈 구멍이 보이질 않았다.

선생님과 첫 상담을 한 지 사흘이 지났다. 처음에는 우리 반만 해도 보충을 안 하겠다고 하는 아이들이 열 명이 넘었지만 이제 연서와 나 둘만 남았다. 곧 나만 남을지도 모른다.


2


"전 진짜 보충 수업 안 할 거예요."

내가 짜증스럽게 말하자 담임 선생님이 애원하듯 말했다.

"김아람, 이 고집쟁이야. 제발 선생님 좀 살려 주면 안 되겠니?"

내가 끝내 대답을 하지 않자 담임은 포기한 듯 말했다.

"알았어. 그래도 일단 이번 주까지는 해. 아직 학교에서 보충 안 하는 애들에 대한 대책을 못 세웠어. 어차피 종례는 보충 수업 뒤에 있잖아."

나는 교실을 나오면서 이를 악물었다. 그래, 딱 일주일만이다.

영어 교실에만 들어오면 재채기가 그치질 않는다. 알레르기 비염이 있는 나는 먼지가 많은 곳에 가면 눈도 제대로 뜨지 못한다. 영어 하반 교실로 쓰는 이곳은 원래 창고로 쓰던 공간이다. 아무리 공부를 못하는 애들이 들어간다 해도 창고로 쓰던 방을 교실로 쓰라니, 처음엔 만우절이 9월로 바뀌기라도 한 줄 알았다. 영어 하반 수업을 하러 온 우리 담임 선생님조차 놀라는 것 같았다. 선생님은 교실을 둘러보며 한숨을 내쉬더니 몹시 미안한 표정으로 말했다.

"얘들아, 미안한데 여기는 방송 시설이 없어서 수업 종이 안 울리거든. 선생님이 정신을 차리고 있기는 하겠지만 누가 시간 좀 알려 줘. 지금 3시 40분이니까 4시 25분 되면 얘기 좀 해 줘."

선생님 말에 아이들이 여기저기서 웅성거렸다. 그리고 선생님의 뒤이은 말에 아이들은 아예 할 말을 잃었다.

"그리고 이 교실은 텔레비전이 없고 오디오 시설도 안 되어 있어 듣기 평가를 못 해. 정말 미안해."

잠시 침묵이 흐른 뒤 아이들의 볼멘소리가 터져나왔다.

"와, 진짜 대박이다. 너무하는 거 아니에요? 공부 못한다고 이래도 돼요?"

"괜찮아요. 우리가 뭐 듣는다고 아나요?"

교실 뒤쪽에서는 나지막하게 욕하는 소리까지 들렸다. 선생님은 당황해서 아이들에게 미안하다는 말을 되풀이하며 어떻게든 듣기 평가를 할 수 있게 하겠다고 약속했다. 아이들의 원성은 잦아들었지만 배신감은 쉽게 사그라들지 않았다. 그리고 보충 수업 두

번째 시간인 오늘, 선생님은 녹음기를 가지고 왔다.

"자, 얘들아. 오늘은 이 녹음기로 듣기 평가 하자. 딱 이십 분만 하고 그다음에는 선생님이 팝송 하나 가르쳐 줄게."

앞에 앉은 아이들 몇몇이 선생님의 정성에 감동한 듯 고개를 끄덕였다. 그러나 그것도 잠시였다. 녹음기 코드를 벽에 있는 콘센트에다 꽂았지만 녹음기가 작동하지 않았다. 당황한 선생님이 휴대 전화로 전화를 걸었다. 누군가와 통화를 하는 담임 선생님의 얼굴이 점점 빨갛게 달아올랐다. 전화를 끊고 한동안 창밖만 바라보던 선생님이 심호흡을 하고 말했다.

"얘들아, 미안해. 이 건물 배선이 잘못되어 콘센트를 못 쓴다는 구나. 다음 주에 수리하면 괜찮을 거래."

뒤에 앉은 아이들 중 몇몇은 깔깔거리며 웃고, 몇몇은 책상을 두드리며 화를 냈다. 담임 선생님이 쩔쩔매며 변명했다.

"미안해, 얘들아. 너희도 알잖아. 우리 학교에 교실이 부족한 거. 내년 봄에 새로 짓는 건물이 완공되면 에어컨까지 나오는 교실에서 공부할 수 있을 거야. 조금만 참자. 응?"

그러나 이미 마음이 꼬여 버린 아이들은 선생님 말을 듣는 둥 마는 둥 했다.

"괜찮아요. 애초부터 우린 버린 자식이잖아요."

"상관없어요. 선생님도 낚였네요, 뭐."

아이들이 아무렇게나 툭툭 내뱉는 말에 선생님은 금방이라도 울음을 터뜨릴 것 같았다.


수업이 끝나고 교문을 나서다가 연서가 말했다.

"새로 오신 영어 선생님 정말 짱이더라. 엄청 재미있고 잘 가르쳐. 시간이 어떻게 지나갔는지도 모르겠어. 너희는 어때?"

순간 울화가 치밀었다. 나는 퉁명스럽게 되물었다.

"어떨지 몰라서 묻냐?"

연서가 어리벙벙한 눈으로 나를 쳐다보았다.

"왜 화를 내고 그래. 그냥 물어본 건데."

"그래? 몰라서 물어본 거야? 궁금하면 말해 줄게. 우리 영어 보충, 아주 쩔어."

"난 아무 생각 없이 그냥 물어본 거였어."

"알아, 나도 그냥 대답하는 거야."

말은 그렇게 했지만 나는 그냥 대답한 게 아니다. 자존심이 상하고 골이 올랐다. 물론 연서 잘못은 아니다. 공부를 잘해서 명품반에 간 거니까 연서 탓을 할 수는 없다. 아직은 연서가 보충 수업을 하겠다고 결정한 것도 아니었다. 그런데도 연서한테 화가 났다. 나는 얼떨떨해하는 연서를 혼자 두고 마을버스에 올라타 버렸다. 멀뚱멀뚱 내 뒤만 쳐다보고 있을 연서한테 미안한 마음이 들었지만 돌아보지 않았다. 마을버스에서 내려 시장으로 통하는 지하도로 들어갔다. 예전에는 꽤 번듯한 종합 상가의 지하 매장이었지만 지금은 조명조차 제대로 켜 놓지 않아 어두컴컴하기 짝이 없다. 지하 매장의 상인들은 셔터가 내려진 가게 앞에다 좌판을 벌이고 재고 상품들을 팔고 있다. 상인들 뒤로는 '임대 상인 죽이는 뉴타운 반대!', '누구를 위한 명품 도시냐? 서민 죽이는 명품 도시 집어치워라.' 따위의 플래카드가 걸려 있다. 연서 엄마도 그곳에서 '80% 세일'이라는 팻말을 세워 놓고 유아 용품을 떨이하고 있다. 나는 곁눈질로 연서네 가게 쪽을 바라보았다. '단결 투쟁'이라고 쓴 군청색 조끼를 입은 연서 엄마가 다른 상인들과 이야기를 나누고 있었다. 연서 엄마가 못 알아보게 얼굴을 돌리며 지나치다가 연서 엄마가 상인들과 나누는 이야기를 들었다.

"그래도 나는 연서 때문에 살지. 이번에도 명품반에 들었대."

"명품반?"

"응, 걔네 학교는 보충 수업도 우열반을 나누거든."

"다행이네. 엄마는 아기 옷도 짝퉁만 골라다 파는데 딸이라도 명품이 됐으니……."


3


　사진 좋습니다. 친구 소개로 알게 되었습니다. 사십 년 된 삼계탕집이 헐렸다니 마음이 아픕니다. 제가 사는 곳도 뉴타운 지역입니다. 부모님이 하시던 족발집이 문을 닫게 생겼습니다. 종종 오겠습니다.   - 뉴타운 반대!

어제 블로그에 새로 올린 사진에 댓글이 달려 있었다. 댓글은 단한 개뿐이지만 사진에 공감한 사람이 다섯 명이나 되고, 다녀 간블로거도 스무 명이나 된다. 흐뭇했다. 덕분에 학교에서 망친 기분이 좀 나아졌다.

만두 가게 앞에 있는 커다란 찜 솥에서 김이 모락모락 나고 있었다. 가게에 손님은 아직 한 명도 없었지만 엄마와 할아버지는 몹시 바빴다. 훌라후프 크기만 한 채반의 면 보자기 위에 윤기가 자르르한 만두가 김을 모락모락 내며 먹음직스럽게 줄을 서 있다. 엄마와 할아버지는 그 만두를 한꺼번에 열 개씩 집어 일회용 도시락에 넣었다.

"우와, 단체 주문이야?"

"응. 바쁘니까 단무지 좀 다섯 개씩 나눠서 비닐에 넣어 줘."

엄마 목소리가 모처럼 밝다.

"어디서 이렇게 주문을 많이 했어?"

"명성고등학교 다닐 때 우리 집 단골이던 사람들이 순대 골목에서 동창회를 한단다. 다들 우리 만두가 먹고 싶다고 해서 주문했대. 자그마치 오십 인분이다."

"우와, 대박이다."

"봐라. 우리 만두가 얼마나 유명한지 알겠지? 일본은 말이다, 백 년 넘은 우동집, 덮밥집이 수두룩하단다. 우리나라도 그렇게 대를 이어 하는 서민 음식점이 있어야 하는데 말이지."

할아버지 말에 모처럼 밝았던 엄마의 얼굴이 어두워졌다. 우리 만두 가게는 사십 년 전통을 자랑한다. 4인용 탁자가 여섯 개밖에 안 되는 작은 가게지만 만두 맛만큼은 알아준다. 한창 장사가 잘되던 때는 만두를 사기 위해 줄을 10미터씩 섰다고 했다. 요즘도 주말이면 대여섯 명씩 줄을 선다. 우리 만두 가게는 옷, 포목, 그릇, 가방 따위를 파는 구시장과 부식거리, 청과물을 파는 신시장을 잇는 길목에 있다. 시장에서 기차역이 멀지 않은 데다 주변에 중고등학교와 영화관이 있어 단골이 무척 많았다. 전문 대학을 졸업하자마자 할아버지한테 만두 빚는 기술을 배운 아버지는 만둣집을 가업으로 삼아 백 년 전통의 만둣집을 만드는 게 꿈이었다. 명성시 시장님이 느닷없이 우리 명성시를 명품 도시로 만들겠다는 꿈을 꾸지만 않았다면 아버지의 꿈은 이루어질 수 있었을 것이다.

명성시에서 가장 오래된 서민 지역인 중구 지역을 뉴타운으로 개발한다는 계획이 발표된 건 이 년 전이다. 몇 배로 뛴 땅값 보상에다 목 좋은 상가까지 분양받을 수 있는 형편 좋은 사람들은 뉴타운 개발을 찬성했지만, 시장 사람들 대부분은 재개발을 반대했다. 뉴타운 지역에 들어설 상가는 시장 사람들을 다 수용할 수 없는 데다 분양가도 턱없이 높았다. 게다가 가게를 세내어 장사하던 사람들에게는 상가 분양권을 주지 않고, 장사를 시작할 때 내고 들어온 권리금마저 되돌려 받을 길이 없었다. 시장 사람들은 재개발 조합과 재개발 대책 위원회로 갈렸고 아버지는 대책 위원회 총무를 맡았다. 그 뒤 이 년이 지나는 동안 아버지와 대책위 아저씨 아줌마들은 툭하면 경찰에 연행되고 공무 집행 방해죄, 특수 손괴죄, 상해죄 따위로 기소까지 되었다. 그러다가 석 달 전, 아버지와 대책 위원장 아저씨가 구속되었다.

그날 사건은 철거 용역들이 장사를 하고 있던 한양 포목점을 무단으로 철거하려는 바람에 일어났다. 오십 년 전에 한양 포목점을 시작한 주인 할머니는 가게를 철거하려면 자기부터 죽이라며 굴착기 앞에 드러누웠다. 할머니와 실랑이하던 철거 용역들은 갑자기 할머니를 들어 길바닥에다 내려놓았다. 그걸 지켜본 시장 사람들은 분노를 참지 못했고 철거 용역과 큰 싸움이 벌어지고 말았다. 그날 구두점 아저씨는 이가 두 개나 부러졌고, 한양 포목점 아저씨는 누군가가 내려친 각목에 맞아 정수리를 일곱 바늘이나 꿰맸다. 우리 아버지도 어깨와 무릎을 다쳤다. 그러나 그날 연행된 것은 아버지와 시장 사람들뿐이었다. 재개발 광풍이 몰아치기 전 우리 아버지의 별명은 부처님 가운데 토막이었다. 그런 아버지가 폭력 범죄자가 되었다.

내가 블로그에 우리 동네와 시장 이야기를 올리기 시작한 것은 그때부터다. 아버지가 구속되던 날 답답한 마음으로 블로그에 들어갔다가 한양 포목점을 강제 철거할 때 찍어 두었던 사진과 동영상을 올렸다. 억울한 마음을 거기에다가라도 쏟아 내고 싶었다. 그런데 다음 날 블로그에 들어가 보니 놀랍게도 나와 비슷한 경험을 한 블로거가 다녀가며 위로의 말을 남겼다. 설레는 마음으로 그의 블로그를 방문했다. 거기서 산 아래 오순도순 모여 있는 한옥 마을과 재개발 뒤 고층 아파트 단지가 된 한 마을을 만났다. 명품 도시 때문에 밀려나는 사람들은 우리만이 아니었다. 그때부터 나는 아버지의 낡은 카메라로 굴착기에 부서지는 오십 년 된 시장 건물들과 하루아침에 삶의 터전을 잃게 된 시장 사람들의 모습을 찍어 블로그에 올렸다. 그리고 신문 기사에 단 한 줄도 실리지 않는 억울한 일들을 블로그에 기록했다. 시간이 지나면서 이웃이 늘어나고 방문자도 많아졌다. 아버지의 빈자리가 그렇게 채워졌다.

4

"아람아."

누군가 부르는 소리에 뒤를 돌아보았다. 연서네 오빠인 연우 오빠였다. 지난봄 휴학을 한 뒤 공장에 다닌다더니 요즘은 피자 배달을 하는 모양이다.

"오빠, 거기서 일해?"

"응. 이제 보름 됐어. 이따 연서랑 놀러 와. 이 오빠가 피자 쏠게."

미시즈 피자는 시내로 나가는 길모퉁이에 있다. 한 판 값에 두 판을 주는 데라 우리 집 건너편 아파트 사람들 상대로 꽤 장사가 잘된다는 얘기를 들은 적이 있다.

"재미있어?"

"뭐가?"

"피자 배달."

"재미있겠냐?"

"그래도 얼굴은 좋아 보이는데?"

"그렇게 보이면 다행이고. 아름이는 공부 잘하고 있냐? 걔 서울대 간대?"

"서울대는 무슨, 명성여고 명성 사라진 지 오래래. 여기서는 서울에 있는 대학만 가면 잘 가는 거래. 연수동이나 계양구 쪽 애들이나 잘하지."

"따지고 보면 다 거기서 거긴데······. 나 간다."

나는 연우 오빠의 뒷모습을 보며 마음 한구석이 서늘해졌다. 연우 오빠가 어떻게 대학을 갔는지 알기 때문에 오빠가 휴학을 한다 했을 때 속이 상했다. 오빠는 정보 산업고를 나왔다. 연우 오빠는 중학교 2학년 때 심하게 따돌림을 당한 뒤 공부를 하지 않았다.

연우 오빠는 성격이 밝고 까불까불해 초등학교 때부터 친구 관계가 무척 좋았다. 왜 아이들에게 따돌림의 대상이 되었는지 아직도 모르겠다. 또래보다 덩치가 작아서 그런 건지, 너무 활달한 성격이 눈에 거슬렸던 건지……. 그냥 어느 날 센 척하는 아이한테 찍히면서 오빠는 까닭 없이 미운 아이가 되었다. 그때쯤이었다. 연서가 오빠가 학교를 안 나가는 것 같다고 걱정했던 것이. 그리고 중학교를 겨우 졸업하고 정보 산업고를 갔다. 공부를 워낙 못했던 탓에 로봇 공학과에 배정받았다. 로봇 공학과가 뭐 하는 곳인지 아는 사람은 아무도 없었다. 연우 오빠는 내내 잠만 자다 왔다. 그러다 고등학교 2학년 때 컴퓨터 관련 자격증을 딴 걸로 전문 대학에 진학했다. 연서네는 가게가 있어서 차상위 계층 혜택도 받지 못했다. 오빠는 고등학교 때도 안 해 본 아르바이트가 없다. 뷔페 설거지, 돼지갈빗집 불 갈이, 전단지 돌리기, 피자 배달, 치킨 배달까지. 대학에 가서도 오빠는 편의점 아르바이트, 술집 서빙 등 가리지 않고 일했다. 그런데도 학교를 휴학할 수밖에 없었다. 그런 연서네 집에서 공부 잘하는 연서는 보물이나 마찬가지다. 그걸 뻔히 알면서도 연서만 보면 거미치미는 마음을 감출 수 없었다.

"김아람, 너 이리 와."

자정이 다 돼서 2층으로 올라온 엄마의 표정이 예사롭지 않았다. 책상 앞에 앉아 인터넷 강의를 듣던 언니까지 한심하다는 듯이 나를 내려다보았다.

"아람이 너 왜 보충 안 한다고 했어?"

내가 얼른 대답을 하지 못하자 엄마가 다그쳐 물었다.

"도대체 왜 보충은 안 한다고 해서 선생님이 전화까지 하게 만드니? 너 혹시 보충 수업비 걱정돼서 그래?"

엄마의 말이 끝나기 무섭게 언니가 깔보듯이 말했다.

"참 내, 엄마는 아람이를 몰라서 그래? 쟤가 돈 때문에 그랬겠어? 공부하기 싫으니까 그러지."

나는 언니를 흘겨보며 쏘아붙였다.

"아니거든. 괜히 잘난 척하지 마."

"그럼 뭐야?"

얼른 말이 나오지 않아 우물쭈물하다가 대답했다.

"자존심 상해서 그래. 우리 이번부터 보충을 명품반이랑 상중하반으로 나눠."

언니의 얼굴이 금세 일그러졌다.

"김아람, 너 설마 하반은 아니겠지?"

"하반이라면 어쩔 건데?"

"세상에 기가 막혀서."

언니가 어처구니없다는 듯이 코웃음을 쳤다. 고까운 마음에 눈을 부릅떠 언니를 노려보자 엄마가 얼른 나섰다.

"아름아, 1학기 때는 아람이가 공부할 형편이 아니었잖니. 넌 야

자 하느라 밤늦게나 오니까 몰랐나 본데 엄마가 아빠 재판 쫓아
다니는 동안 아람이가 할아버지 도와서 장사했어."

언니는 엄마가 내 역성을 들어 주자 못마땅한 얼굴로 엄마에게
말했다.

"엄마도 이젠 쟤 공부에도 신경 좀 써. 쟤 저러다 정말 대학도 못
가고 빌빌거리면 어떻게 할 거야?"

엄마가 내 눈치를 보며 말했다.

"아람이도 이제 잘하겠지. 보충 수업 하고 그러면 금세 중반 올
라갈 거야."

나는 엄마의 기대가 얼마나 터무니없는 것인지 알려 주어야만
했다. 하반 교실의 상태, 명품반과 하반의 차이에 대해 설명한 뒤
덧붙였다.

"엄마, 나 보충 안 해도 중반 갈 수 있어. 하반 들어가면 공부 더
못 해. 하반은 수업을 보강해 주기 위해서 만든 반이 아니라 수업
을 방해하는 애들을 그냥 한꺼번에 몰아넣으려고 만든 거나 마찬
가지야."

엄마의 얼굴이 붉으락푸르락했다. 그러나 언니는 여전히 비꼬
는 투로 말했다.

"그렇지 않은 학교가 얼마나 되겠어? 그럴수록 악착같이 공부
해야지. 보충 들어. 원래 공부 못하는 애들이 꼭 자존심이니 뭐니
하는 거야."

언니의 말투에 울화가 치밀었다.

"공부 못하는 애들은 자존심도 없는 줄 알아? 언니는 공부 잘하니까 자존심이 있어도 되고, 나는 그런 거 없어도 상관없다는 거야?"

"자존심 지키려면 일단 공부하라는 얘기야. 공부 못하는 애들이 자존심이니, 차별이니 하면 누가 알아주기나 하냐?"

"그럼 공부 못하는 애들은 학교에서 차별을 해도 무조건 꾹꾹 참고, 나중에 공부 잘하게 되면 그때 자존심을 찾으라고? 그게 말이 돼? 원래 학교는 우리처럼 공부 못하는 애들을 더 잘 가르쳐 주고 이끌어 주는 데 아니야? 보충 수업 하러 갈 때마다 내가 쓰레기가 된 것 같은 느낌이 든다고. 그래서 공부고 뭐고 다 싫어지려고 그런다고."

내 말에 언니가 야멸스럽게 말했다.

"공부 안 하면 평생 그렇게 살아야 돼."

나는 분한 마음에 울음을 터뜨리고 말았다. 당황한 엄마가 언니를 나무랐다.

"너는 언니가 돼서 그렇게밖에 말 못 하니? 아람이 말이 틀린 건 아니지. 학교에서 성적이 떨어지는 애들을 더 감싸고 잘 이끌어 줘야지. 그렇게 방치하고 차별하면 안 되지. 아람아, 일단 오늘은 그만하자. 엄마가 내일 학교로 전화를 하든가 찾아가서 의논해 볼게."

이불을 덮고 누웠다. 속상해하던 엄마의 얼굴이 눈앞에 어른거린다. 괜히 아무것도 몰랐던 엄마를 더 힘들게 한 것 같아 미안했다. 언니 말대로 남들처럼 그냥 보충 수업을 하고, 차별을 받든 말든 상관없이 마음이 편하면 얼마나 좋을까? 그런데 나는 그게 잘 안 된다. 언니는 1시가 넘도록 인터넷 강의에서 눈을 떼지 않는다. 언니는 아버지가 구속된 뒤 더 이를 악물고 공부만 한다. 언니의 꿈은 교대에 가서 초등학교 선생님이 되는 거였다. 뉴타운 개발만 아니었다면, 아버지가 재개발 대책 위원회 총무를 맡지 않았다면 언니는 그 꿈을 계속 간직했을 것이다. 그런데 이제는 언니의 꿈이 바뀌었다. 언니의 꿈은 돈 많이 버는 CEO나 힘 있는 정치가가 되는 거다. 나는 언니의 그 꿈이 슬프다.


5


"있잖아. 나 보충 하기로 했어."

연서가 어렵게 고백했다. 어차피 그럴 거라는 걸 알고 있었으면서도 몹시 섭섭했다.

"울 엄마한테 내가 유일한 희망인 거 알잖아. 엄마가 내가 명품 반이라는 거 알고는 담임한테 전화해서 무조건 하게 해 달라고 했대."

나는 연서 말에 대꾸하지 않고 내 자리로 돌아와 앉았다. 그리고 하루 종일 연서에게 말을 걸지 않았다. 연서는 청소 시간이 다 끝 날 때까지도 내 주위를 빙빙 돌며 쩔쩔맸다. 나는 할 수 없이 연서에게 말했다.

"나 남아야 해. 오늘 마지막 상담이잖아. 먼저 가."

연서는 어깨를 축 늘어뜨린 채 교실을 나갔다. 나는 창문가로 가 연서가 교문을 나갈 때까지 멍하니 바라보았다. 연서가 탄 마을버 스 너머로 아파트 공사장의 타워 크레인이 보였다. 우리 만둣집이 있는 명성시 중앙동도 이제 저렇게 고층 아파트로 뒤덮일 테고 머 지않아 우리는 그곳을 떠나야 한다.

담임은 약속 시간을 오 분 정도 지나서 교실로 왔다. 담임의 얼 굴이 별로 좋지 않았다. 아까 반장 말로는 교장한테 불려 가 엄청 혼났다고 했다. 부모님이 교사인 반장 말에 의하면 앞으로는 학생 들의 성적에 따라 교장이나 교사의 성과급이 달라진다고 했다. 그 래서 학교 전체가 더 성적 향상을 부르짖는 거라고 했다. 그렇다면 우리 담임은 아마 날마다 교장실에 가서 깨지고 와야 할 것이다.

"아람아, 아직도 네 결심은 변함없어?"

"네."

담임이 한숨을 내쉬고 말했다.

"그럼 하반 애들이 떠든다는 거 말고 내가 정말 납득할 수 있는 말로 나를 설득해 봐."

날마다 머릿속으로 되풀이하던 말인데도 쉽게 입 밖으로 나오지 않았다.

"아무 말이나 해도 돼."

선생님의 표정을 살폈다. 선생님은 정말 아무 말이나 해도 다 들어줄 것 같은 표정이었다. 이미 혼날 걸 다 혼나서 무슨 말이나 해도 상관없을 것 같은 그런 느낌이라고나 해야 할까?

"불공평해요. 아무리 교실이 모자라 새로 짓는 중이라고 해도 명품반 애들을 거기다 데려다 놓진 않잖아요. 우리는 선생님들한테 공부 못하는 떨거지들이라고 무시당하고, 애들한테도 놀림감이 돼요. 나는 단지 영어를 못할 뿐인데 학교는 내 영어 성적으로 나를 구제 불능에 쓸모없는 인간으로 취급해 버려요. 제가 보충을 하면 스스로 그걸 인정하는 거잖아요. 그래서 하기 싫어요."

선생님은 내 말이 끝나자 헛기침을 몇 번 하더니 힘겹게 입을 뗐다.

"아람아, 맞아. 그렇게 느낄 수 있어. 오히려 그렇게 느끼지 않는 아이들이 이상한 건지도 몰라. 솔직히 말하면 교무부장 선생님이 보충 수업을, 그것도 2학년 영어 하반을 맡으라고 했을 때 나도 눈물이 핑 돌았어. 너도 알지? 내가 별로 능력 있는 교사가 못 되잖아. 그래서 밀려나는 느낌이 들었어. 내가 무능하다는 걸 선생님들과 학생들 앞에 다 드러내는 것 같아서 창피했지. 겨우 마음을 추스르고 첫 수업에 들어갔는데 교실이 그 모양이잖아. 방송이 안 된다는 건 알았지만 정말 그 정도인지는 몰랐거든. 그냥 되돌아서 나가고 싶었어. 그런데 난 선생님이잖니? 겨우 마음을 추스르고 공부를 시작했는데 애들은 딴청만 피우고……. 그 순간에 나는 내 생각만 했던 거 같아. 너희가 어떻게 느낄지는 깊게 생각하지 못했어. 정말 미안해. 근데 아람아, 나는 걱정이 돼. 네가 반항심 때문에 너 자신까지 포기할까 봐. 공부를 포기할까 봐."

포기라는 말이 거북하게 들렸다. 나는 볼멘소리로 대답했다.

"보충 안 한다고 저를 포기하는 건 아니죠. 전 절대 저를 포기 안 해요. 이미 학교에서는 포기했을지 몰라도……."

선생님 눈에 눈물이 핑 돌다 사라졌다. 그리고 더는 보충에 대해 묻지 않았다. 대신 연서나 우리 집 형편에 대해 묻더니 불쑥 장래 희망을 물었다. 순간 멍해졌다. 내 꿈이 뭐였더라? 한참 만에야 내 꿈은 아버지의 만두 가게를 이어받아 백 년 전통의 만둣집 주인이 되는 거였음을 떠올렸다. 하지만 그 꿈은 이미 깨져 버렸다. 그런데 그때 불현듯 뭔가가 떠올랐다.

"전 VJ나 사진가가 되고 싶어요."

"VJ?"

"네, 카메라를 들고 세상 곳곳을 다니면서 숨겨진 사람들의 이야기를 알려 주는 비디오 저널리스트요. 억울한 얘기, 세상에 꼭 알려야 할 얘기, 가슴 뭉클한 이야기 같은 걸 전해 주는 사람이 되고 싶어요."

"음, 멋진 꿈이네. 그런 꿈을 갖게 된 계기라도 있니?"

나는 선생님에게 명성 중앙 시장과 주변 동네의 재개발에 대해서 털어놓았다. 사진을 찍게 된 동기와 블로그에 대해서도 말했다. 선생님은 내 블로그를 보고 싶어 했다. 컴퓨터를 켜고 블로그를 열었다. 블로그 첫 화면에는 어제 올린 고양이 가족 사진이 있었다. 지난 주말, 사십 년 된 삼계탕집이 헐린 자리에 갔다가 건물 더미 밑에서 어미와 새끼 길고양이들을 만났다. 가끔 우리 만둣집에 와서 아버지한테 돼지비계를 얻어먹고 가던 고양이였다. 아마 삼계탕집 어딘가에 숨어 살다가 졸지에 집을 잃은 모양이었다. 어미 고양이는 앞발을 치켜들고 발톱을 있는 대로 드러내며 경계했다. 나는 캭캭 소리를 내며 등을 구부리는 어미 고양이에게 카메라를 들이댔다. 처음에는 어미 뒤에 숨었던 아기 고양이들이 제 어미를 따라 등을 활처럼 구부리더니 털과 꼬리를 세우고 싸울 태세를 했다. 고양이 가족이 보금자리를 지키기 위해 맞서는 모습이 꼭 우리 시장 사람들을 닮은 것 같아 코끝이 찡했다. 고양이 가족에게 미안한 마음을 무릅쓰고 사진을 찍었다. 그리고 어제 새벽 2시까지 그 사진을 블로그에 올렸다. 선생님은 사진을 찬찬히 들여다보며 말했다.

"아람이한테 이런 면이 있는 줄 몰랐어. 고맙다."

왜 선생님이 고맙다고 하는지 알 수는 없지만 멋지다는 칭찬에는 어깨가 으쓱했다. 상담을 마치고 교실을 나서는데 선생님이 내 뒤에다 대고 말했다.

"아람아, 너 내일부터 보충 안 해도 돼. 교장 선생님이 보충 안 하는 애들은 도서관에서 자습시키라고 하셨어. 전교에서 딱 다섯 명이다."

원하는 대로 됐건만 왠지 마음이 무거웠다.

학교를 나서는데 연서가 뒤에서 숨어 있다 나왔다.

"스토커냐?"

나는 못마땅한 투로 내뱉었다.

"응."

연서가 짧게 대답하고 내 눈치를 살피다 말했다.

"아람아."

연서가 내 앞에서 쩔쩔매는 걸 보니 미안한 마음보다 짜증부터 났다.

"뭐?"

퉁명스러운 내 물음에 연서가 작은 소리로 대답했다.

"난 너밖에 없어."

"뭐가?"

"친구."

그건 나도 마찬가지였다. 연서처럼 나에 대해 속속들이 다 아는 친구는 더 없다. 나는 이랬다저랬다 변덕 부리는 애들은 딱 질색이

다. 연서는 금세 토라지고 삐치는 여자애들과 달랐다. 이번에도 연서가 잘못한 건 별로 없다. 그저 나 혼자 마음이 꼬여 그러는 거다. 연서는 바르고 착한 아이다. 연서 같은 친구를 잃고 싶은 마음은 눈곱만큼도 없다. 그런데 나는 속마음과 다른 말을 했다.

"그래서? 배신을 때려 놓고는 친구 없는 게 겁나서 변명하려고?"

연서 눈에 눈물이 그렁그렁해졌다. 코끝이 찡했지만 나는 고개를 팽 돌려 버렸다.


6


아람아, 아람이의 멋진 꿈 덕분에 선생님도 다시 꿈을 갖기로 했어. 꿈을 잃어버린 아이들의 꿈을 되찾아 줄 수 있는 선생님이 되는 거. 영어 하반 선생님으로서도 어떻게 재미있게 수업할지 더 고민해 보려고 해. 앞으로도 멋진 사진 기대할게.


집에 오자마자 컴퓨터를 켜고 블로그를 열어 선생님의 댓글을 몇 번이고 읽어 보았다. 기분이 좋았다. 나는 애써 연서 생각을 떨쳐 버리고 가방을 놓고 옷을 갈아입었다. 그리고 서둘러 가게로 가기 위해 나섰다. 만두 가게로 가다가 멈춰 섰다. 긴 생머리를 묶고 선글라스를 낀 장 씨 아저씨가 반액 세일 팻말을 거둬들이고 있었다. 이제 쪼리 두세 개와 워커만 남아 있다.

"아저씨 뭐 해?"

"우리 아람이 왔구나. 이제 며칠 있으면 여기도 헐리니까 정리를 해야지."

"안 돼요."

내 말에 아저씨 눈이 휘둥그레졌다.

"아저씨, 이대로 문 닫으면 안 돼."

아저씨는 나를 물끄러미 내려다보다 가게로 들어가며 따라오라고 손짓을 했다. 가게는 폭이 3미터도 안 될 만큼 좁다. 아저씨는 벽에다 선반을 만들어 갖가지 신발을 진열하고 왼쪽에는 진열대를 만들어 같은 종류의 신발을 가지런히 올려 놓았다. 진열대 뒤에는 아저씨가 나무로 직접 만든 작은 의자와 탁자가 있고 그 뒤가 아저씨 작업실이었다. 내가 초등학교 때는 가게에서 일하는 오빠들 한두 명이 꼭 있었고, 가게의 첫 주인이었던 아저씨의 아버지도 나와 신발을 만들었지만 지금은 썰렁하기 짝이 없다. 귀가 멍하도록 돌아가던 가죽 꿰매는 재봉틀 소리가 들리지 않고 툭툭거리던 망치 소리도 들리지 않는다. 시큼하던 가죽 냄새도, 머리가 지끈거릴 정도로 독하던 본드 냄새도 나지 않는다. 아저씨 작업대 위에 걸린 색색의 실, 너무 낡아 이제 잿빛이 도는 여러 크기의 신발 모형, 작업대 위의 고무망치, 나무망치, 구두칼, 쪽가위, 반달 모양의 칼, 삽처럼 생긴 칼, 송곳, 자 들이 어지럽게 널려 있었다. 눈물이 핑 돌았다.

"아람이, 사이다 줄까?"

아저씨가 하도 낡아 연두색 시트지를 바른 소형 냉장고에서 사이다를 꺼내 내밀었다. 나는 고개를 저었다. 어렸을 때는 아저씨의 냉장고에서 나오는 갖가지 음료수 때문에 문턱이 닳도록 드나들었지만 지금은 음료수 따위는 쳐다보고 싶지 않다.

"아저씨 가게 없어지면 나 어디 가서 놀아?"

목멘 소리에 아저씨가 의자에 걸터앉으며 말했다.

"그러게 말이다. 나는 어디서 놀지?"

선글라스를 낀 아저씨의 눈은 볼 수 없지만 아저씨의 목소리가 젖어 있었다.

"너무 속상해."

"철거가 안 돼도 이거 오래 못 해. 누가 사 신지도 않고 이 기술을 배우겠다는 사람도 없고. 베트남이랑 중국에서 싼 신발이 얼마나 들어오는데……. 그러잖아도 아저씨 직업 바꾸려고 했어."

아저씨와 아버지가 술을 마실 때마다 엿들었던 말이다. 그러나 아버지는 집에 돌아와 늘 말했다.

"그 녀석 그만 못 둬. 배운 게 그것뿐인데……."

나는 멍하니 있다가 가방에서 사진기를 꺼냈다. 때 묻은 아저씨의 작업장 곳곳을 찍고, 아저씨의 구두들을 찍었다. 그리고 밖으로 나가 'Jang's 통가죽 슈즈' 간판을 찍었다. 하얀 양철판에 아크릴로 돋을새김해 글자를 만든 간판은 낡고 촌스러웠다. 그래도 아저씨는 아저씨 아버지가 걸었던 처음 간판을 바꾸지 않았다. 우리 할아버지 만둣집보다 일 년쯤 먼저 문을 열었다는 구두점은 아저씨의 아버지인 장 씨 할아버지가 만들었다. 미군 부대 앞에 있는 수제화 가게에서 구두 기술을 배운 장 씨 할아버지가 여기다 가게를 얻어 신발을 만들기 시작했단다. 할아버지의 구두 기술은 우리 아버지의 동갑 친구인 장 씨 아저씨가 이어받았다. 장 씨 아저씨의 통가죽 신발은 튼튼하면서도 독특했다. 가장 많이 팔리는 것은 흔한 캐주얼 신발이었지만 아저씨는 끊임없이 새로운 디자인의 신발을 만들었다. 색색의 가죽 샌들, 예전에 클럽이나 카바레에서 연주하는 사람들이 일부러 멀리까지 와 사 갔다던 남성용 통굽 가죽 구두, 아저씨가 미국 영화를 보고 영감을 얻어 가죽에 인두로 지져 무늬를 내서 만든 워커. 유명 브랜드에서는 볼 수 없는 아기자기하고 독특한 아저씨의 구두는 단골이 아니면 소화해 낼 수 없었다. 아저씨의 구두점은 이 년 전에 텔레비전 생방송 프로그램에 소개되기도 했었다. 그때 반짝 아저씨네 구두가 잘 팔렸다. 그러나 잠깐뿐이었다. 나는 아저씨네 가게에서 나는 가죽 냄새와 본드 냄새가 좋았다.

"아저씨, 저기 서 봐."

아저씨를 재봉틀 옆 작업대 앞에 세웠다. 그리고 사진기를 들었다. 단정히 빗어 올린 아저씨의 머리, 금박으로 수를 놓은 검정 셔츠와 선글라스. 아저씨의 구두를 사러 오는 사람 중에는 아저씨의 특이한 옷차림 때문에 찾는 사람도 있었다. 아저씨는 공고에 다닐 때만 해도 엘비스 프레슬리 같은 가수가 되는 게 꿈이었다고 했다. 그래서 아저씨는 지금도 나팔바지를 즐겨 입는다. 나는 사진을 찍다 말고 아저씨에게 물었다.

"아저씨, 꿈이 뭐야?"

"꿈? 이 나이에 꿈은."

아저씨가 멋쩍게 웃었다.

"그래도 생각해 봐."

내 채근에 아저씨가 말했다.

"계속 구두 만드는 거지 뭐."

검정색 선글라스를 낀 장 씨 아저씨는 길 건너편에서 가게가 헐리는 모습을 지켜보았다. 아저씨는 철거가 끝나자 폐허가 된 구두점 주변을 탑돌이 하듯 몇 바퀴 돌다가 우리 집으로 와서 만두를 시켰다. 장 씨 아저씨의 손은 구두를 만들면서 생긴 흉터로 거칠었다. 장 씨 아저씨는 그 손으로 만두를 먹고 할아버지와 마지막 악수를 나눴다. 나는 할아버지와 아저씨가 잡은 두 손을 클로즈업해 찍었다. 할아버지와 아저씨의 두 손에 명성 중앙 시장의 역사가 담겨 있었다.

7


"이거 정말 네가 찍었어?"

언니가 어깨너머로 장 씨 아저씨 사진을 보다가 깜짝 놀라며 물었다.

"응."

"어쭈, 제법인데."

언니한테 칭찬을 받기는 처음이다. 기분이 좋아지려는데 언니가 꿀밤을 먹였다.

"그러니까 공부하라고. 재주 썩히지 않으려면 공부해서 대학 가."

그럼 그렇지. 언니의 결론은 늘 똑같다. 그래서 언니 말에 딴죽을 걸고 싶어졌다.

"언니는 공부가 모든 문제의 답이라고 생각해?"

"응."

"왜?"

"우리가 여기서 쫓겨나는 거, 아빠가 잘못한 것도 없으면서 감옥 간 거 다 힘이 없어서 그런 거니까. 힘을 기르려면 성공해야 해. 우리처럼 돈 없고 백 없는 사람들이 성공하는 길은 공부하는 것밖에 없어."

"공부 잘한다고 다 성공하는 건 아니잖아."

"그렇지. 그래도 최소한 SKY 나오면 성공하는 열쇠 하나는 얻은 게 되니까. 취직도 아무래도 잘될 거고, 사회적으로도 인정받고, 또 그 대학 졸업생들은 지질한 사람보다는 잘나가는 사람이 많을 테니까 내가 만나는 사람들의 급이 달라지는 거지."

"급이 다르다고? 하긴 우리 영어 선생님이 그러더라. 요즘은 서울대에 강남 애들이 제일 많다고. 그렇다고 뭐 언니가 달라져? 언닌 어차피 대학 가면 알바 하면서 다녀야 되잖아. 아마 잘나가는 애들이랑 놀 새도 없을걸? 연서네 오빠는 시립 전문대 다니면서도 학비 땜에 고생했는데 서울대 빼놓고는 학비도 엄청 비싸다며?"

언니의 표정이 시무룩해졌다가 이내 댕돌같아졌다.

"그렇지. 난 대학 가서도 쪼들리겠지. 다른 애들 놀 때 공부하고 알바 해야겠지. 그렇지만 난 포기 안 해. 성공하려면 그 정도의 고충은 견뎌 내야. 그게 성공의 기틀이 된대. 우리 경제 선생님이 그러셨어. 그러니 난 절대 기죽지 않을 거야. 난 악착같이 성공할 거라고. 내가 돈 있고, 힘 있으면 이런 시장통 만두 가게에 목숨 걸지도 않을 거고, 이 후진 시장통 지킨다고 가족 내팽개치지도 않을 거 아니야."

언니의 말에 불뚝성이 났다.

"언니 지금 그게 무슨 말이야? 그럼 아빠가 가족을 내팽개쳤다고?"

"일부러 내팽개친 건 아니지만 결론은 그런 거나 마찬가지지."

나는 머리칼이 곤두서도록 화가 났다.

"언니, 언니 정말 너무하다. 어떻게 아빠한테 그렇게 말할 수 있어? 언니는 언니 하고 싶은 대로 다 하잖아. 집안일 하나도 안 하고 신경도 안 쓰고 공부만 하잖아. 할아버지랑 엄마가 만두 팔아서 버는 돈으로 비싼 인터넷 강의도 다 듣게 해 주고, 문제집도 다 사 주잖아. 우리 형편에 그 정도면 정말 과분하거든. 뭐든 다 자기 맘대로 하면서 왜 아빠한테 뭐라고 해? 우리 시장 사람들을 지키는 게 우리 가족을 지키는 거지 아빠가 우릴 언제 내팽개쳤어?"

"최소한 일찍 보상금 받고 나갔으면 이렇게 되지는 않았지."

"그러고 나가서, 할아버지랑 아빠랑 뭐 하라고?"

언니는 잠시 입을 다물고 있다가 매몰차게 말했다.

"그러니까. 못 배우고 무식하니까 이도 저도 못 하잖아. 그래서 난 공부를 해야 한다고. 말 시키지 마."

언니와 말을 하다 보면 울화통이 터질 것 같다. 나는 언니 말에 발끈해서 따져 물었다.

"좋은 대학 경영학과 가서 CEO 되면, 정치인 되면 어떻게 살 건데? 우리 같은 힘 없는 사람들을 위해 일할 거야? 언닌 어떻게 나보다도 더 모르냐? 이게 뭐 시장 한 사람 문제야? 아니거든. 봐, 여기서 십 분 거리에 대형 할인 마트가 세 군데야. 거기다가 여기 재개발하는 건설 회사 사장이 시장 고등학교 동창이래. 그리고 그 건설 회사 꼬임에 넘어간 재개발 조합이랑 다 지들끼리 편먹은 거라고. 몰라? 아빠가 그랬어, 이건 시장 한 사람이 잘못한 게 아니라고. 언니가 힘을 가지면 그 사람들하고 싸울 수 있을 거 같아? 아빠가 재개발 때문에 시랑 싸우면서 가장 힘든 게 뭐라고 했는 줄 알아? 자기 이익만 따지면서 전체의 이익을 위한 일에는 발 빼는 사람이라고 했어. 언니도 언니만 성공하면 뭐 다 될 줄 알지? 절대 안 그렇다고 했어."

언니는 가방 앞주머니에서 분홍색 고무로 된 귀마개를 꺼내더니 귀에 틀어막으며 말했다.

"뭣도 모르면서 까불지 마. 아무리 내가 너보다 더 모르겠니? 알아서 이러는 거야. 이제부터 나 공부해야 돼."

언니의 태도가 고깝기도 했지만 언니의 매몰찬 모습에 그만 서러워지고 말았다. 책상 앞에 앉은 언니의 등을 보는데 눈물이 나왔다.


연서나 언니의 마음을 이해하려고 하지만 그럴 때마다 답답해진다. 우리 언니는 언니 말대로 좋은 대학에 갈 확률이 높다. 시험 때면 하루 세 시간만 자면서 공부하니 목표를 반드시 이룰 거다. 언니는 야무지고 똑똑하니까 언니 말대로 성공할 수도 있을 것 같다. 그런데 나는 그런 언니가 가엾다. 나는 언니의 꿈이 교사일 때가 그립다. 언니랑 잠자리에 들기 전에 친구들 얘기 하고, 같이 다리가 길어지는 체조도 하고, 만두를 먹으며 드라마를 보던 그때가 그립다.


8


가을이다. 무너진 건물 더미 사이로 보랏빛 개쑥부쟁이와 돼지 풀꽃이 피었다. 도대체 어디서 씨가 날아와 이 도시 한가운데 꽃이 피었는지 신기하기 짝이 없다. 사진기를 꺼내 개쑥부쟁이 꽃을 찍으려 하는데 휴대 전화가 울렸다. 연서 번호였다. 망설이다가 전화를 받았다. 다급한 목소리에 울음이 섞여 있었다.

"아람아, 큰일 났어. 우리 엄마랑 아저씨들 상가 옥상에 올라갔어."

"상가 옥상에? 왜?"

"몰라, 상인 대표들이 상가 주인이랑 시에서 대화조차 안 해 준다고 최후의 수단으로 올라간 거래. 임대 상인들 주장 들어줄 때까지 안 내려온다면서 올라갔대. 아람아, 우리 이제 어떻게 해."

"연서야, 울지 마. 내가 갈게. 좀만 기다려. 응?"

상가 앞에 도착하니 경찰차와 전경 버스가 빙 둘러 벽을 치고 있었다. 경찰이 상가 앞 삼거리의 차선을 막는 바람에 밀리기 시작한 차들이 여기저기서 경적을 울려 대고 있었다. 버스를 기다리거나 길을 가던 행인들도 인도를 꽉 메우고 상가 옥상을 올려다보고 있었다. 시장 사람들이 옥상 난간에다 플래카드를 펼쳐 달았다.

서민 몰아내는 뉴타운 중단하라.

영세 상인 죽이고 명품 도시 웬 말이냐!

용산 참사 기억하라!

"아람아, 저기야. 울 엄마 저기 있어."

연서가 가리키는 쪽을 보니 연서 엄마가 마스크를 쓴 채 연서를 내려다보며 팔로 하트 모양을 해 보였다. 그 모습을 보며 연서가 다시 펑펑 울기 시작했다.

"우리 엄마, 임시 상가 마련해 준다고 할 때까지 안 내려오실 거래."

연서는 엄마의 모습이 안 보이자 불안해서 손톱을 물어뜯으며 발을 동동 굴렀다. 나는 연서 손을 잡고 맞은편 건물인 5층짜리 서점 건물 옥상으로 올라갔다. 거기는 연서네 상가 4층짜리 옥상보다 높이가 높아 농성하는 사람들이 한결 잘 보였다. 아줌마 아저씨들이 옥상에서 플래카드를 들고 아래를 내려다보고 있었다. 그동안 저 상가 뒤 시장에서 일어났던 수많은 일들이 떠올랐다. 재개발은 우리 가족의 평범한 행복을 빼앗아 갔다. 교사가 되고 싶다던 언니의 꿈이 정치가로 바뀌고, 죽을 때까지 만둣집을 할 거라던 할

아버지의 꿈도 깨졌다. 백 년 전통의 만둣집을 이어 가자고 약속했던 아버지와 내 꿈도, 유아 용품 가게를 하며 세 식구가 오순도순 살겠다던 연서네 꿈도 모두 깨졌다. 그렇다고 모든 꿈이 끝난 것은 아니다. 장 씨 아저씨는 명성시보다 작은 지방의 도시에다 또 다른 'Jang's 가죽 슈즈'를 낼 거고, 12월에 출소할 아버지는 명성시 변두리에다 우리 만둣집을 다시 낼 거다. 꼭 그래야 한다. 그리고 나도 새로운 꿈을 갖게 되었다.

가방에서 사진기를 꺼냈다. 건너편 옥상을 바라보며 발을 동동 구르는 연서의 모습을 찍기 위해 사진기를 들었다. 눈물 때문에 초점이 잘 맞지 않는다. 그러나 나는 오늘 절대 사진기를 내리지 않을 거다. 연서 엄마, 연서 엄마와 함께 저 옥상으로 올라간 시장 사람들에게서 눈을 떼지 않을 거다.

주먹은

거짓말이다

1

함박눈이 내리기 시작한다. 앞선 바둑이가 강동강동 뛰면서 눈을 반긴다. 나와 엄마도 신이 나서 산길을 뛰어 올라간다. 산비탈 함석집 부엌에서는 외할아버지가 군불을 넣고 있다. 집에 돌아온 엄마와 나는 외할아버지 곁에 쭈그리고 앉아 언 발과 손을 녹인다.

"고구마 구워 먹을까?"

엄마가 부엌 한구석에 세워 둔 비닐 자루에서 고구마를 꺼내 온다. 외할아버지와 내가 고구마를 알루미늄 포일로 감싼다. 그리고 빨간 숯만 남은 아궁이에 고구마를 넣고 기다린다. 기다리는 동안 빨간빛이 다 사라진 까만 숯을 건드려 본다. 쇠꼬챙이로 숯을 때릴 때마다 빨간 불꽃이 튄다. 마음이 따뜻하고 아주 느긋하다. 아궁이를 바라보며 두런두런 이야기를 나누는 엄마와 외할아버지의 표정도 평화롭다. 밝게 웃는 엄마의 얼굴이 내 마음을 더 푸근하게 한다.

"자, 이제 꺼내 볼까?"

외할아버지가 재를 들춰내고 고구마를 꺼낸다. 쪼글쪼글해진 알루미늄 포일을 벗기고 나니 가죽처럼 딱딱해진 고구마 껍질이 나온다. 껍질을 벗기자 김이 모락모락 나는 노랗고 맑은 고구마 속이 드러난다. 먹음직스럽다.

"와! 맛있겠다."

내가 외할아버지한테서 고구마를 받아 드는데 갑자기 부엌으로 누군가 들어선다. 아버지다.

"이것들이 나만 따돌리고 여기 숨어 있어! 어서 나와."

엄마가 외할아버지 뒤에 숨는다. 나는 아버지 손에 끌려 나온다. 아버지는 손에 든 몽둥이를 휘두르며 아무도 내 곁에 오지 못하게 한다. 나는 아버지 손에 이끌려 산비탈을 내려간다.

"외할아버지! 엄마! 엄마!"

애타게 불러 보지만 외할아버지와 엄마의 모습이 보이지 않는다. 나는 아버지의 우악스러운 손아귀에 끌려가며 울음을 터뜨린다.


엉엉 울다가 눈을 떴다. 꿈이었다. 벌떡 일어나 시계를 올려다보왔다. 9시다. 또 늦었다. 아직도 아버지는 옷장 모서리에 머리를 박은 채 코를 골고 있다. 나는 엄마가 밤새 웅크리고 앉았던 자리를 보았다. 요 위에 구겨진 담요 한 뭉치만 덩그머니 남아 있다. 나는 아버지가 깨지 않도록 살그머니 요에서 빠져나왔다. 배가 고파 방문 앞에 있는 전기밥솥을 열어 보았다. 누렇게 굳은 밥이 밥솥 밑바닥에 달라붙어 있다. 냉장고에 있는 반찬이라곤 돌덩이처럼 딱딱해진 멸치 볶음과 언제 먹다 남겼는지 기억도 안 나는 색 변한 참치가 전부다. 불쑥 화가 치민다.

"에이 씨, 일 나가기 전에 밥이나 좀 해 놓지."

하지만 이내 아버지 발길에 채여 넘어지던 엄마의 모습이 떠오른다. 나는 방 한구석에 처박혀 있던 책가방을 집어 들고 밖으로 나왔다. 학교고 뭐고 다 그만두고 싶지만 한 번만 더 빠지면 아버지를 부른다고 했던 선생님 말이 떠오른다. 내리막길을 뛰어 내려갔다.


2


이미 조회가 시작되었다. 선생님은 교탁 앞에서 보충 수업에 대해 설명하다가 나를 보고 인상을 찌푸렸다. 나는 고개를 푹 숙이고 맨 앞에 있는 내 자리로 갔다. 의자에 앉자마자 선생님이 비꼬는 말투로 물었다.

"어이구. 이제 행차하셨어요?"

선생님의 말에 뺨이 화끈거렸다.

"이렇게 늦게라도 나와 주셔서 대단히 감사합니다."

선생님이 내 얼굴을 빤히 쳐다본다. 고개를 얼른 푹 숙였다.

"석, 고개 좀 들어 보시지."

나는 까닭을 몰라 눈은 그대로 내리깐 채로 고개만 들었다.

"귀밑에 상처는 어인 일이십니까?"

"네?"

"왼쪽 귀밑에 이 상처 말이야. 뭔가에 얻어맞은 것 같은데…….
너 이제 싸움질까지 하냐?"

"아니요?"

나는 손을 더듬어 왼쪽 귀밑을 만져 보았다. 엉겨 붙은 딱지가
만져졌다.

"아침에 너 거울도 안 봤니? 언제 다친 건지도 몰라? 멍까지 들
었는데."

그제야 아침에 일어났을 때 왼쪽 귀밑이 당기고 쓰라리던 것이
생각났다. 번뜩 어젯밤 아버지에게 텔레비전 리모컨으로 맞은 기
억이 났다.

"너 싸웠지?"

"……."

선생님은 내가 대답을 하지 않자 한숨만 몇 번 쉬더니 더는 묻지 않는다.

"정말 널 어떻게 해야 할지 모르겠다. 너 요새 학교 폭력 단속이 얼마나 심한지 알지? 학교 밖에서도 마찬가지야. 경찰이 수시로 들락거리잖아. 조심해야 해. 이따가 방과 후에 얘기하자."

담임 선생님이 나가자 교실이 소란해졌다. 1교시 수업이 뭔지 떠오르지 않았다. 짝을 보니 수학책을 내놓고 있다. 그러나 내 가방에 들어 있는 거라고는 연습장과 공책 한 권과 샤프 하나뿐이다. 귀찮은 걸 무릅쓰고 사물함에 갔는데 수학책이 없다. 오늘은 1교시부터 순탄하지가 않을 것 같다.

수업이 시작되자마자 하품부터 났다. 어젯밤에도 거의 잠을 못 잤다. 술에 취한 아버지가 집에 들어오자마자 텔레비전을 보던 내게 호통부터 쳤다.

"이 자식아, 지금이 몇 신데 공부도 안 하고 텔레비전만 봐?"

나는 못 들은 척하고 리모컨을 찾아 텔레비전을 껐다. 그런데 비틀거리며 다가온 아버지는 내 손에 있던 리모컨을 뺏어 들었다. 부리나케 몸을 돌려 피했지만 아버지가 던진 리모컨의 모서리가 귀밑을 치고 떨어졌다. 아버지는 리모컨을 던진 걸로도 부족한지 주위를 둘러보며 뭔가를 찾다가 주머니에 있는 휴대 전화를 빼 들었다. 그때까지 모르는 척 빨래를 접던 엄마가 일어나 얼른 나를 막아섰다.

"이년아, 남편이 들어와도 알은체도 안 하더니 제 새끼라고 편 드냐?"

아버지는 엄마한테 시비를 걸기 시작했다. 차마 휴대 전화는 못 던지겠는지 엄마에게 손찌검을 하기 시작했다.

나는 아주 어려서부터 엄마가 맞는 걸 보고 자랐다. 내가 유치원 때 아버지가 하던 인쇄소가 문을 닫은 뒤부터 지금까지 아버지의 술주정과 폭력은 멈춘 적이 없다. 아버지는 친할아버지가 물려 준 인쇄소가 문 닫은 것을 모두 엄마 탓으로 돌렸다. 엄마가 외갓집의 산비탈 땅이라도 팔아 빚을 갚았으면 모든 일이 잘 풀렸을 거라는 이야기를 되풀이했다. 인쇄소만이 아니라 무슨 일이든 아버지 뜻 대로 되지 않는 일은 모두 엄마 탓이었다. 내가 공부를 못하는 것 마저도.

인쇄소가 문을 닫은 것은 엄마 탓이 아니었다. 인쇄 골목에서 문 닫은 인쇄소가 아버지 가게만도 아니었다. 컴퓨터 인쇄술이 발달 하고 불황이 계속되면서 인쇄소 일감이 점점 줄어들더니 아예 문 을 닫는 인쇄소들이 하나둘씩 늘어났다. 아버지처럼 인쇄소를 하 던 아저씨들은 중국으로 일자리를 찾아갔다. 그러나 그 아저씨들 이 몇 년 뒤엔 아파트 경비원이 되고 대리운전 기사가 되었다. 아 버지는 인쇄 일을 그만둘 수 없다고 고집을 피웠다.

"잘나갈 때 우리 가게에 직원만 다섯 명이었다고. 내가 이래 봬 도 알아주는 도안사였어. 내가 디자인한 청첩장이랑 명함이 얼마나 유명했는지 알아? 실크 스크린은 우리 우석사가 최고였다고."

아버지는 심지어는 엄마가 배운 것이 없고 변변한 기술도 없어 남편 뒷받침을 못 해 준다며 누구는 마누라 덕에 가게를 새로 차렸다느니, 누구는 마누라 덕에 비싼 차를 몰고 다닌다느니 하는 말만 늘어놓았다. 잔소리로 성이 안 차면 손찌검을 해 댔다. 나는 아버지가 미웠다. 터무니없는 아버지의 행패를 참으며 사는 엄마도 미치도록 답답했다. 엄마는 나 때문에 참는다고 말하지만 내가 바라는 것은 엄마가 나를 데리고 아버지가 없는 곳으로 도망가 주는 것이다. 그런데 엄마는 밤마다 나를 감싸 안고 아버지의 매를 막아 줄 뿐 나를 이 지옥에서 벗어나게 해 주지는 않았다. 엄마 역시 밤마다 아버지의 폭력을 견뎌 내고 아침이 되면 아침밥도 못 먹고 공장으로 나가는 하루하루가 무섭고 지겨울 것이다. 그런데 엄마는 그저 견디라고만 한다. 때로는 그런 엄마가 더 밉다. 바보 같다. 화가 난다.


수학, 영어, 기술·가정으로 이어지는 수업. 교과서가 없어서 수학 시간에는 손바닥 다섯 대를 맞고, 영어 시간에는 일어서서 수업을 들었다. 어차피 교과서가 있어도 하나도 모른다. 수업 내용은 눈에도 귀에도 들어오지 않는다. 기술·가정 시간에는 내내 멍하니 창밖만 봤다. 교실 밖 낙엽송의 가늘고 짧은 잎이 누렇게 바래 떨어지고 있다. 며칠 전 외갓집에 전화했을 때, 외할아버지가 고구마도 캐 놓고, 가을에 주운 토종 알밤들도 다 말려 놨다고 했다. 나는 지금이라도 당장 외할아버지가 계시는 산골짜기로 달려가고 싶다. 시골에 가면 파삭파삭 금세 부서질 것 같던 마음이 촉촉해지고 말랑말랑해진다. 나는 외갓집에서 엄마와 함께 살던 때가 그립다. 내가 유치원 때 엄마는 아버지의 매를 못 견뎌 나를 데리고 외갓집에 갔다. 그때 나는 참 행복했다. 엄마도 좋아 보였다. 외할아버지를 도와 농사일도 거들고, 아랫마을에 있는 엄마 친구네 집으로 놀러도 갔다. 엄마가 친구들과 한가한 시간을 보내는 동안 나는 외할아버지를 따라다니며 닭과 염소 먹일 풀을 벴다. 외할아버지는 염소에게 절대 사료를 먹이지 않았다. 일부러 마을 어귀 개천 주변에 풀이 많은 곳까지 지게를 지고 걸어가 풀을 베다 먹였다. 고추밭이랑 논에 나가 풀도 뽑았다. 외할아버지는 내가 좋은 농부가 될 거라고 말했다. 내 마음에 났던 상처가 아물고, 엄마 몸에 났던 피멍들이 다 지워져 갈 무렵, 아버지가 찾아왔다. 아버지는 마당에 무릎을 꿇고 앉아 다시는 나도, 엄마도 때리지 않겠다고 빌었다. 아버지는 마당에서 밤을 새웠다. 그리고 다음 날 아침, 엄마가 짐을 쌌다. 나는 아버지를 따라가고 싶지 않았다. 하지만 아버지가 무서워서 싫다는 말도 못 했다. 외할아버지는 짐을 싸는 엄마에게 말했다.

"석이는 놔두고 가거라. 아비가 정말 달라지면 그때 와서 데리고 가."

하지만 엄마는 나를 아버지 없는 아이로 만들고 싶지 않다고 말했다. 엄마는 내가 아버지보다 외할아버지를 더 좋아하는 걸 모르는 듯했다.

"도시에서만 자란 것들은 뿌리가 없어. 그래서 조금만 힘들어도 주저앉고 마는 거여. 사람은 자고로 땅 힘으로 길러야 하는 거여. 지 새끼랑 마누라한테만 힘자랑하는 놈은 애초에 싹수가 없어. 지 아비 밑에서 자라면 석이도 똑같이 될 거야."

외할아버지 말에 엄마는 더 이상 대꾸하지 않았다.

도시로 온 나는 초등학교에 입학하고, 엄마도 다시 일을 다니기 시작했다. 아버지는 새사람이 되겠다며 중국 톈진 시에 있는 인쇄 공장에 공장장으로 취업해 갔다. 아버지는 석 달에 한 번씩 집에 돌아왔고 엄마는 꼬박꼬박 적금을 부었다. 엄마는 행복해 보였다. 그런데 아버지는 중국에 간 지 이 년 만에 거기서 사업을 시작하겠다고 했다. 엄마가 알뜰하게 붓던 적금이 깨지고 할아버지한테 물려받았던 집마저 팔았다. 그리고 다시 이 년이 지난 뒤, 아버지는 빈털터리가 되어 한국으로 돌아왔다.


3


점심시간이다. 3교시부터 배에서 꼬르륵 소리가 나서 짝한테 들릴까 봐 조마조마했다. 생각 같아선 식당으로 달음질쳐 가고 싶지만 참는다. 나는 일부러 여자아이들 뒤로 가서 선다. 오늘 반찬은 제육볶음이다. 배식하는 형한테 조금만 더 퍼 달라고 하고 싶지만 입이 떨어지지 않는다. 밥을 받고 나면 어디로 가서 앉을지 고민한다. 나는 조용한 여자아이들이 있는 자리로 가서 밥을 먹는다. 뒤에서 여자아이들만 따라다닌다고 놀리는 소리가 들리지만 모르는 척한다.

점심시간이 끝나고 학교 폭력 예방 수업을 한다며 강당에 모이라고 했다. 오늘은 우리 2학년이다. 학교와 가까운 경찰서에서 나온 경찰들이 한 시간 동안 강의를 했다. 물론 나는 잤다. 그런데 갑자기 한 경찰이 말했다.

"저렇게 경찰 선생님 말을 안 듣고 자는 학생들, 뭔가 켕기는 게 있는 거죠?"

개그를 하는 건지, 아니면 넘겨짚는 건지 모르겠지만 경찰 선생님이란 말에 웃음이 피식 새어 나왔다. 경찰 선생님들은 강의가 끝나고 명함을 나눠 주었다. 작은 폭력 사건이라도 생기면 무조건 신고하란다.

"여러분의 전화번호를 알려 주면 우리가 멘토가 되어 수시로 고민 상담도 하고 폭력 예방에도 도움을 줄 수 있어요. 필요한 일이 있으면 언제든지 전화 주세요. 스마트폰이 있는 친구들은 카톡 친구가 돼도 좋고."

'카톡'이라, 나 같으면 스마트폰이 있어도 절대 경찰이랑은 카톡 안 한다. 폭력 예방을 한다는 경찰은 엄마가 아버지한테 맞아 죽을 것 같다고 내가 세 번이나 신고를 했는데도 두 번밖에 오지 않았다. 그리고 그 두 번마저 가정 문제라며 그냥 돌아가 버렸다. 그날 나는 경찰을 불렀다는 이유로 발가벗겨져 밖으로 내쫓겼다.

수업이 끝나고 운동장으로 나오자 다시 머리가 멍해지고 몸이 무거워진다. 집에 갈 생각을 하면 언제나 그렇다. 어차피 공부 시간 내내 딴생각만 하고 지냈지만 그래도 집으로 돌아가는 것보다는 차라리 학교에 있는 편이 낫다. 아버지한테 또 맞지 않으려면 집에 일찍 가야 하는데, 가기가 싫다. PC방을 가자니 주머니에 돈이 하나도 없다. 교문을 터덜터덜 나서는데 반장 찬식이가 불렀다.

"야, 이석! 너 이리 와 봐."

"왜?"

"3학년 형들이 잠깐 오래."

나는 망설였다. 찬식이는 선생님들 앞에서는 공부 잘하고 리더십 있는 모범생이지만 나처럼 약하고 공부 못하는 아이들에게는 악마 같은 존재다. 찬식이는 반장인 데다 힘도 세고 우리 학교에서 가장 센 형들이랑 친하다. 그래서 웬만한 아이들은 찬식이 말을 거스르지 못한다. 찬식이는 공부 못하고 지저분한 아이들이 가장 싫단다. 그래서 초등학교 때부터 나를 싫어했다.

내가 힘센 아이들이 무섭다고 하면 외할아버지는 진짜 힘 있는 사람은 약한 사람들을 괴롭히지 않는다고 했다. 그러나 내가 만난 힘센 사람들은 모두 약한 사람들을 괴롭혔다. 학교에서도 그랬고, 집에서도 그랬다.

"나 일찍 가야 되는데……."

나는 안 간다고 딱 잘라 말하지도 못하고 어물어물거렸다. 다시 찬식이가 내 팔목을 잡아끌었다.

"짜아식, 겁먹지 마. 재미있는 일이야. 이리 와 봐."

찬식이가 데리고 간 곳은 학교와 임대 아파트 사이에 있는 공터였다. 원래 작년 봄까지만 해도 좁은 골목 양쪽으로 시멘트 블록과 루핑으로 만든 외주물집이 다닥다닥 붙어 있던 곳이다. 그런데 빌라를 짓는다고 집을 다 허물고 나서 건설 회사가 부도가 났다. 그래서 일 년째 공터로 남아 있다. 처음에는 집을 허물고 난 잔해 때문에 위험하다고 담을 쳐 놨는데 중학생들이 그 담을 넘어 들어가 담배를 피운다고 다시 담을 허물어 버렸다. 공터에는 찬식이와 친한 중3 형들이 모여 있었다. 1학년 진영이도 있었다. 내가 진영이를 보고 놀라는데 형들 중 하나가 말했다.

"너 쟤랑 초등학교 때 싸워서 졌다며? 다시 한 번 붙어 봐."

내가 놀라서 아무 말도 하지 못하자 이번에는 찬식이가 나선다.

"이석, 쟤랑 한판 붙어 보라구."

또 다른 형이 끼어든다.

"얌마, 못 알아듣냐? 쟤랑 한판 붙어 보라구."

못 알아들었을 리가 없다. 셋이 똑같은 말을 위협적으로 해 대는데 못 알아들을 리 없다. 다만 왜 나한테만 이런 일이 자꾸 일어나는지 생각했을 뿐이다. 찬식이와 그 패거리 때문에 진영이와 싸웠던 것이 삼 년 전이다. 그때 나는 초등학교 5학년, 진영이는 4학년이었다.

"이기는 사람한테 천 원 준다."

찬식이와 그 패거리는 나와 진영이를 걸고 내기를 했다. 그때 나는 맥없이 진영이 밑에 깔렸다. 찬식이는 그 모습을 휴대 전화 사진기로 찍어 미니홈피에 올렸다. 나는 5학년 내내 웃음거리가 되었다. 아직도 그 치욕이 생생한데 다시 진영이와 싸우라고 한다. 찬식이는 뭐가 재미있는지 킥킥거리며 말한다.

"야, 이석. 이번에는 오천 원 내기다."

주위를 둘러보았다. 중3 중에는 권투 도장에 다니는 형도 있고 초등학교 때부터 한동네에 살면서 백 원 이백 원 내 용돈을 뺏어 가던 형도 있다. 그들은 모두 나보다 머리 하나쯤은 컸다. 게다가 진영이는 이제 웬만한 고등학생보다도 키가 크고 덩치도 더 커졌다. 진영이는 울상이 되어 나를 내려다보고 있었다. 진영이도 나와 싸울 마음이 없을 터였다. 진영이는 몸집만 크지 힘이 없다. 나는 용기를 내서 말했다.

"난 진영이랑 싸우기 싫어."

용기를 냈지만 내 귀로 들리는 소리는 모기 소리만 하다.

"야, 이석, 너 왜 정색을 하고 그래. 이거 장난이잖아. 누가 진짜로 싸우래? 이건 게임이야, 게임."

게임이라니, 누구를 위한 게임인지 되묻고 싶었다. 형들 중 하나가 내 곁으로 오며 말했다.

"재밌자고 하는 거야. 정색하지 마."

'게임 하고 싶으면 형들끼리 하세요.'라는 말이 입에서 맴돌았지만 입이 떨어지지 않는다. 찬식이가 또 나선다.

"이석, 너 진영이한테 또 질까 봐 무서워서 그러지?"

"아냐."

"아니면 왜 못 붙냐?"

"나, 난 싸우기 싫단 말이야."

나는 주머니에 있는 경찰의 명함을 떠올렸다. 그러나 그건 비겁한 짓 같았다.

"아 참, 너 왜 그렇게 말귀를 못 알아듣냐? 하긴 그러니까 공부를 못하지. 다시 말해 줄게. 이건 진짜 싸움이 아니라 게임이라니까, 게임."

"……."

하고 싶은 말을 참으려니 가슴이 울렁거렸지만 형들이 나와 진영이 둘레를 빙 둘러싸자 겁이 나서 더는 입이 떨어지지 않았다. 찬식이가 진영이와 내 편으로 나누어 돈을 걸었다. 드디어 형 하나가 심판이라고 나서며 소리를 친다.

"3판 2승제로 할 거야. 괜히 서로 봐주고 그러는 거 없다. 야, 돼지. 너 아는 형이라고 꾸물거리고 그러지 마라. 누구든 시작하면 똑같이 덤벼. 안 그러면 너흰 우리 손에 죽는다. 시작!"

그 소리를 듣자마자 진영이가 나에게 달려들었다. 눈 깜짝할 사이에 나는 진영이 밑에 깔리고 만다.

"야, 뚱보 1승이다."

한쪽에서는 환호성이, 한쪽에서는 욕이 쏟아져 나온다.

"어이구, 이석, 저 빙신. 머리도 못 쓰냐? 그러고도 밥을 먹냐?"

심판을 보는 형이 다시 외친다.

"야, 진영, 이석, 제대로 서! 2회전 시작이다."

진영이가 이번에는 확 달려들지 못하고 주뼛거린다. 아무래도 나한테 미안한 모양이다. 이번에도 내가 지면 찬식이 패거리들한테 더 당할 게 뻔하다. 그렇다고 진영이를 힘으로 이길 자신도 없다. 무조건 덤벼들 수도 없고, 그냥 지자니 앞일이 걱정이고, 내 마음이 갈팡질팡이다.

진영이는 뚱뚱한 몸 때문에 초등학교 때부터 '전따'였다. 진영이는 몸집이 크다 보니 땀이 많았다. 여름에는 날마다 옷이라도 갈아입어 상관없는데 겨울에는 땀이 나도 옷을 잘 갈아입지 않아 땀냄새가 많이 났다. 여자아이들은 진영이 곁에 가려고 하지 않았고 남자아이들도 진영이와 잘 놀지 않았다. 진영이 할머니는 진영이 옷을 날마다 빨아 주기에 너무 연세가 많았다. 그냥 할머니도 아니고 증조할머니다. 엄마 아빠는 이혼해 집을 나가고 진영이를 돌봐 주시던 친할머니는 진영이가 초등학교 입학하던 해에 돌아가셨다. 그 뒤로 진영이는 여든이 넘은 증조할머니와 함께 살고 있다. 진영이가 사는 집은 우리가 사는 다세대 주택 지하에 있는 원룸이다. 그러나 이 아이들은 내가 어디 사는지, 진영이가 어디 사는지 모른다. 그저 진영이를 먹보, 바보, 울보, 뚱보를 합쳐 '사보'라 부르며 놀릴 뿐이다. 진영이가 나를 바라보고 있다. 금방이라도 울음을 터뜨릴 것 같은 얼굴이다.

"둘 다 뭐 해, 덤비라고. 야, 뚱보, 너 지면 우리 돈 네가 다 물어야 해."

진영이가 다시 미적거리며 걸어온다. 나는 몸을 낮춰 진영이 쪽으로 돌진했다. 진영이가 걸어오다 내 정수리에 사타구니를 받쳐 뒤로 자빠졌다. 진영이는 그 큰 몸으로 땅바닥에 구르며 신음 소리를 내고 있었다. 찬식이 패거리는 재미있어 죽겠다며 땅을 구르고 휘파람을 불고 난리를 피웠다. 나는 진영이가 크게 다치기라도 했을까 겁이 났다.

"진영아, 진영아, 많이 아파? 미, 미안해. 나는 그러려던 게 아닌데……."

진영이는 대답 대신 눈물만 뚝뚝 흘렸다.

"이석 승! 일 대 일이다."

그 와중에도 심판을 맡은 형이 소리쳤다.

"우와, 재밌는데……. 짜식들, 진작 그렇게 해야지. 야, 찬식이 너 동영상 다 찍고 있지?"

"걱정 마, 형."

욱하고 뜨거운 화가 치민다.

"야, 최진영, 일어나. 3회전 시작이야. 나 학원 가야 해. 빨리 끝내자."

"야, 최진영, 너 이번에도 지면 니가 진짜 돈 다 내야 된다."

형들은 진영이가 다쳤는지 따위에는 관심이 없다. 진영이가 끙끙 앓는 소리를 하며 일어섰다. 눈에서는 눈물이 뚝뚝 떨어지고 있다. 진영이는 제대로 걷지도 못했다. 겁이 났다. 그런데도 심판 형이 소리쳤다.

"자, 시작이다. 공격!"

그러나 나는 진영이한테 달려들 수가 없다. 진영이는 몇 발 앞으로 다가오더니 서서 꼼짝하지 않았다.

"야, 너희 뭐 해? 지금부터 셋 셀 동안 누구든지 먼저 공격이다. 하나, 둘, 셋!"

"으이구, 저 빙신. 겁나 바보. 야, 한 번 자빠졌다고 엄살이냐?"

"쟤 급소 맞은 거 같은데?"

"야, 급소 맞았어도 일어난 걸 보면 괜찮은 거야. 야, 이석. 이번에도 이겨라."

살다 보니 내 편을 드는 아이도 있다. 물론 내기 때문이겠지만 말이다. 그런데 진영이가 주저앉았다. 아이들은 그제야 슬금슬금 모여 자기들끼리 숙덕거렸다. 그러더니 걸었던 돈을 나눠 가졌다. 찬식이가 말했다.

"야, 오늘 게임은 좀 났다. 우리 학원 가야 하니까 내일 다시 하자. 응? 재밌었다. 사보, 내일은 말짱해져서 와라. 이석 너도 반전, 생각보다 괜찮았어."

가슴에서 뜨거운 공기가 불뚝불뚝 올라와 목구멍까지 차오른다. 더는 화를 참을 수 없을 것 같다. 나는 주변을 두리번거렸다. 전봇대 옆에 버려진 나무 막대기가 눈에 띄었다. 나는 냉큼 나무 막대기를 주워 들었다. 진영이는 여전히 앉아서 울고 있고 찬식이와 형들은 버스 정류장 쪽으로 가고 있었다.

"나쁜 새끼들. 거기 서!"

찬식이와 그 패거리가 놀라 뒤를 돌아보았다.

"어쭈, 너 뭐라고 그랬어? 너 우리보고 그러는 거야? 저 새끼 미쳤구나."

"어쭈, 저게 겁이 없네? 해 보자고? 덤벼!"

"야, 학원 늦었어. 그냥 가자."

찬식이 패거리는 순간 흔들린다. 이때다. 이제까지 나를 놀리던 저 녀석들을 혼내 줄 기회다. 나는 아이들한테 놀림을 당할 때도, 까닭 없이 쥐어박힐 때도, 따돌림을 받을 때도 억울한 마음을 밀어 넣고 또 밀어 넣으며 참았다. 그런데 이제 더는 참을 수가 없다. 내 앞에 문득 아버지의 성난 얼굴이 떠오른다. 맞으면서도 한 번도 제대로 쳐다본 적 없던 아버지의 그 무서운 눈동자가 떠오른다. 지금 나는 아버지가 된 것 같다. 분노를 참지 않는 아버지, 참을 수 없는 아버지가.

"너희야말로 오늘 죽었어."

나는 찬식이 패거리들을 향해 막대기를 휘두르기 시작했다. 얼마나 지났을까. 갑자기 비명이 들렸다.

"야, 어떡해, 찬식이 머리에 피 나! 야, 선생님 불러. 빨리빨리."

나는 아이들의 겁먹은 소리를 들으며 땅바닥에 주저앉아 버렸다.


4


담임 선생님의 전화를 받고 학교로 뛰어온 엄마는 작업복 차림 그대로였다.

"죄송합니다. 죄송합니다."

엄마는 자세한 사정을 묻기도 전에 무조건 죄송하다고 빌기부터 했다.

"이번엔 다른 애들도 장난이 좀 심했던 거라 교감 선생님이 나서서 무마해 주셨어요. 다행히 상처가 꿰맬 정도도 아니고. 또 찬식이 어머니가 이해심이 많으셔서 이 정도로 끝난 거예요. 그렇지만 이런 일이 또 한 번 생기면 제가 곤란해요. 석이가 그동안 지각도 많이 하고 학교도 자주 빠졌거든요. 학교 공부 못 따라가는 건 상관없는데요, 폭력적으로 변하면 정말 큰일 납니다. 어머니가 신경을 많이 써 주세요."

담임 선생님 말이 끝나자 교감 선생님이 덧붙인다.

"제가 다친 학생 부모님을 겨우 달랬습니다. 이게 무슨 일입니까. 요즘 애들이 스마트폰을 다 갖고 있어서 이거 사진이라도 찍어 올리면 경찰이 금방 알고 달려옵니다. 학교 폭력 때문에 얼마나 사회가 시끄러운지 아시지 않습니까? 자칫하면 학생은 물론이고 학교까지 처벌을 받는다 이겁니다. 애들 장난이 선생님들한테까지 피해가 갑니다. 이제는 심지어 가정 폭력까지 담임이 모르고 있다면 담임 책임이라고 하는 실정이라고요. 담임 선생님조차 마냥 애들 편이 될 수 없는 현실이에요. 찬식이만이 아니라 이제 중학교 1학년짜리 아이도 큰일 날 뻔했더라고요. 급소를…… 쯧쯧. 형들이 말렸기에 망정이지 어쩔 뻔했습니까?"

억울하다. 나는 교감 선생님의 얼굴에 주먹을 날리고 싶은 걸 참는다. 아무도 나한테 왜냐고 묻지 않았다. 담임 선생님도 교감 선생님도 엄마도 내게는 아무것도 묻지 않았다.

담임 선생님이 타이르듯 말했다.

"석아, 어서 엄마한테 잘못했다고 말씀드려. 다시는 안 그러겠다고 해야지. 또 이러면 그때는 정말 다른 학교로 전학 보낼 수밖에 없어. 오늘도 찬식이 부모님이 전학 얘기 꺼내는 걸 나랑 교무부장 선생님이 말린 거야. 알았지?"

교무실을 나온 뒤 담임이 말했다. 나는 엄마를 처다보았다. 엄마는 내가 무슨 대단한 죄라도 진 것처럼 쩔쩔매고 있다. 아니, 자기가 죄인인 것처럼 고개를 푹 숙인 채 자신보다 훨씬 어린 선생님 앞에서 손바닥을 비벼 대고 있다. 술 취한 아버지 앞에서 겁에 질려 있을 때처럼 말이다. 문득 지금이라도 선생님한테 찬식이와 형들이 한 짓은 장난이고 왜 나는 폭력을 쓴 게 되어야 하느냐고 따져 볼까 생각했다. 그러나 이내 포기했다. 그러려면 그동안 찬식이 패거리들이 나를 따돌리고 괴롭혔던 일들을 낱낱이 다 말해야 하는데 아무도 내 말을 믿을 것 같지 않았다. 또다시 목구멍까지 답답하고 뜨거운 공기가 꽉 차올랐다.

"선생님, 다시는 이런 일이 없게 석이를 잘 타이르겠습니다. 정말 죄송합니다."

엄마의 비굴한 말투에 갑자기 울화가 치밀었다. 찬식이와 그 패거리의 얼굴이 떠오른다. 진영이가 아이들한테 당할 때마다 못 본 척 지나가던 초등학교 때 선생님들의 얼굴도 떠오른다. 나도 모르게 주먹이 불끈 쥐어졌다. 아까 찬식이를 보며 느꼈던 분노가 끓어오르는 것 같았다. 나는 현관을 향해 복도를 뛰기 시작했다. 엄마와 담임 선생님이 부르는 소리가 들렸지만 이내 아무것도 들리지 않았다.

시장 어귀의 상가 간판에 불이 들어오기 시작한다. 시장 앞 오거리는 밀려드는 차들로 꽉 막혀 있다. 나는 손을 바지 주머니에 깊숙이 밀어 넣고 빵집 쇼윈도에 몸을 기댄다. 춥고 다리가 아프다. 더 이상 걸어 다닐 힘이 없다. 뒤를 돌아 유리창에 이마를 대고 빵집 안에 있는 시계를 들여다본다. 6시 반이다. 학교를 뛰쳐나와서도 한참을 뛰었다. 그렇게 뛰지 않으면 누구에게든 주먹을 휘두르고 욕을 해 댈 것만 같았다. 나는 내가 아버지가 된 것 같아 무서웠다. 숨이 차올라 더는 뛸 수 없을 때쯤 이 시장에 도착했다. 엄마와 외할아버지 댁에 갈 때 들러 장을 보던 시장이다. 길 건너편 버스 정류장에 시외버스 터미널행 버스가 섰다. 나는 다른 생각은 다 지우고 외할아버지 생각을 한다. 지금이라도 외갓집에 가면 외할아버지는 나를 반갑게 맞아 줄 거다. 내가 왔다고 금세 군불을 때 주고 고구마를 삶아 줄 거다. 그리고 내가 그만하라고 할 때까지 엄마 어렸을 때 얘기며 외할아버지 젊었을 때 얘기, 전쟁 얘기, 마을 사람들 얘기를 해 줄 거다. 휴대 전화를 꺼냈다. 배터리가 하나도 없다. 나는 망설이다가 공중전화 부스로 들어갔다. 그리고 언젠가 엄마가 무슨 일이 생기면 전화하라고 가르쳐 준 수신자 부담 서비스로 엄마에게 전화를 건다.

"여보세요?"

"여보세요. 석아, 석이구나. 너 어디야?"

"엄마!"

"석아, 지금 어디야? 응?"

"옆에 아버지 있어?"

"아냐, 아니야. 아직 안 들어왔어. 이제껏 너 찾아다녔잖아. 도대체 어디니. 응?"

엄마 목이 메어 있다.

"석아, 빨리 와. 그러다 또 아버지한테 맞으면 어떡해."

"하루 이틀인가 뭐. 아예 안 들어가면 되지."

"뭐라고?"

"엄마, 우리 도망가자. 응? 외갓집으로 가자."

"석아. 또 그 소리니. 안 된다고 했잖아. 아버지는 널 사랑하셔. 우리 없이 못 살아."

"또 그 소리. 사랑하면 왜 때려? 외할아버지가 그랬어. 사랑해서 때린다는 건 거짓말이라고. 그건 사내답지 않은 거라고. 비겁한 거라고 나한테 그랬어."

"석아, 그런 말 함부로 하는 거 아냐."

"왜 그러면 안 되는데? 아버지는 우리를 맘대로 하잖아. 어제도 엄마 허리 다쳤잖아. 엄마, 알기나 알아? 내 귀밑에 상처 난 거. 피도 나고 멍까지 들었어. 엄만 내가 날마다 매 맞고 멍 들고, 피 나도 괜찮아? 엄마는 맞는 게 좋아?"

"……."

"나 이제 학교도 안 갈 거야. 학교도 가기 싫고, 집에도 있기 싫어."

"석아."

"엄마, 나도 자꾸만 누구를 때리고 싶어. 나 아까 찬식이 때리면서 내가 꼭 아버지가 된 것 같았어. 엄마, 나 무서워. 나도 아버지처럼 병이 들면 어떡해."

"병이 들다니 그게 무슨 말이야?"

"외할아버지가 그랬어. 아버지는 병에 걸린 거라고. 그 병은 절대 못 고친다고. 나도 아버지처럼 화만 나고, 아무것도 하기 싫어지고 있어. 나도 아버지랑 똑같은 병에 든 것 같다고."

"......"

"엄마, 듣고 있어?"

"그래. 석아, 알았어. 일단 들어와. 들어와서 얘기하자. 응?"

나는 대답도 안 하고 전화기를 내려놓고 만다.

전화를 끊고 다시 시내를 기웃거렸다. 다리에 모래주머니를 단 것처럼 한 걸음 한 걸음 떼기가 힘들어졌다. 나는 혹시나 하고 다시 바지 주머니를 뒤진다. 주머니에 들어 있는 것은 점심시간에 코를 풀고 꼬깃꼬깃 구겨 넣었던 휴지가 전부다. 돈이라도 있으면 지금 당장 외갓집으로 가 버렸을 것이다. 지금은 아무 데도 갈 수가 없다는 걸 다시 깨닫는다.

엄마는 밥상을 차려 놓고 기다리고 있었다. 나는 엄마가 차려 준 밥상을 정말 오랜만에 본다. 돈도 없을 텐데 엄마는 돼지고기를 볶아 놓고, 콩나물도 무쳐 놨다. 밥 먹는 동안만은 아무 생각도 안 났다. 밥을 다 먹고도 엄마는 아까 낮에 있었던 일에 대해 묻지 않았다. 엄마는 내가 찬식이와 진영이를 때렸다고 생각하고 있을 거다. 그러나 나는 엄마한테 사실대로 말하고 싶지 않다. 바보같이 맞고 다니는 걸 내 입으로 말하기는 싫다. 엄마는 내가 밥을 다 먹어 가자 말했다.

"석아, 있잖아. 아빠는 석이랑 엄마를 사랑해. 그런데 아빠가 원하는 대로 일이 안 되니까 그러는 거야. 우리는 가족이니까 참아 줘야 하는 거야."

"엄마를 때리는 게 엄마를 사랑해서라고?"

"응, 엄마가 가장 편한 사람이니까, 밖에서는 화를 못 내니까."

"그래서 엄마를 때리는 거라고? 사랑해서? 그럼 나는 왜 때려? 다 거짓말이야. 사랑해서가 아니라 가장 만만해서 그런 거잖아. 엄마는 다 참으니까. 자기가 마음대로 해도 된다고 믿으니까. 나도 꼼짝 못 하니까. 자기보다 내가 작으니까."

"석아, 아빠한테 자기가 뭐야?"

"엄마는 그게 좋아? 참을 수 있어? 엄마를 사랑해서 때리는 거라서 계속 계속 참을 거야? 그럼 나만이라도 할아버지한테 보내

쥐. 아니면 차라리 보육원에라도 보내 줘. 난 사랑 같은 거 필요 없어. 엄마, 요즘 내가 폭발할 거 같아. 내가 폭탄 같다고. 아버지 옆에 있으면 내 몸이 터져서 아버지랑 같이 죽고 싶어진다고."

엄마의 눈이 몹시 불안하게 흔들렸다. 엄마가 이를 악물며 눈물을 참는 게 보였다. 나는 엄마가 밥상을 치우는 동안 몇 번씩 시계를 올려다보았다. 시계가 9시를 가리키면서부터 마음이 불안해졌다. 술 취한 아버지가 언제 들이닥칠지 모르기 때문이다. 엄마도 설거지를 하면서 연신 시계를 보았다. 나는 설거지를 하는 엄마 뒤에다 말했다.

"엄마, 엄마도 불안하지?"

엄마는 아무 대답도 하지 않았다. 엄마는 설거지가 끝나고 나서 상을 펴고 앉았다.

"숙제 해. 선생님이 너 숙제도 안 해 온다고 챙기라 하셨어. 엄마 있을 때 공부해."

나는 마지못해 영어책과 공책을 꺼냈다. 손으로는 뭔가 끼적이지만 머릿속으로 들어가는 것은 하나도 없다. 엄마는 얼이 빠진 사람처럼 멍하니 방바닥만 내려다보고 있었다. 밤 11시가 다 되어 가자 엄마는 이제 그만하라며 방을 치웠다. 그리고 아버지가 오기 전에 내 방으로 들어가라고 했다. 방에 들어가자마자 현관문이 열렸다.

"뭐야, 이 집의 가장이 들어오는데. 새끼도 마누라도 내다보지도 않아, 엉."

나는 잽싸게 방바닥에 누워 버렸다. 그리고 눈을 감고 자는 척을 했다. 하지만 심장은 쿵쾅쿵쾅 뛰기 시작했다.

"석이 이 녀석 어디 있어?"

"자요."

"자? 아비도 아직 안 왔는데 잔다고? 나오라고 해."

"아파요. 열도 많이 나고, 감기가 심해요."

"아파?"

방문이 덜컹 열린다. 자는 척해야 하는데 자꾸만 눈이 깜박인다. 저절로 숨도 쉬지 않게 된다. 다행히 문이 닫혔다. 오늘 밤은 제발 무사하길 빈다.



5


아침이 밝아 와 거실로 조용히 나왔다. 엄마는 스카프를 두르고 검은 스타킹을 신고 출근 준비를 한다. 아버지는 곯아떨어져 있다. 아버지 옆에 어디서 주워다 놓았는지 쇠 파이프가 놓여 있다. 엄마가 저걸로 맞았을 걸 생각하니 몸이 부르르 떨린다. 나는 엄마에게 다가가 말했다.

"엄마, 엄마는 왜 안 싸워? 엄마가 나 초등학교 때 그랬지? 용감

하고 씩씩하게 싸우는 사람이 되라고. 엄마도 싸워. 정의를 위해 주먹을 써."

엄마가 뒤를 돌아보았다.

"석아, 무슨 말을 하는 거야?"

"엄마가 날마다 불러 줬잖아. 나 유치원 때. 로보트 태권 브이. 엄마가 나더러 태권 브이가 되라며."

엄마는 아무 표정 없는 눈으로 나를 내려다보다가 돈을 주면서 말했다.

"밥 못 했으니 학교 앞에서 주먹밥이라도 사 먹어. 석아, 주먹은 정의가 아니야. 주먹 쓰는 사람은 평화의 사도가 아니야. 넌 절대 그러면 안 돼."

나는 엄마가 나가자마자 서둘러 채비를 했다. 아버지가 깨기 전에 나가야겠다는 생각이 들었다. 나는 쇠 파이프를 내려다보았다. 치우고 싶지만 용기가 나질 않는다. 세수 대신 눈곱만 떼고 가방을 멨다.


엄마는 나를 외할아버지 댁에서 데려오자마자 태권도 도장에 보냈다. 아빠가 중국에 가 있는 동안 내가 승급 심사를 받을 때마다 엄마는 내게 말했다. 석이는 평화를 지키는 사람이 되어야 한다고. 태권도를 배웠다고 약한 사람들한테 주먹을 휘두르면 안 된다고. 반드시 정의로울 때만 주먹을 써야 한다고. 그래서 나는 언젠가부터 아버지를 앞 차기, 뒤 차기, 찌르기로 쓰러뜨리는 상상을 했다. 그런데 엄마가 오늘 말했다. 주먹은 정의가 아니라고. 정의로운 주먹이 없다면 아빠가 우리를 사랑해서 때린다는 말도 거짓말이다. 엄마는 왜 내게 거짓말을 하는 걸까? 엄마한테도 화가 난다. 요새는 자꾸자꾸 화가 난다. 그래서 무섭다. 이러다 나도 아빠처럼 될까 봐 두렵다.

학교가 끝나 집으로 돌아가는데 엄마에게서 전화가 왔다.
"석아, 엄마 오늘 회식이야."
"그럼 나 혼자 있어야 해?"
"아빠한테 전화했어. 엄마 금방 갈 거야. 걱정 말고 있어."
나는 라면으로 저녁을 때운 뒤 일찍 잠자리에 들었다. 현관문이 열리는 소리가 나자마자 이불을 뒤집어썼다. 아버지는 내 방으로 들어와 나를 발로 툭툭 걷어찼다.
"야, 가서 술 사 와."
"아버지, 저 아파요."
"사내새끼가 까딱하면 아프대. 네가 하는 게 뭐가 있다고 아파!"
나는 할 수 없이 슈퍼로 갔다. 슈퍼 할아버지는 혀를 끌끌 차며 소주를 내주었다.
"방금 전에 잔뜩 취해서 들어가더니만 또 술 사 오라고 심부름을 시켜? 그런 인간들은 왜 빨리 안 죽나 몰라. 처자식만 고생시키고."

　나는 아버지 앞에 소주를 내려놓고 내 방으로 들어왔다. 눈물이 핑 돈다. 오늘은 무슨 일이 있더라도 방문을 열지 않겠다고 마음 먹는다. 밤 10시가 다가와 나는 서랍에서 탈지면을 꺼내 귀를 막았다. 그리고 이불을 뒤집어썼다. 깜빡 잠이 들었다 깨니 주방에서 뭔가 던지고 깨지는 소리, 비명 소리가 들린다. 나는 이불을 뒤집어쓴 채 노래를 불렀다. 그래야 밖에서 나는 소리를 듣지 않을 수 있다. 깜빡 잠이 들었다 깼다. 밖이 잠잠했다. 나는 엄마가 걱정되었다. 일어나 살며시 방문을 열었다. 아버지가 부엌 바닥에 대자로 누워 잠이 들어 있다. 부엌방으로 가 방을 둘러본다. 살림살이가 제자리에 있는 것이 하나도 없다. 엄마는 빗자루로 깨진 그릇을 쓸고 있다. 언뜻 보니 엄마 손목이 헝겊으로 동여매져 있다.
　"엄마! 다쳤어?"
　"왜 깼어? 어서 자."
　엄마가 나를 쳐다보지도 않고 말한다.
　"엄마 정말 괜찮아? 손은 왜 그래?"
　"괜찮다니까. 그냥 조금 베인 거야. 아버지 깰라. 어서 문 닫고 들어가서 자."
　"엄마! 우리 도망가자. 응?"
　엄마는 그 말에는 대답을 하지 않았다.

"기름 다 떨어져서 방이 차가울 거야. 이불 깔고 자라."

엄마의 뺨이 부풀어 올라 있었다. 목덜미에는 시퍼런 멍이 보였다. 나는 속으로 말했다.

'바보.'

방문을 닫았다. 그리고 맨바닥에 다시 누웠다.


"석아, 일어나. 석아."

얼마나 잤을까? 엄마가 깨우는 소리에 눈을 떴다.

"석아, 어서 일어나. 어서."

"왜 그래."

"어서 일어나서 잠바 입어."

"지금 몇 신데?"

"5시 반."

엄마가 가방을 주며 메라고 했다. 나는 아무 생각도 하지 않고 엄마가 하라는 대로 했다. 여전히 방바닥에 누워 있는 아버지의 모습이 그림자처럼 보였다. 엄마를 따라 밖으로 나왔다. 안개가 자욱하다. 나는 골목 어귀에서 뒤를 한 번 돌아보았지만 안개에 가려 아무것도 보이지 않았다.

"자, 이제 뛰자."

골목을 빠져나오자마자 엄마는 비탈길을 내달렸다. 엄마가 얼마나 빨리 뛰는지 나는 언덕을 다 내려올 때까지 몇 번이나 안개

속에서 엄마를 잃었다. 엄마는 급하게 택시를 세우고 시외버스 터미널로 가자고 했다. 택시 안에서도 엄마는 바들바들 떨었다.

"엄마, 우리 어디 가는 거야? 엄마, 혹시 우리, 집 나온 거야?"

엄마가 고개를 끄덕였다. 어두컴컴한 택시 안에서도 심하게 부어오른 엄마의 뺨이 보였다. 그리고 여전히 손목에 동여매진 헝겊도 보였다. 나는 떨고 있는 엄마 손을 꽉 잡았다.

"엄마, 정말 괜찮아?"

시외버스 터미널에 내리자마자 외할아버지 댁으로 가는 버스에 올라탔다. 엄마는 자리에 앉자마자 등받이에 머리를 대고 눈을 감았다. 그러고는 내게 말했다.

"석아, 이제 걱정 마. 외할아버지가 터미널에 나와 계실 거야. 걱정 마. 걱정 마."

"엄마, 많이 아프지?"

엄마는 몹시 무거운 짐을 들어 올리는 것처럼 눈을 치떠 나를 본다.

"괜찮아. 석아, 자자. 외갓집에 갈 때까지. 이제 괜찮을 거야. 이제 다 괜찮아질 거야."

"근데 엄마, 안개가 되게 심해."

"걱정 마. 날이 밝으면 다 걷힐 거야."

나는 차창에 뺨을 기댄다. 꼭 얼음에 뺨을 댄 것처럼 차갑다. 차창 밖으로 지나는 자동차들의 헤드라이트 불빛이 물에 잠긴 것처럼 보인다. 나는 지금 이 순간이 꿈일까 두렵다.

"엄마, 우리 지금 꿈꾸는 거 아니지?"

"아니야. 석아, 이제 좀 자. 두 시간은 가야 하니까. 석아, 우리 절대 돌아오지 않을 거야. 걱정 마."

엄마는 눈도 뜨지 않고 말했다. 나는 다시 창문을 내다보았다. 차창에 눈을 감은 엄마의 모습이 비친다. 나도 엄마처럼 눈을 감는다. 그러자 구름처럼 피어오르는 골안개 사이로 낡은 함석지붕이 아른거린다. 까만 염소랑 닭에게 먹이를 주러 나온 외할아버지도 아슴푸레 떠오른다. 그리고 사료 포대를 들고 뒤뚱뒤뚱 외할아버지 뒤를 따르는 내 모습도 보인다. 아궁이 앞에 앉아 군불을 때는 엄마 모습도 보인다. 외갓집을 생각하니 딱딱하게 오그라들었던 마음이 풀리는 것 같다. 나는 다시 눈을 뜬다. 창밖은 아직 어둡고 안개도 자욱하다. 하지만 내 마음은 이미 안개가 걷히고 아침 햇살이 비치는 산골짜기 비탈길을 오르고 있다. 나는 안개가 걷히고 외갓집에 다 도착할 때까지 차창에서 눈을 떼지 않을 작정이다.

내게도

날개가

있었다

1

    아파트 입구의 유리문을 열자마자 흙바람에 실린 노란 은행잎
이 내 몸에 와 부딪친다. 며칠 전부터 바람이 스산하다. 어젯밤 뉴
스에서 경기 북부 지방에 눈발이 날렸다고 했다. 열일곱의 가을이
이렇게 가고 있다. 슈퍼 앞에 와 있는 푸드뱅크 차 앞으로 가며 주
위를 두리번거린다. 습관이다. 푸드뱅크 차에서 일주일에 한 번씩
냉동식품이나 즉석식품을 받을 때마다 들인 오랜 버릇. 오늘은 냉
동 만두와 동그랑땡이다. 유통 기한이 보름밖에 안 남은 음식들이
지만 상관없다. 어차피 일주일 만에 다 먹어 버릴 테니까. 그런데

음식을 받아 돌아서다 한결이와 마주쳤다. 졸업하고 처음이었다. 한결이는 포도주 빛 단발머리에 헐렁한 체크무늬 남방과 올이 다 해진 스키니 청바지를 입고 있었다.

"우와, 한결아, 정말 오랜만이다."

나도 모르게 반갑게 인사를 했다. 그런데 한결이는 당황해서 어쩔 줄 몰라 했다. 그런 한결이 때문에 나도 무안해졌다. 그래도 나는 애써 웃으며 다시 말을 건넸다.

"어떻게 같은 아파트 단지에 살면서도 졸업하고 처음 보냐? 나 너 유학이라도 간 줄 알았어."

한결이는 대답 대신 떨떠름한 웃음을 지었다. 나도 더는 할 말이 없었다.

"그럼 먼저 가 볼게. 나 할아버지 저녁 해야 돼서."

"그래, 잘 가."


전기밥솥에 밥을 올리고 할아버지께는 지난주에 푸드뱅크에서 받은 즉석 죽을 전자레인지에 데워 갖다 드렸다. 영은이가 방과 후 교실을 끝내고 집에 오려면 아직 삼십 분이나 더 남았다. 베란다 창문 쪽으로 가 멀리 버스 정류장 너머 상가를 바라본다. 마을 버스 정류장 앞 수진 미용실 자리에는 또 새 가게가 문을 열었다. 얼마 전까지 '글로리아 미용실'이라는 간판이 걸려 있던 자리에 이번에는 '다이어트 건강 전문점'이라는 새 간판이 걸렸다. 수진 미용실이 문 닫은 지 일 년 만에 두 번이나 바뀌었다. 벌써 일 년이 지났다. 한결이를 왜 하필 수진이 기일을 하루 앞둔 날 만난 걸까? 한결이는 왜 아직도 나를 보고 데면데면 구는 걸까? 한결이도 일 년 전 그날을 기억하고 있을까? 이런저런 생각이 물밀듯이 떠올랐다 사라진다.

나는 스마트폰을 꺼내 사진첩을 열었다. 한 달 전, 휴대 전화를 바꾸며 옮겨 놓았던 사진들 속에서 수진이 사진 한 장을 찾아 카톡 프로필 사진으로 올렸다. 그리고 상태 메시지에 "벌써 일 년"이라고 썼다. 누군가 우연히 내 프로필 사진을 본다면 일 년 전 그 일을 떠올려 주기를 바라면서.

2

그날 아침, 마을버스 세 대를 그냥 보내도록 수진이가 오지를 않았다. 아무래도 이상해 전화를 하려던 참에 한결이가 정류장으로 왔다. 그런데 한결이는 나를 보고는 깜짝 놀랐다.

"어? 가은아, 너 여기 있었어? 수진이는 너 안 온다고 너희 집으로 데리러 갔는데?"

순간 이상하게 등줄기가 서늘해졌다. 내가 곧장 우리 동 쪽으로 뛰자 한결이가 내 등 뒤에다 대고 큰 소리로 말했다.

"이가은 너, 오늘도 지각하면 초코파이 한 상자야. 뛰어!"

놀이터를 막 지나고 있을 때였다. 우리 동 쪽에서 뭔가 무거운 것이 떨어지는 소리가 들렸다. '픽' 소리도 아니고, '쿵' 소리도 아닌 아주 낯선, 아주 섬쩍지근한 소리였다. 그 낯선 소리를 듣는 순간 발걸음이 멈춰졌다. 곧이어 경비 아저씨의 비명이 들렸다.

"사람이 떨어졌다!"

온몸이 얼어붙는 것 같았다. 잠시 뒤 사람들이 웅성거리는 소리가 들리고 누군가가 나를 지나며 말했다.

"얘도 희망여중 애네. 에구구, 아침부터 무슨 끔찍한 일이람."

정신이 아뜩해졌다.

눈을 떴을 때 나는 상가 2층 가정 의원 침대에 누워 있었다. 언제 왔는지 교무부장 선생님과 담임 선생님이 나를 내려다보고 있었다. 어느 누구도 내게 그 낯선 소리의 주인공이 수진이라고 말하지 않았지만 나는 수진이가 죽었다는 걸 직감했다. 선생님들이 내게 수진이에 대해 몇 가지를 물었고 나는 아는 대로 대답했다. 그리고 또 정신이 아뜩해졌다. 다시 깨어났을 때 간호사 언니가 선생님들은 수진이의 시신이 있는 병원으로 갔다고 말해 주었다. 가까스로 일어나 병원을 나왔다. 수진이가 떨어진 화단 쪽으로 고개를 돌리지 않으려 했으나 저절로 시선이 갔다. 누가 가져다 놓았는지 화단 안쪽 영산홍 옆에 하얀 국화 꽃다발이 있었다. 집에 가자마자 요를 깔고 누웠다. 그리고 휴대 전화를 끄기 위해 폴더를 열었다가 문자가 와 있는 걸 발견했다.

　　가은아, 잘 있어. 그동안 고마웠어.

　아침 10시에 온 문자였다. 수진이가 내게 남긴 예약 문자였다.
나는 장례식장에 가지 못했다. 열이 39도가 넘고 계속 속이 울렁
거렸다. 사흘을 꼬박 앓고 학교에 가자 아이들이 우르르 몰려왔다.
그러고는 묻기 시작했다.
　"너 수진이 떨어지는 거 봤어?"
　"직접 봤어?"
　"피 많이 났어?"
　"걔 왜 죽은 거야?"
　나는 한마디도 대답할 수 없었다. 온몸이 떨려 왔지만 아이들의
질문은 그치지 않았다. 그때 한결이가 와서 소리쳤다.
　"너희 왜 그렇게 잔인하니? 도대체 뭐가 알고 싶은 거야!"
　더는 그 자리에 있을 수가 없어 가방을 메고 교실을 나왔다. 집
으로 오다가 할아버지 죽이 다 떨어진 게 기억나 아파트 상가에
있는 슈퍼에 들어갔다. 그런데 내가 들어온 줄도 모르고 슈퍼 아줌
마와 아파트 여자들이 모여 이야기를 하고 있었다.
　"아니, 걔는 도대체 왜 지 집 놔두고 하필 이 아파트에서 죽느냐
고."

"그러게 말이야. 요새 가뜩이나 아파트 시세 떨어지는데…….."

"그래도 임대 아파트 쪽에서 사고 난 게 다행이지. 어휴, 우리 쪽이었어 봐. 어떡해요."

"가뜩이나 임대 아파트랑 붙어 있어서 아파트 가격 안 나오는데…….."

"그나저나 수진 미용실은 이제 장사도 끝이네."

"당연하지. 딸이 그렇게 됐는데 어떻게 저기서 장사를 하겠어."

"좀 아쉽네. 사실 수진 미용실만 한 데가 없는데, 미용실을 또 어디로 옮기지?"

점점 숨이 가빠지면서 손이 부르르 떨렸다. 심장이 터져 버릴 것 같았다. 손에 들었던 즉석 죽을 그 여자들 쪽으로 던져 버리고 싶은 걸 겨우 참았다. 화를 애써 누르며 슈퍼를 나오는데 다리가 휘청거렸다.

"가은아."

한결이었다.

"너 얼굴이 왜 그렇게 창백해?"

나는 아무 대답도 하지 않았다. 한결이는 걱정스러운 얼굴로 말했다.

"힘내."

그런데 한결이의 힘내라는 말에 도리어 짜증이 났다. 지금도 안간힘을 내며 참고 있는데 더 어떻게 힘을 내라는 거냐고 따져 묻고 싶었다. 그러다 문득 수진이가 죽기 전에 자주 하던 말이 떠올랐다. "더는 견딜 수가 없어." "더는 버틸 힘이 없어." 나는 수진이처럼 내 몸을 허공에 던지고 싶지 않았다. 그렇다면 한결이 말대로 힘을 내야만 했다. 한결이는 아무 대답도 않는 내가 이상했는지 다시 한 번 물었다.

"가은아, 괜찮아?"

"응."

"그러다 너 쓰러질 거 같아. 어서 집에 가서 쉬어."

"그래. 너도."

나는 한결이와 헤어져 집에 들어가자마자 교복도 벗지 않은 채 누웠다. 눕자마자 까무룩 잠이 들었다. 그러다 가위에 눌려 허우적거리다 깼다. 교복이 흠뻑 젖어 있었다. 그렇게 가위에 눌려 자다 깨기를 밤새 되풀이하다 보니 날이 밝았다. 일어나 동생 아침을 먹이고 할아버지 아침도 챙겨야 하는데 몸이 움직이질 않았다. 수진이가 떨어지던 그 소리가 자꾸만 귓가를 맴돌았다. 경비 아저씨가 사람이 떨어졌다고 외치던 소리도 귀에서 떠나질 않았다. 그렇게 며칠을 지냈는지 모른다. 어느 날 저녁 영은이가 한결이를 데리고 왔다.

"가은아, 병원에라도 가자. 영은이가 걱정돼서 나한테 왔어. 할아버지도 많이 걱정하신대."

"안 아파."

짧은 내 대답에 한결이가 눈물을 글썽였다.

"이러다 너도 죽을 거야?"

"아니. 난 절대 안 죽어."


3


수진이와 나, 그리고 한결이는 다섯 살 때부터 어린이집에 같이 다녔다. 어린이집에 다닐 때 수진이의 별명은 통통 공주였다. 수진이는 추운 겨울에도 레이스나 프릴이 달린 치마를 벗지 않았다. 머리는 언제나 화려한 리본이나 머리띠로 장식하고 분홍빛 옷만 골라 입었다. 하얗고 동그란 얼굴에 공주 드레스를 입은 수진이가 반달눈으로 눈웃음치면 예닐곱 살짜리 남자애들도 헤벌쭉거렸다. 수진이의 공주병은 미용실을 하는 엄마 아빠가 키운 것이긴 했지만 분홍빛에 열광하고 치마만 고집하는 건 수진이의 독특한 취향이었다. 수진이네는 우리 아파트 앞 상가에서 미용실을 했다. '수진 미용실'은 아파트 단지 앞에 있는 동네 미용실치고는 꽤 크고 손님도 많은 편이었다. 수진이 엄마 아빠가 실력 좋고 친절하다고 입소문이 나서 멀리서 오는 단골들도 많았다. 그래서 우리가 초등학교 때는 수진이 아빠가 신도시에 분점을 내기까지 했다. 늘 바쁜 부모님 때문에 수진이는 한결이나 나를 자기 집에 데리고 가 노는 날이 많았다. 수진이 방에는 내가 한 번도 가져 보지 못한 장난감들이 넘쳤다. 무엇보다 하늘거리는 분홍빛 커튼이 달린 공주 침대는 부럽다 못해 질투가 날 지경이었다. 무엇 하나 부러울 게 없는 수진이의 고민은 아토피 피부염과 비만이었다. 평소에는 하얗고 뽀얀 얼굴이 환절기가 되면 눈가나 입 주변이 허옇게 일어나고 빨긋빨긋 발진이 돋았다. 특히 목덜미나 팔꿈치 주변은 수진이가 가려움을 참지 못해 긁어서 항상 딱지가 더덕더덕 붙어 있었다. 그래서 수진이 엄마는 미용실이 쉬는 날이면 아토피에 좋다는 온천이나 한의원, 피부과 병원을 찾아다녔다. 수진이의 아토피가 심해질 때면 어린이집 친구들은 피부병이 옮는다며 수진이와 손도 안 잡으려 했다. 초등학교에 입학한 뒤에 수진이는 아토피 때문에 생긴 흉터를 가리느라 여름에도 무릎을 덮는 칠부바지나 긴치마만 입었다. 비만은 유치원 때만 해도 심한 편이 아니었는데 초등학교에 들어가면서 치킨이나 피자 같은 인스턴트 음식만 좋아하게 돼 자꾸 살이 쪘다. 초등학생이 되자 아이들은 수진이를 분홍 공주, 꿀꿀 공주, 통통 공주, 미쉐린 공주 따위로 불렀다. 수진이가 키가 자그마하고 통통한 데 비해 나는 또래 남자아이들보다도 키가 컸다. 그래서 아이들은 나를 껑다리, 전봇대, 풍선 인형, 롱스, 롱괴라고 하거나 팔과 다리가 기형적으로 길다고 메뚜기, 사마귀라고도 했다. 3학년 때부터는 나를 가은이라고 부르는 건 수진이와 한결이밖에 없었다. 다른 아이들은 나를 롱스나 메뚜기로 불렀고, 수진이와 같이 다닐 때면 둘을 묶어 '롱스와 뚱스', '딱정벌레와 메뚜기'라고 했다. 수진이 엄마는 수진이가 나랑 친한 걸 썩 달가워하지 않았다. 내가 공부를 잘하고 좀 더 야무진 아이였다면 수진이가 친구들한테 놀림감이 되지 않을 거라고 생각하는 것 같았다. 때때로 섭섭한 마음이 들었지만 어쩔 수 없는 일이라고 스스로 체념했다. 그런데 5학년 때 수진이에게 드디어 새 친구가 생겼다. 수진이가 살을 뺀다고 다니기 시작한 에어로빅 학원에서 만난 상미였다. 상미는 전교 여자 부회장인 데다 별명이 '리틀 김태희'일 만큼 예쁘고 인기가 많았다. 수진이 엄마는 수진이가 상미같이 똑똑하고 예쁜 친구를 사귀게 된 것을 무척 좋아했다. 수진이는 상미랑 친해지고부터 공주풍 옷을 벗고 유행하는 브랜드의 옷을 입기 시작했다. 씀씀이가 커지고 시내로 놀러 나가는 날도 많아졌다. 어느 틈에 뚱스라는 별명이 슬그머니 사라졌다. 수진이는 그게 다 힘세고 잘나가는 상미 덕분이라고 말했다. 수진이가 상미랑 가까워질수록 수진이와 나 사이에는 거리가 생겼다. 상미는 나를 별로 좋아하지 않았고 나도 상미가 별로 마음에 안 들었다. 그런데 어느 날 등굣길에 수진이가 내게 생일 파티 초대장을 주었다.

귀요미 권상미의 생일 파티에 초대합니다.

장소: 희망 아파트 앞 롯데리아 2층

시간: 2009년 5월 10일 오후 5시

※ 불고기 버거 세트로 먹을 거니 생일 선물은 오천 원 이상

"이걸 왜 줘? 난 권상미랑 안 친한데."

"친구랑 친구면 똑같이 친구지. 너도 권상미같이 인기 있는 애랑 친해지면 좋잖아. 상미는 중학교 언니들하고도 의자매 엄청 많이 맺었어. 어차피 우리도 같은 중학교 갈 건데 권상미랑 친해지면 여러 가지로 좋잖아. 나한테도 곧 그 언니들 소개해 준댔어. 너도 소개해 주라고 할게. 상미가 내 친구들도 많이 데려오라 했단 말이야."

"한결이는 간대?"

"아니. 걘 그때 영어 학원 간대."

나는 고개를 저었다.

"난 돈 없어. 어떻게 생일 선물로 오천 원짜리를 사 가."

그러자 수진이가 내 팔짱을 끼며 말했다.

"괜찮아. 내가 비싼 거 사 줄 거니까 넌 그냥 간단한 거만 사 와. 가은아, 권상미랑 친해지면 애들이 함부로 못 놀려. 요즘 애들이 나 안 괴롭히잖아."

수진이는 내가 상미 생일 파티에 꼭 와 줬으면 하는 눈치였다. 마음이 약해졌다. 상미 생일날 나는 할머니께 어렵게 이천 원을 받

왔다. 아파트 앞 패스트푸드점 2층에 있는 파티석에는 아이들이 열 명가량 와 있었다. 내가 가자 수진이가 반갑게 손을 흔들었다. 그러나 다른 아이들은 뭔가 탐탁지 않은 표정이었다. 괜히 왔다고 후회하는 순간 상미가 말했다.

"이가은, 선물은?"

나는 쭈뼛거리며 준비해 간 샤프를 주었다. 상미의 얼굴이 굳었다.

"너 초대장 받았잖아. 거기 선물 오천 원 이상이라고 쓰여 있는 거 못 봤어? 할 수 없다. 이가은 너는 이천 원짜리 샤프만 사 왔으니까 콜라랑 감자튀김만 먹어."

내가 제대로 들은 건지 귀를 의심했다. 아이들이 한꺼번에 까르르 웃었다. 수진이만 얼굴이 하얘졌다. 그러나 수진이는 아무 말도 하지 못했다. 나 역시 아무 말도 하지 못하고 돌아 나왔다. 샤프를 돌려받아야 했다는 것은 집에 와서야 생각났다. 상미와의 악연은 초등학교로 끝나지 않았다.


우리가 진학한 희망여중은 한 학년이 여섯 학급밖에 되지 않는 작은 학교였다. 인근에 있는 초등학교 두 곳에서 졸업한 여학생들 대부분이 희망여중으로 배정되기 때문에 한 학급마다 같은 초등학교를 나온 아이들이 절반 가까이 되었다. 그 두 학교의 선후배 사이에 인맥이 생기고 파가 생겼다. 공부 잘하고 예쁘고 인기 있는 아이들이 중심파가 되고, 평범한 아이들이 중간파, 나처럼 공부도 별로 못하고 가난한 아이들은 찐따파였다. 간혹 운이 좋으면 찐따파였던 아이들이 친구들 덕분에 중간파가 되기도 하고, 중심파 애가 중간파나 찐따파로 곤두박질치는 경우도 있었다. 중학교에 와서도 여전히 공부를 잘하고 예쁜 상미는 당연히 중심파였다. 게다가 초등학교 때부터 의자매를 맺어 온 선배들 덕분에 무서운 게 없었다. 수진이는 그런 상미를 부러워하며 자기도 중심파가 되고 싶어 했다. 인기 있고 잘나가는 애들한테 먹을 걸 사 주고 심부름을 해 주면서라도 같이 어울리고 싶어 했다. 아이들은 상미의 심부름을 도맡아 하는 수진이를 '셔틀 걸'이라고 불렀다. 나는 상미의 셔틀 걸 노릇을 하면서도 무시당하고 따돌림을 당하는 수진이가 답답하고 불쌍했다. 그러나 수진이는 오히려 내가 초라하고 빙충맞다고 못마땅해 했다. 생각해 보면 수진이에게 나는 성에 차지 않는 친구였다. 가방부터 신발까지 가장 비싼 것만 가지고 다니는 수진이와 시장 표 가방에다 짝퉁 신발만 신고 다니는 나는 어울리지 않았다. 내가 수진이 때문에 고민하자 한결이는 말했다.

"그런 거 가지고 뭘 신경 써. 내 가방도 메이커 아니잖아. 나 신발도 인터넷에서 짝퉁 산 거야. 그냥 내가 당당하면 되지. 괜히 그런 거에 신경 쓰면 너만 손해야."

그러나 나는 한결이와 달랐다. 나는 한결이처럼 공부를 잘하지 못했고, 예쁘지도 않았다. 한결이는 보통 분양 아파트에 살았지만 나는 임대 아파트에 살았다. 한결이는 스스로 파를 정한 적이 없었지만 자연스레 중심파 아이들 속에 있었다. 나와 한결이는 비교 대상이 될 수 없었다. 아이들이 내 싸구려 가방이나 신발을 가지고 뭐라 한 날이면 나는 집에 가서 할머니한테 심술을 부렸다. 나도 메이커 있는 바람막이와 신발을 사겠다고 소리소리 질렀다. 다 소용없는 일이라는 것을 알면서도 말이다.

소원했던 수진이와 상미가 다시 친해진 것은 가을 축제 뒤였다. 축제에서 코스프레 동아리의 퍼포먼스를 보고 눈이 휘둥그레진 상미가 갑자기 수진이더러 코스프레 동아리에 들자고 꼬드기기 시작했다. 원래 수진이는 일본 문화에 관심이 많았다. 특히 보컬로이드에 빠져 팬클럽까지 들고 혼자 일어 공부를 하기도 했다. 수진이의 공책에는 수진이가 좋아하는 일본 만화의 주인공이나 보컬로이드를 주인공으로 그린 스타일화가 수두룩했다. 그걸 잘 아는 상미가 수진이를 꼬드긴 것이다. 우리 학교에는 코스프레 동아리가 두 개 있었는데 하나는 학교의 지원을 받는 학내 동아리고, 하나는 선배들끼리 만든 동아리로 코스프레 대회에 나가 장려상까지 받을 만큼 유명했다. 코스프레 동아리는 돈이 꽤 많이 드는 편인 데다 자칫하면 오타쿠라고 따돌림을 받기도 해 아이들이 선뜻 들어가지 못했다. 수진이는 1학년 때부터 코스프레 동아리를 동경하면서도 들어가지 못했다. 상미는 코스프레 동아리의 화려한 퍼포먼스를 보고 혹했을 테지만 공부밖에 모르는 자기 엄마가 허락

할 리 없다는 걸 알고 수진이를 이용할 생각을 한 게 분명했다. 수진이는 상미의 속셈을 알면서도 제안을 받아들였다. 나는 수진이가 그 동아리에서 오래 버티지 못할 거라고 생각했다. 워낙 자기만의 세계가 독특하고 강한 아이들이 많아 수진이처럼 약한 아이가 견디는 것이 쉽지 않아 보였다. 그런데 뜻밖에도 수진이는 감각과 솜씨를 인정받았다. 손재주가 없는 아이들은 코스프레 숍에서 이미 만들어진 옷을 사거나 빌려서 코스프레를 했지만 수진이는 천과 액세서리 재료를 사서 모든 것을 직접 만들었다. 2학년 축제 때 수진이는 상미가 일본의 유명한 보컬로이드 하츠네 미쿠를 코스프레 하게 해 주었다. 하츠네 미쿠는 수진이가 어렸을 때부터 동경하던 공주의 모습 그대로였다. 긴 머리, 날씬하면서도 여성스러운 몸매, 크고 맑은 눈, 멋진 춤 솜씨에 애교가 넘치는 목소리까지. 그리고 상미는 수진이의 도움으로 완벽한 하츠네 미쿠가 되었다. 그해 겨울 방학 때 서울과 부천에서 열리는 코스프레 행사에 나간 상미는 하츠네 미쿠의 「월드 이즈 마인」을 똑같이 불러 상까지 받았다. 수진이는 컴퓨터 안에만 존재하던 하츠네 미쿠가 실존 인물이 된 것 같다며 좋아했다. 코스프레 동아리를 하는 동안 수진이는 그 어느 때보다 행복해 보였다. 수진이 엄마도 수진이의 재주를 인정해 주며 공부를 더 열심히 해서 나중에 의상학과에 진학하라고 했다. 그런데 2학년 2학기가 끝나 갈 무렵 수진이는 그렇게 좋아하던 코스프레 동아리를 그만둘 수밖에 없었다. 수진이네가 신도시에 냈던 미용실 분점이 잘 안돼 문을 닫으면서 크게 빚을 지고 말았기 때문이다. 수진이 엄마는 수학, 영어, 논술 학원은 그대로 가게 하는 대신 코스프레 동아리와 에어로빅 학원을 그만두게 했다. 수진이가 코스프레 동아리를 관두자 상미도 동아리 활동을 계속할 수 없었다. 상미는 순전히 수진이 돈으로 코스프레 동아리를 하고 있었기 때문이다. 상미는 수진이 때문에 자기가 좋아하는 일을 못 하게 되자 심술을 부리며 수진이를 괴롭혔다. 수진이가 하는 일마다 훼방하고 뒷말을 하며 트레바리 짓을 했다. 아무리 봐도 상미의 행동은 지나쳤다. 그런데도 수진이는 상미한테 한마디도 하지 않고 참았다. 한결이는 수진이의 행동이 더 이해가 되지 않는다며 아예 외면해 버렸다. 그러나 나는 그럴 수가 없었다. 내가 수진이와 다시 같이 다니기 시작하자마자 아이들은 우리를 다시 딱정벌레와 메뚜기, 롱스와 뚱스로 불렀다. 초등학교 때 우리 별명을 기억해 내고 퍼뜨린 것이 상미라는 걸 뻔히 알았지만 어쩔 수 없었다. 그런 별명쯤이야 못 들은 척 아무렇지도 않은 척할 수 있었다. 그런데 겨울 방학을 며칠 앞두고부터 교실이나 복도에서 우리를 보고 키득거리는 아이들이 늘기 시작했다. 또 무슨 일인가 싶어 불안하던 차에 한결이가 불뚝거리며 와 말했다.

"야, 너희 봤어? 1318 수다 카페에 너희 사진 올라왔대."

1318 수다 카페 갤러리에서 찾아낸 수진이와 내 사진은 엽기 사진이라고 할 만한 것들뿐이었다. 수진이가 초등학교 때 드레스를

입고 찍은 사진들과 봄 축제 때 수진이가 코스프레 했던 백설공주 사진들을 교묘하게 편집해 올렸다. 사진 밑에는 '천상의 뚱땡이 수지니아 공주' '미쉐린 공주' 따위의 별명이 붙어 있었다. '비운의 메뚜기 가으니엘'이라는 제목이 붙은 내 사진은 1학년 가을 운동회 때 100미터 달리기 결승점에 들어오며 휘청거리던 우스꽝스러운 모습과 민소매와 반바지를 입어 길고 마른 팔다리가 그대로 드러난 모습을 담은 것이었다. 문제는 사진만이 아니었다. 한 댓글에 안티 카페에 대한 언급이 있어 찾아보니 수진이와 나의 안티 카페가 개설되어 있었다. 연 지 열흘 남짓 된 카페였다.

그 카페에는 나와 수진이의 엽기 사진 갤러리, 소설방, 수다방 따위가 있었다. 소설방에는 '천상의 뚱땡이 수지니아 공주와 비운의 메뚜기 가으니엘의 사랑'이라는 제목의 소설이 3회까지 올라와 있었다. 상미는 6학년 때 자기 미니홈피에다 한 아이돌 그룹의 팬픽을 연재했던 전력이 있었다. 마우스를 잡은 손이 부르르 떨리는 걸 참아 가며 소설을 읽었다. 소설 속의 수지니아와 가으니엘은 동성애자였다. 드라마나 만화에서 본 허무맹랑한 이야기를 짜깁기한 거라 읽는 동안 몸이 오그라들고 헛웃음이 나올 정도였다. 그런데 이미 그 안티 카페 회원이 오십 명이 넘었다. 더는 참을 수 없었다. 나는 학교에다 말을 하겠다고 했다. 그러나 수진이는 펄쩍펄쩍 뛰면서 싫다고 했다.

"그럼 더 많은 애들이 알게 돼. 울 엄마 아빠도 알게 될 거고. 싫어. 이가은 너 말하기만 해 봐. 나 죽어 버릴 거야."

안티 카페 얘기를 들은 한결이도 펄쩍 뛰면서 학교에다 이야기 하자고 했다.

"안티 카페 만든 권상미나 거기 들어와서 오타쿠 년이 어떻고 저떻고 하는 애들이나 다 똑같아. 그냥 놔두면 안 된다고."

그러나 수진이는 한결이나 내가 학교에 알리기만 하면 죽어 버 리겠다고 고집을 피웠다. 겨울 방학 동안 나는 일부러 컴퓨터를 하 지 않았다. 컴퓨터를 켜면 나도 모르게 메신저에 접속하게 될 게 뻔했다. 그러다 보면 1318 수다 카페와 우리 안티 카페에도 들어가 보게 될 것이다. 그러나 수진이는 날마다 카페에 들어가 댓글을 보 며 징징거렸다. 나는 개학하자마자 수진이의 반대를 무릅쓰고 학 생부장 선생님을 찾아갔다. 학생부장 선생님은 카페를 처음 만든 상미를 불러다 조사를 했다. 상미는 그저 장난이었다고 변명했다. 카페에 댓글을 달고 사진을 퍼 나른 아이들도 그저 장난이라고 우 겼다. 어쩌면 장난이라는 말이 아주 틀린 말은 아니었다. 아이들에 게는 그저 장난이고 재미인 게 맞는지도 몰랐다. 학생부장 선생님 역시 상미와 아이들의 장난이 지나쳤다는 표현을 썼다. 안티 카페 사건은 우리만의 일도 아니고 그걸 일일이 징계할 수도 없는 일이 라고도 했다. 상미는 학생부장 선생님이 있는 자리에서 우리에게 사과를 했다. 눈물까지 글썽이며 장난이 심해서 미안하다고, 우리 에게 그렇게 큰 상처가 될 줄 몰랐다고 말했다. 그리고 선생님들이 보는 앞에서 카페를 탈퇴하고 1318 수다 카페에 돌아다니던 사진도 찾아 삭제했다. 학생부장 선생님은 나와 수진이더러 상미와 화해의 악수를 하라고 했다. 차마 손이 나가질 않아 머뭇거렸다. 그러나 수진이가 불쑥 손을 내밀어 악수를 했다. 가슴속에서 불뚝성이 올라왔지만 나는 애써 참으며 손을 내밀었다. 그날 저녁, 상미는 수진이와 나를 체육공원으로 불러냈다.

"장난으로 카페 좀 만든 걸 가지고 일러? 너희 때문에 내 명예가 더럽혀졌어. 한 번도 찍힌 적 없었는데. 너희 겁도 없이 까분 거 후회하게 해 줄 거야. 두고 봐. 특히 이가은, 내가 너 절대 가만 안 둬."

상미의 협박은 괜한 말이 아니었다. 어느 날 청소를 하는데 영은이가 울면서 전화를 했다. 청소를 하는 둥 마는 둥 하고 영은이네 학교로 달려갔더니 영은이가 교문 앞에서 울고 있었다. 눈물범벅이 된 영은이의 얼굴과 팔뚝에 모래가 엉겨 붙어 있었다. 영은이는 나를 보고도 어진혼 나간 표정으로 서 있다가 내가 무슨 일이냐고 되풀이해 묻자 그제야 울먹거리며 말했다.

"내가 씨름장 청소하는데 어떤 애들이 와서 나한테 포도 주스를 뿌리더니 씨름장에다 밀어 넣고 구르라고 했어."

"왜?"

"나도 몰라. 근데 걔네들 입에서 권상미라는 언니 이름이 나왔어. 그건 똑똑히 들었어."

"걔네들 어떤 애들이야?"

"우리 학교 일진이랑 전교 회장이랑 우리 반 부반장이랑 다 있어."

더 물을 필요가 없었다. 상미와 의자매를 맺은 아이들이었다.

"넌 자존심도 없냐? 걔네들보다 키도 크고 덩치도 좋은 애가 그걸 당해?"

"언니가 싸우지 말라며. 나도 자존심 상하고 화나. 그럼 나도 싸워?"

"아니야. 관둬."

괜히 동생한테 짜증을 냈지만 한편으로는 겁이 났다. 안티 카페 사건 이후 아이들은 우리를 더 멀리했다. 상미와 상미 패거리의 따돌림도 여전했다. 아이들이 재미로 아무렇지도 않게 내뱉는 말들이 내게는 칼보다 더 날카로운 무기로 다가왔다. 아이들은 아무 이유 없이 나나 수진이가 모둠에 들어오는 걸 싫어했다. 과제 때문에 모둠을 짤 때마다 우리는 늘 버릴 수도 쓸 수도 없는 몹쓸 물건이 되어야 했다. 상미의 소설 때문에 나를 레즈비언이라고 손가락질하며 내가 있을 때 화장실에 들어가는 걸 꺼리는 아이도 있었다. 가끔은 정말 그런 아이들이 신기했다. 내가 어디까지 버틸 수 있나 실험이라도 하는 듯 보였다. 나는 아이들이 나를 왜 그렇게 싫어하는지 알 수가 없었다. 내가 키가 지나치게 크고 팔다리가 길고 마르긴 했지만 거울 앞에 서서 요리조리 뜯어봐도 그렇게 흉하지 않

았다. 공부를 썩 잘하지 못하긴 했지만 그렇다고 바닥을 기는 정도
도 아니었다. 할아버지 할머니와 자란 탓에 영화관도 몇 번 못 가
봤고 텔레비전은 할머니 따라 드라마만 봐서 인기 있는 아이돌이
누구인지 잘 모르긴 했지만, 그것이 그렇게 큰 흠이 된다고 생각
하지 않았다. 처음에는 아이들이 내게 뭐라고 하건 나만 괜찮으면
된다고 생각했다. 그런데 나도 모르게 점점 주눅이 들었다. 생리를
시작한 지 삼 년이 지났는데도 성장이 멈추지 않아 키가 자꾸 자
라는 것이 창피했고, 크는 키에 맞춰 옷을 사 입을 수 없는 가난이
싫었다. 부모님 대신 할아버지 할머니 밑에서 자라는 것도 짜증 나
고, 가족 여행 한번 가 보지 못한 내 신세가 한탄스러워졌다. 학교
에서는 그렇게 한심한 나를 꾹꾹 참고 있다가 집에 가면 할머니한
테 화풀이를 해 댔다. 당뇨로 눈이 안 보이던 할머니는 그럴 때마
다 그냥 울기만 했다. 당뇨로 인한 합병증으로 신부전증이 악화되
어 병원에 입원하던 날, 할머니는 바지 주머니에 꼬깃꼬깃 접어 감
춰 두었던 돈 오만 원을 주며 말했다.

"가은아, 이걸로 네가 입고 싶다는 잠바 사 입어. 이 할미가 미안
하다."

할머니가 준 돈으로는 수진이가 입고 다니는 바람막이를 살 수
없었다. 나는 결국 그 돈을 주머니에 넣고 있다가 할머니 장례식
때 보태야 했다.

예민하고 여린 수진이는 나보다 더 빨리 자존감을 잃어 갔다. 수

진이는 중학교에 입학하던 무렵부터 노래하듯 말했다.

"난 어떻게 우리 엄마 아빠한테서 안 좋은 것만 쏙 빼닮았을까? 엄마 닮은 짝짝이 쌍꺼풀, 병자처럼 하얀 얼굴, 가늘고 노란 머리카락, 작은 키에다 아빠 닮은 얇은 입술에 매부리코, 팔자걸음이랑 무다리, 작은 손톱, 큰 콧구멍까지. 거기다가 뚱뚱한 거랑 아토피는 돌연변이야. 그리고 머리 나쁘지, 재주 없지. 정말 내가 생각해도 나는 내세울 게 하나도 없어."

나는 수진이가 그런 말을 할 때마다 안타깝고 듣기 싫었다. 그런데 어느새 나도 그런 수진이를 닮아 가고 있었다.

3학년이 되자 우리 학교는 교과 교실제 시범 학교가 되었다. 겨울 방학 동안 층마다 학년 홈베이스와 복도에 개인 사물함이 생겼다. 교과 교실제 수업은 1,2학년 때 했던 수준별 교과 수업과는 또 달랐다. 학년별, 학급별 교실은 아예 없어지고 과목 교실이 생겼다. 가방과 교과서, 소지품은 모두 개인 사물함에 넣고 다녀야 하고 조회와 종례 시간에만 교실에 모였다. 우리 교실, 내 자리가 없어져서 쉬는 시간에 가 있을 곳이라고는 홈베이스밖에 없었다. 그런데 비좁은 홈베이스에는 나처럼 약한 아이들이 발붙일 틈이 없었다. 홈베이스, 학교 식당, 도서관 그 어디건 힘센 아이들과 약한 아이들, 공부 잘하는 아이들과 못하는 아이들, 인기 있는 아이들과 왕따 당하는 아이들, 튀는 아이들과 존재감 없는 아이들로 나뉘어 있었다. 수진이나 나처럼 아이들 사이에서 따돌림 당하는 아이들은 점심시간이면 학교 건물 밖으로 나가 겉도는 게 일이었다. 1,2학년 때는 따돌림을 당해도 그냥 교실에 처박혀 있으면 다른 아이들의 시선이나 안 좋은 소문 따위에 눈감고 귀를 막을 수 있었다. 그런데 3학년 때부터는 그 보호막마저 사라진 것이다. 괜한 일로 트집을 잡거나 대놓고 괴롭히는 아이들은 1,2학년 때보다 적었다. 그 대신 우리는 아예 존재감이 없어졌다. 때로는 내가 유령은 아닌지 의심이 들 때도 있었다. 심지어는 반장이 스승의 날 때 반 아이들에게 걷는 선물비를 내게는 받지 않고도 모를 정도였다. 수진이는 아이들의 무관심과 차가운 시선이 견디기 힘들다며 점심시간에 학교 식당에 가는 것조차 꺼려했다. 그래서 아예 점심을 굶는 날이 많았다. 저녁도 학원을 가느라 굶다가 밤늦게 집에 가서 일 마친 엄마 아빠와 야식으로 끼니를 때우다 보니 아토피는 점점 심해지고, 몸은 더 뚱뚱해졌다. 성적도 계속 떨어졌다. 수진이 엄마는 3학년 1학기 성적표를 받자마자 원래 다니던 학원을 관두게 하고 모두 과외로 돌렸다. 수진이가 학원조차 가지 않는 걸 알아차렸기 때문이다.

3학년 2학기가 되자 수진이는 아프다며 결석하는 날이 많아졌다. 학교 가는 길에 위경련이 일어나 곧장 병원으로 간 적도 있었다. 위경련으로 응급실을 몇 번 왔다 갔다 하고 난 어느 날, 수진이가 눈물을 글썽이며 말했다.

"의사 선생님이 나더러 정신과 상담 받아 보래. 우리 엄마 아빠 난리 났어. 위경련이 일 정도로 학교가 싫은 이유가 뭔지 알아야겠다고 학교 오겠대. 내가 아무 일도 아니라고 해서 겨우 말려 놨는데 앞으로 어쩌지? 난 참 나쁜 애야. 우리 엄마 아빠가 날 얼마나 아껴 줬는데 그 기대에 미치지도 못하고 이렇게 됐어."

수진이는 다른 사람이 아닌 자기 자신을 원망하며 괴로워하기 시작했다. 그러는 사이 고등학교 원서를 쓸 때가 다가오고 있었다. 한결이는 이미 외국어 고등학교에 원서를 넣었고, 다른 아이들은 인문계에 갈지 특성화 고등학교에 가야 할지를 놓고 고민했다. 내 미래에 대해 아무런 생각도 하지 못하고 있는데 한결이가 조리학과와 제빵과가 있는 특성화 학교 안내지를 가져다주었다.

"가은아, 울 엄마가 그러는데 이 학교 좋대. 커트라인이 좀 높기는 하지만 기말고사 잘 보면 가능할 수도 있을 거 같아. 수진이는 당연히 인문계 갈 거고. 너는 이 학교 한번 생각해 봐."

한결이가 고마웠지만 인문계건 특성화 고등학교건 내게 다 먼 일처럼만 느껴졌다. 그러던 어느 날, 수진이가 어쩌면 캐나다로 이민을 갈지 모른다며 밝게 말했다.

"내가 한국이 너무 싫다니까 엄마가 '그럼 캐나다로 이민 갈까?' 그러는 거야. 캐나다는 기술이 있으면 이민이 쉽대. 특히 미용사가 대접받는대. 우리 외사촌들이 거기 사는데 거긴 왕따 같은 거 없대. 절대. 우리 외삼촌이 캐나다에 있는 어떤 섬에서 낚시 가게 하거든.

그 섬 되게 멋지대. 학교도 공부만 시키는 게 아니라 클럽 활동 같은 것도 많이 한대. 거기서는 성적이나 외모로 차별하지 않을 거야. 내가 돈 벌어서 너 캐나다 올 수 있게 초대장 보낼게. 나는 캐나다 가서 고등학교만 졸업하고 엄마랑 미용실 할 거야."

수진이의 밝은 모습을 정말 오랜만에 보았기 때문에 그렇게만 된다면 좋겠다 싶었다. 부럽고 샘이 나거나 수진이와 헤어질 걱정 따위보다 수진이라도 숨 막히는 이 학교를 벗어날 수 있다면 좋겠다는 생각이 들었다. 수진이가 밝아지자 내 마음도 조금이나마 가벼워져서 공부를 도와주겠다는 한결이의 제안을 받아들였다. 수진이와 나는 처음으로 '희망'이란 낯선 존재에 가까이 갔다. 적어도 그 일이 일어나기 전까지는 말이다.


4


저녁 설거지를 하고 영은이가 수업지를 푸는 걸 지켜보고 있는데 한결이에게서 전화가 왔다. 내가 시큰둥하게 전화를 받자 한결이는 아까 오후 일에 대해 사과부터 했다.

"아까는 미안했어. 너무 놀라서 그랬어. 널 볼 준비가 안 돼서."

"나를 보는 데 무슨 준비가 필요해?"

내 볼멘소리에 한결이가 허탈하게 웃으며 말했다.

"그러게. 근데 나는 그랬어. 가은아, 우리 만나자."

"왜?"

"할 말이 있어."

한결이는 직접 우리 학교로 오겠다고 했다. 한결이가 나를 만나러 온다는 말에 이상하게 설렜다. 수진이 사고 뒤 나는 한결이한테 의지했다. 그런데 정작 한결이는 나를 피하는 것 같았다. 그러면서도 점심시간에 건물 밖으로 나가 시간을 때울 때면 내 주변을 빙빙 돌았다. 나를 멍하니 바라보다 눈이 마주치면 황급히 시선을 거두는 적도 많았다. 뭔가 이상해서 다가가 말을 붙이면 데면데면하게 굴었다. 섭섭했지만 한결이도 이제 나를 멀리하고 싶어 한다고만 생각하고 더 다가가지 않았다.

한결이가 고등학교에 진학하지 않는다는 것을 안 것은 12월 특성화 고등학교 합격자 발표가 있을 무렵이었다. 한결이는 수진이 사고가 있기 바로 전, 이미 외국어 고등학교에 합격을 한 터였기에 한결이가 고등학교를 가지 않으리라고는 꿈에도 생각하지 못했다. 자주 결석을 하다 보니 한결이 때문에 학교가 발칵 뒤집혔다는 것도 몰랐던 것이다. 뒤늦게 알고 왜 고등학교에 가지 않느냐고 묻자 한결이는 담담하게 말했다.

"나 원래 고민하던 거였어. 3학년 동안 교과 교실제 하면서 성적만으로 사람을 평가하는 학교에 질려 버렸어. 난 공부가 좋지만 시험 보기 위한 공부는 싫어."

한결이는 우리보다 생각이 깊고 똑똑한 아이라는 것을 알고 있었던 터라 한결이가 하는 말이 생뚱맞게 느껴지지는 않았다. 그러나 뭔가가 찜찜했다. 나는 되물었다.

"혹시 수진이 때문은 아니고?"

한결이는 아니라고 부인하지 못했다. 그리고 아주 힘겹게 고백했다.

"그래, 수진이 때문에 힘들어. 솔직히 말하면 그동안 수진이가 징징거리는 게 지겹고 짜증 났어. 너도 알잖아. 내가 상미랑 다니지 말라고 그렇게 말렸는데도 수진이가 말 안 들었던 거. 수진이가 힘든 거, 따돌림 당하는 거 수진이 탓이라고 생각하고 싶었어. 그래야 편하니까. 그래야 수진이가 당하는 거 보고도 모르는 척하기 쉬우니까. 수진이 사고 나고 그랬던 내가 미워서 견디기가 힘들어. 고등학교에 가서도 그런 문제가 없지 않을 거 아냐. 그때마다 나는 괴로울 거 같아. 따돌림 당하는 애들 무조건 편드는 것도, 모르는 척하는 것도 난 다 자신 없어. 왜 학교 다니면서 이런 고민까지 해야 하는지 모르겠어. 난 그냥 공부만 하고 싶어. 내가 하고 싶은 공부. 그래서 그냥 관두려고."

선생님들의 반대와 설득에도 한결이는 끝내 진학을 포기했다. 아이들은 그런 한결이의 선택이 유별나다고 했다. 한결이가 잘난 척을 한다고, 혼자 의식 있는 척한다고 구시렁거리는 아이들도 있었다. 특히 한결이와 같이 외국어 고등학교에 원서를 넣었다가 떨어진 상미는 대놓고 한결이를 비웃었다. 그래도 한결이는 의기소침해지거나 흔들리지 않았다. 그 대신 점점 말이 없어지고 친구들과도 거리를 두었다.

겨울 방학이 끝나고 졸업식 예행연습 때 만난 한결이는 머리를 짧게 자르고 노랗게 탈색까지 한 모습이었다. 놀란 선생님들은 원래 졸업식 때 강당에서 한결이가 대표로 받기로 했던 학력 우수상 수상자를 다른 아이로 바꾸기까지 했다. 졸업식 날 한결이는 친한 친구들과도 사진 한 장 찍지 않았다. 우연히 만난 중학교 때 중심파 애들은 한결이가 자기들하고도 연락을 끊었다며 내게 한결이 근황을 물었다. 그랬던 한결이가 만나자고 먼저 연락을 했다. 도대체 무슨 말을 하려고 하는지 설레면서도 걱정이 되었다.


한결이를 만날 생각에 하루 종일 수업을 듣는 둥 마는 둥 했다. 종례가 끝나자마자 사물함에 책을 넣으러 갔더니 상미도 사물함을 정리하고 있었다. 상미는 원래 밤 10시까지 하는 야간 자율 학습을 하는데 오늘은 예쁘게 화장까지 하고 일찍 나가는 걸 보니 데이트라도 있는 모양이었다. 상미는 내게 눈길조차 주지 않았고 나 역시 상미를 본척만척했다.

조리학과가 있는 특성화 고등학교 입시에서 떨어진 나는 울며 겨자 먹기로 인문계 고등학교에 진학할 수밖에 없었다. 고등학교에 입학하고 반 배치를 받고 난 뒤 교실에서 상미를 만났을 때 나는 교실 밖으로 뛰쳐나가고 싶었다. 죄지은 것도 없으면서 괜히 심장이 크게 뛰고 숨이 막혔다. 학교를 그만둘까 생각하며 밤잠을 설친 날도 몇 날 며칠인지 모른다. 교실 맨 뒤에 앉아 상미의 뒤통수를 바라보다가 갑자기 벌떡 일어나 막대기나 배드민턴 채로 상미의 머리를 내리치는 끔찍한 상상을 하다 놀라기도 했다. 그런데 다행히 상미는 나를 생전 처음 보는 아이처럼 대했다. 처음에는 그런 상미의 행동 뒤에 어떤 의뭉스러운 계획이 숨어 있는지 의심하고 살폈지만 시간이 지나면서 상미가 중학교 때 일을 떠올리기 싫어한다는 걸 깨달았다. 그래서 나 역시 상미를 모르는 척 무심히 지냈다. 그러나 한결이가 상미를 본다면 엄청 놀랄 게 틀림없었다.

얼마 전 내린 비로 그나마 남아 있던 은행잎이 다 떨어진 교정이 삭막하다. 우리 학교는 역사가 오래되었다. 옛날에는 이 도시의 수재들이 다 모였다고 하지만 십 년 전부터는 낙후된 변두리 학교에 지나지 않는다. 그래서 우리 학교를 졸업한 동문들이 학교를 신도시로 옮겨 명문의 전통을 이어야 한다고 난리 법석을 떨었는데 지역 주민들 반대로 계획이 무산되어 버렸다. 결국 학교는 내가 나온 희망여중을 비롯한 변두리 중학교에서 별 볼 일 없는 아이들이 진학하는, 그저 그런 인문계 고등학교가 되었다. 동문이나 학교 선생님들은 그래서 언짢을지 모르지만 나는 만만하고 편해서 좋다. 가파른 언덕을 내려와 교문을 나서자마자 한결이가 손을 흔들며 내 이름을 불렀다.

"가은아!"

나는 한결이가 내 뒤를 따라오는 상미를 발견할까 봐 얼른 한결이 손을 잡고 시내 쪽으로 걸었다. 학교 아래로는 낡은 다세대 주택이 다닥다닥 붙어 있어 학교에서 버스 정류장으로 나가려면 비좁은 1차선 도로를 지나야 한다. 차와 오토바이, 지나가는 행인들까지 서로 앞으로 치고 나가겠다고 하는 바람에 여기저기서 빵빵거리고 고성이 오간다. 나는 어리둥절해 있는 한결이 손을 꼭 잡고 요리조리 피하며 골목을 빠져나왔다. 큰길로 나오자 한결이가 손을 뿌리치며 물었다.

"왜 이렇게 서둘러?"

"그냥. 우리 학교 앞 되게 복잡하잖아. 저번에도 학교 바로 앞에서 2학년 언니가 피자 배달 오토바이랑 부딪쳤어."

"몰랐던 것도 아닌데 뭐. 그런데 상미 너희 학교 다녀?"

순간 맥이 풀렸다.

"벌써 봤어?"

"그럼. 바로 네 뒤에 나오던데? 걔, 날 보더니 눈이 동그래지더라."

"그래? 나는 권상미가 괜히 너 알은체하고 말 걸고 그러는 게 싫어서. 너 빨리 데리고 나오려고……."

"참 나, 나도 말 걸어도 알은체할 생각 없었거든. 그런데 너 왜 상미랑 같은 학교인 거 말 안 했어?"

"뭘 말하고 말고 할 틈이 어디 있었어? 졸업하고 너 본 거 어제가 처음인데."

"하긴."

한결이가 고개를 끄덕이고는 슬며시 물었다.

"권상미 요즘은 너 안 괴롭혀?"

"응. 우리 서로 유령 취급 해. 권상미 고등학교 와서는 중학교 때만큼 잘나가지 않아. 여전히 자기가 좀 튀려고 하긴 하는데 예쁜 애들도 더 많고 공부 잘하는 애들도 더 많잖아. 성적도 중학교 때만큼 안돼. 반에서 한 5, 6등 하나? 뭐 그래도 남친은 끊이지 않고 있는 것 같더라."

한결이가 내 이야기를 듣다가 정색을 하고 물었다.

"혹시 같은 반이기까지 한 거야?"

"응."

한결이가 몸서리를 치며 말했다.

"소름 돋아. 너희는 무슨 운명인가 보다."

한결이는 나를 카페가 딸린 빵집으로 데리고 갔다. 한결이는 내게 물어볼 말이 있다면서도 이야기를 빙빙 돌리기만 했다. 나는 시계를 보다가 말했다.

"한결아, 나 집에 가서 저녁 해야 해."

"아 참, 그렇지."

내 말에 고개를 끄덕이며 대답해 놓고도 한결이는 한참 머뭇거리다가 말을 꺼냈다.

"가은아, 수진이 사고 전에 혹시 권상미랑 무슨 일 있었어?"

나는 멈칫하며 되물었다.

"무슨 일? 갑자기 그건 왜?"

"그냥 그동안 궁금했었어. 네 사물함에서 수진이 운동화 나왔던 날. 권상미가 네가 훔쳐 갔다고 누명 씌웠던 날 말이야. 그날 수진이가 처음으로 상미한테 대들었잖아. 그날 이후 갑자기 더 불안해하고 애가 이상해졌던 기억이 나서."

가슴이 철렁 내려앉았다. 나는 짐짓 아무렇지도 않은 듯 덤덤하게 말했다.

"그때 일, 굳이 떠올려서 뭐하냐? 생각하고 싶지도 않아."

한결이는 한참 망설이더니 가방에서 편지 봉투를 하나 꺼내 들고 말했다.

"그래, 나도 그랬어. 생각하고 싶지 않아서 덮어 두고 있었어. 그런데 잊히질 않아. 난 나만 못 벗어난다고 생각했어. 그런데 어제 네 카톡 사진 보면서 너도 수진이를 잊지 못했다는 생각이 들었어. 그동안 너랑 나는 서로 따로 힘들어하고 있었을지 모른다는……."

한결이는 코맹맹이 소리로 말끝을 흐리더니 편지 봉투를 내게 내밀었다.

"읽어 봐."

"이게 뭔데?"

"수진이가 나한테 보낸 편지."

놀란 내가 편지 봉투를 선뜻 받지 못하자 한결이가 봉투에서 편지지를 꺼내서 건네주었다.

"이 편지 도대체 뭐야?"

"읽어 봐. 그 편지, 수진이 장례식 날 우편함에서 발견했어. 엄마랑 내가 다 정신이 없어서 수진이 사고 나고 사흘 동안 우편함을 보지 못했었거든. 처음에는 이 편지를 누가 언제 우리 우편함에 넣었는지 몰라 당황했는데 사고 나던 아침, 수진이를 우리 동 앞에서 만났던 게 생각났어. 그날 수진이를 우리 동 앞에서 만났거든. 내가 이상해서 웬일이냐고 물어보니까 널 만나기로 했는데 네가 하도 안 와서 너희 집으로 가는 길이었는데 잠깐 착각하고 우리 동으로 왔다는 거야. 허둥거리는 모습이 뭔가 감추는 것 같기도 하고 이상했는데 부리나케 너희 집 쪽으로 가서 더 물어보지도 못했어. 그런데 아마 나랑 마주치기 전에 이 편지를 우리 우편함에 넣었던 거 같아."

한결아,
벌써 아침 6시가 지났는데 아직도 창밖이 캄캄해.
밤이 이렇게 긴 줄 미처 몰랐어.
그렇지만 내가 살아온 십육 년이란 세월보다는 덜 캄캄해.
그래도 어린이집 다닐 때는 이렇게 앞이 안 보이고 캄캄하지는 않았는데…… 그땐 내가 이 세상에서 가장 예쁘고 가장 행복한 애인 줄 알았는 데…… 그때 내 모습은 다 어디로 간 거지?

내가 이 세상에서 마지막으로 보내는 편지를 누구에게 쓸까 고민했어.

엄마 아빠한테 쓰다 보면 너무 슬퍼서 내 마음이 하나도 정리가 안 되 고 글씨 한 자도 쓸 수 없을 것 같고, 가은이한테는 더 이상은 상처를 주고 싶지 않았어. 그래도 나한테 너란 친구가 있더라.

넌 언제나 나한테 언니 같은 존재였어. 우리 엄마도 내가 너랑 있을 때 가장 마음이 놓인다고 했어. 나도 그랬나 봐. 지금 이 순간 마지막 말을 가 장 편하게 할 수 있는 사람이 너니까…….

한결아,

나는 너무 지쳤어. 난 너무 약해. 넌 나더러 강해지라고 말했지만 난 원 래 이렇게 생겨 먹었어. 어떤 때는 우리 엄마 아빠가 원망스러웠어. 날 왜 강하게 키우지 못했느냐고 따지고 싶었어.

그런데 생각해 보면 사실 내가 못난 거잖아. 우리 엄마 아빠는 나에게 모든 걸 다 해 주었는데 내가 못 따라간 거니까 내 탓이지. 울 엄마는 내가 너 같기를 바랐어. 공부 잘하고 언제나 자신감 있는 너를 닮으라고 한 적 도 많아. 그래서 나는 너랑 있는 게 싫기도 했었어. 그런데 생각해 보니까 나는 울 엄마가 원하는 걸 한 가지도 이뤄 주지 못했어. 난 엄마 아빠한테 언제나 실망만 주는 사람이었어. 그래서 엄마 아빠한테 너무 미안해.

난 상미처럼 인기 있는 사람이 되고 싶었어. 너는 나한테 그렇게 당하면서도 왜 상미랑 친하게 지내고 싶어 하냐고 했었지? 나는 날씬하고 예쁘고 인기 많은 상미가 부러웠어. 상미랑 다니면 내가 인기 있는 사람이 되는 거 같았어. 그런데 언제부턴가 상미가 날 이용한다는 걸 알았어. 6학년 때 먼저 친구가 되자고 다가온 것도, 코스프레 동아리에 들자고 한 것도 다 나를 이용하기 위해서였다는 걸 알게 됐어. 그래도 너랑 가은이가 나한테 뭐라고 할 때는 섭섭하고 듣기 싫었어. 그걸 다 알면서도 나는 상미한테서 벗어날 수가 없었어. 걔는 내 약점을 다 알고 나를 어떻게 조종할 수 있는지도 다 알았으니까.

한결아, 나는 십육 년을 살았는데 행복했던 시간들은 정말 너무 짧다. 저번에 인터넷에서 봤는데 죽어서 저승에 가면 이승에서의 기억은 다 잊는다고 하더라. 저승에 가서 모든 걸 다 잊고 다른 존재로 살고 싶어.

한결아,

넌 공부도 잘하고 똑똑하고 착한 애니까 가은이나 나처럼 따돌림 받고 억울하게 당하는 애들 편이 돼 줘. 부탁이야. 솔직한 마음을 말하면 나는 권상미를 증오해. 이름조차 쓰기 싫을 만큼 경멸해. 그리고 무서워. 그런데 걔보다 더 밉고 무서운 건 무심한 아이들이야. 또 나 따위에는 눈길 한 번 주지 않는 선생님들이야. 염치없는 말이지만 난 항상 너만이라도 우리 편이 돼 주면 좋겠다고 바랐어. 웃기지?

내가 죽더라도 권상미는 하나도 변하지 않을 거야. 세상도 변하지 않을 거야. 나도 알아. 그래도 더는 견딜 힘이 없어. 상미는 아마 앞으로도 자기가 원하는 건 무슨 짓을 해서라도 얻고, 친구들을 짓밟고라도 자기가 뭐든지 1등을 하려고 할 거야. 난 살아서 그 꼴을 보는 게 너무 끔찍할 거 같아. 그러니까 네가 대신 지켜봐 줘. 이렇게 누군가의 눈에 피눈물이 나게 하고 마음이 가루가 되도록 괴롭힌 걔가 얼마나 잘 사는지 네가 지켜봐 줘. 그리고 언젠가 걔가 성공해서 우쭐해할 때 네가 나서서 어떻게 그 자리에 온 건지 똑똑히 말해 줘.

한결아, 가은이를 부탁해.
그리고 불쌍한 우리 엄마 아빠에게는 이 편지 비밀로 해 줘.
나한테 너 같은 친구가 있었던 게 다행이라는 걸 이제야 깨달아서 미안해……. 이렇게 마지막 말이라도 하고 갈 사람이 있어서 얼마나 다행인지 몰라. 세상을 떠날 때 고마운 사람이 기억나는 사람은 그래도 아주 불행했던 건 아니래. 지금 나는 우리 엄마 아빠한테 너무 고맙고, 가은이랑 너한테 고마워.

한결아, 이 편지 오로지 너만 봐. 그리고 정말 부탁할게. 가은이 편이 되어 줘.
날 불쌍하게 생각하지 말아 줘. 그동안 참 비참했지만 이 세상을 떠나면 난 자유로워질 거니까 오히려 잘된 일이라고 생각해 줘. 내가 날개를 활짝 펴고 아주 평화로운 저세상으로 갈 수 있기를 기도해 줘.

한결아, 넌 정말 멋진 사람이 돼서 나 대신 이 더럽고 끔찍한 세상을 바꿔 줘.

내 억울함, 내 슬픔, 내 수치심 다 갚아 줘.

2011년 11월 7일<br>바보 같은 통통 공주 수진이가

수진이가 죽던 날, 내가 받은 것은 예약된 문자 한 통이었다. 그것도 수진이가 이미 죽고 난 뒤였다. 수진이 엄마와 아빠에게도 예약 문자가 한 통 왔을 뿐이라고 했다. 수진이 엄마는 수진이가 왜 죽었는지 알고 싶어 했다. 학교에다가는 다이어트 실패와 성적에 대한 압박 때문에 생긴 우울증이 자살의 원인이라고 말했지만 수진이가 죽은 이유가 다른 데 있을 거라고 생각하는 것 같았다. 그런데 한결이가 이 긴 편지를 받고도 한마디도 하지 않았다니 배신감마저 들었다.

"어쩌면 이 편지를 갖고 있으면서 그동안 한마디도 안 했어?"

한결이가 들릴락 말락 한 소리로 웅얼거렸다.

"수진이가 아무에게도 말하지 말라고 했으니까."

"뭐라고? 그러니까 수진이가 말하지 말랬다고 해서 아무에게도

말을 안 했다고?"

"응."

"말도 안 돼. 어떻게 그럴 수가 있어?"

"그땐 그냥 모르는 척하는 게 너랑 수진이를 돕는 길이라고 생각했어."

원망스러운 마음이 복받쳐 올랐다.

"나랑 수진이를 돕는다고? 그렇다면 이 편지를 지금 보여 주는 이유는 뭔데?"

"아까 말했잖아. 네 프로필 사진 보면서 너도 수진이를 못 잊는다는 걸 알았다고. 그래서 너랑 나 둘만이라도 수진이 얘기를 해야겠다는 생각이 들었어. 넌 수진이가 왜 그렇게 떨어졌는지 알 거 같아서……. 캐나다 이민 간다고 들떠 있던 애가 왜 갑자기 열흘도 안 돼서 죽을 결심을 했는지."

나는 가슴이 느꺼워지며 기억 속에서 완전히 지웠다고 생각했던 그날의 일을 떠올렸다.


중3 졸업 고사를 앞두고 있던 그 무렵, 학교에는 유난히 도난 사고가 많았다. 스마트폰을 사는 아이들이 많아지고 브랜드마다 새 디자인의 운동화를 내놓을 때라 그런지 하루에 한두 건씩 도난 사고가 났다. 선생님들은 스마트폰이나 새로 산 운동화, 바람막이 따위는 학교에 가져오지 말라고 했지만 지켜질 리 없었다. 학교에 가지고 오지 않을 거면 스마트폰도 운동화도 바람막이도 쓸모없었다. 수진이가 새로 산 운동화가 없어진 것도 그즈음이었다. 어느 날, 한결이와 점심을 먹고 홈베이스에 갔는데 내 사물함 자물쇠가 풀려 있었다. 홈베이스를 만들고 새로 설치한 사물함은 외관은 예뻤지만 자물쇠 기능이 허술해 쉽게 열렸다. 선생님들도 예산 때문에 홈베이스 공사에 허점이 많다고 불평할 정도였다. 나 역시 이미 교과서를 두 번이나 잃어버렸던 터라 없어진 것이 없나 하고 문을 열었는데 놀랍게도 그 안에 수진이가 잃어버린 운동화가 들어 있었다. 나도 모르게 얼른 사물함을 닫았다. 내가 한 짓이 아닌데도 얼굴이 화끈거렸다. 그런데 옆에 있던 한결이도 신발을 보았는지 깜짝 놀라며 물었다.

"야, 그게 왜 거기 있어?"

"그, 그러게. 나도 몰라."

"누가 네 사물함 열고 거기다 넣었나 보다."

그런데 그때 정말 우연이라고는 믿기 어렵게도 상미의 목소리가 들렸다.

"내가 본 거 그거, 박수진 운동화 맞지?"

하필 그 옆에는 수진이가 어안이 벙벙한 표정으로 서 있었다. 도대체 언제 상미가 내 뒤에 와 있었는지, 수진이는 또 언제 거기에 와 있었는지 지금도 모르겠다. 그런데 상미는 마치 기다렸다는 듯이 큰 소리로 말했다.

"야, 대박이다. 우연히 지나다 본 건데 완전 쇼킹하다. 박수진 운동화를 훔쳐 간 게 이가은이었어?"

내가 아니라고 소리를 치자 더 큰 소리로 비꼬았다.

"하긴 등잔 밑이 어둡다는 말이 있지. 와, 박수진 쯤 배신감 들겠다. 박수진, 거봐. 돈 있다고 비싼 메이커로 두르면 미쉐린 공주가 갑자기 백설 공주가 되는 것도 아니고. 그러니까 너한테 맞지 않는 거 두르고 다니지 마. 괜히 친구들한테 질투심만 불러일으키잖아. 어쩌냐? 단 하나 있는 친구마저 도둑질로 배신을 했네……."

나는 상미가 야기죽거리는 소리에 어떤 변명도 못 했다. 머릿속은 하얬고 목이 막혀 아무 말도 나오지 않았다. 어느새 주위에는 상미 친구들뿐 아니라 다른 아이들까지 모여 옥작거렸다. 나도 모르게 자꾸 몸이 움츠러들었다. 그런 내 모습이 싫었지만 어쩔 수 없었다. 나는 한결이가 나서서 내 편을 들어 주기를 바랐다. 그러나 한결이는 나 못지않게 당황한 표정으로 안절부절못하고 있었다. 상미는 그런 우리를 보며 이죽거리다가 다른 아이들을 향해 말했다.

"야, 우리는 꺼져 주자. 이러다 이거 괜히 소문나면 일 크게 돼. 훔친 애랑 도둑맞은 애가 같이 있으니까 지들끼리 해결하라고 맡기자."

그때였다. 수진이가 갑자기 떨리는 목소리로 상미에게 말했다.

"권상미 오버 하지 마. 그 운동화, 사실은 내가 가은이 주고 싶어서 몰래 사물함에 넣은 거야."

처음에는 내가 잘못 들은 줄 알았다. 상미 역시 놀랐는지 그 큰 눈이 가늘게 흔들렸다. 상미는 당황한 얼굴빛을 얼른 바꾸고 수진이에게 말했다.

"야, 박수진 뭔 헛소리야? 우리 반까지 너 신발 잃어버린 거 다 소문났는데."

그러나 수진이는 여전히 떨리긴 하지만 단호한 말투로 말했다.

"내가 운동화 잃어버린 게 너희 반까지 소문이 났다고? 그럴 리가. 나 같은 애 운동화 잃어버린 게 뭔 큰일이라고. 내가 가은이 준 거 맞아. 권상미, 너도 나 잘 알잖아. 나 원래 내 거 남한테 잘 주잖아. 너도 많이 받았잖아."

"야야, 박수진. 너 어디서 구라를 치냐?"

"이게 거짓말인지 아닌지 네가 어떻게 알아? 여기 신발이 있잖아. 그리고 가은이는 자기 사물함에 이 신발이 있었던 것도 모르잖아. 내가 넣었다는데 네가 왜 아니라고 그래? 마치 네가 갖다 넣은 것처럼."

수진이는 마지막 말에 유난히 힘을 주어 말했다. 수진이가 이처럼 단호한 모습은 처음이었다. 상미도 당황해 수진이의 말을 얼른 받아치지 못하고 쩔쩔맸다. 그때 마침 5교시 예비 종이 울렸다. 상미는 종소리를 듣자마자 허둥지둥 자리를 뜨며 얼버무렸다.

"참 나, 정말 난 오타쿠들의 정신 상태를 이해 못 하겠어. 난 박수진 너 도와주려고 한 것뿐이야. 어쨌든 뭐 찐따들 사이에서 벌어진 일이니 니들이 알아서 해."

아이들이 흩어지고 수진이와 한결이만 남았다. 한결이는 나와 수진이를 번갈아 보다가 말했다.

"수진아, 정말 가은이가 가져간 거 아니야. 가은이도 저기 신발 있는지 몰랐어."

수진이는 고개를 끄덕이더니 한결이에게 원망 섞인 말투로 물었다.

"그래, 알아. 그런데 왜 넌 한마디도 하지 않았어?"

한결이는 얼굴이 빨개져서는 변명조차 하지 못했다.

그런데 사건이 그걸로 끝난 것이 아니었다. 그날 저녁 상미는 나와 수진이를 아파트 뒤 체육공원으로 불러냈다. 체육공원에는 상미의 남자 친구와 상미 패거리가 모여 있었다. 상미는 수진이가 자기에게 모욕을 줬다며 미친 듯이 고래고래 소리쳤다. 상미의 남자 친구는 우리의 어깨를 내리눌러 상미 앞에 억지로 무릎을 꿇렸다. 그러고는 사과하라고 했다. 나는 사과 따위는 하고 싶지 않았다. 그날은 수진이도 흔들리지 않았다. 한참 동안 욕설을 퍼부어도 우리가 사과를 하지 않자 상미 남자 친구가 배드민턴 채를 들고 오더니 나와 수진이의 등을 때리기 시작했다. 나와 수진이가 번갈아 가며 맞는 동안 상미와 상미 패거리는 깔깔거리고 웃거나 콜라를 마시고 자기들끼리 수다를 떨었다. 처음에는 너무 놀라서 몸이 떨렸다. 아픈 것도 모를 정도로 두렵고 수치스러웠다. 그런데 계속 맞자 너무 아파 정신이 나갔다. 얼마를 맞고 나서였는지 모르지만 수진이가 앞으로 고꾸라졌다. 상미가 고꾸라진 수진이 앞으로 와서 으름장을 놓았다.

"박수진, 우리한테 맞은 거 억울하면 학생부 가서 말해. 그날부터 너희 미용실은 아마 손님이 딱 끊길 거야. 우리가 너희 미용실에서 쓰는 파마약, 염색약 싸구려라고 소문 낼 거거든. 파마약 비싼 거 쓴다고 다른 미용실보다 돈 더 받아 놓고 싸구려 쓴다고 하면 사람들이 뭐라고 할까? 그리고 이가은, 너 이미 경험해 봤지? 나 건드리면 네 동생도 가만 안 둬."

그날 수진이는 곧장 집으로 가지 못하고 우리 집으로 올라왔다. 나와 수진이는 서로 등에 약을 발라 주며 한참을 울었다. 우리 등을 본 영은이도 겁에 질려 따라 울었다. 나는 우리가 언젠가 텔레비전에서 본 올가미에 걸린 어린 고라니처럼 느껴졌다. 그날 우리 집을 나서며 수진이가 말했다.

"가은아, 우리 정말 등신이다. 같이 죽을까?"

내가 대답을 하지 않자 수진이는 코맹맹이 소리로 말했다.

"가은아, 우리 오늘 일은 죽을 때까지 아무에게도 말하지 말자."

나는 고개를 끄덕였다.

그리고 그날 새벽 3시에 수진이에게서 문자가 왔다.

가은아, 잠이 안 와. 베개가 고슴도치 등짝 같아. 침대가 꼭 얼음판 같아.


일 년 전 일이 이토록 생생하게 기억날 줄은 몰랐다. 한결이에게 그때 일을 말하는 동안 몇 번이나 눈시울이 뜨거워지고 울컥했다. 그때의 수모, 치 떨리던 그 느낌이 그대로 되살아났다. 한결이의 짐작대로 그날의 사건이 벼랑 끝에 서 있던 수진이를 떠민 것이 틀림없었다. 그 사건은 수진이에게 얼마 남지 않은 자존감마저다 앗아가 버렸다.

"왜 그렇게 맞고도 아무 말 하지 않았어? 나한테라도 말했으면……."

한결이의 말투에 원망이 가득했다. 고까운 마음에 내가 되물었다.

"너한테 말했으면 뭐가 달라졌을 건데? 넌 뭘 할 수 있었는데? 넌 그 전에도 아무것도 안 했잖아."

한결이가 고개를 숙였다. 우는 듯 어깨가 딸막였다. 나는 한결이가 진정되기를 기다렸다. 한참 후에야 고개를 든 한결이가 잔뜩 가라앉은 목소리로 말했다.

"맞아, 내가 알았어도 아무것도 못했을 거야. 네 탓 하려는 건 아니야. 그냥 다 후회가 돼서 그래. 그날 수진이가 나한테 '너는 왜 한마디도 하지 않았어?'라고 물었을 때 얼마나 창피하고 미안했는지 몰라. 그런데 결국 수진이가 죽을 때까지 아무것도 못했지. 그래서 일 년 동안 나 자신한테 계속 물었어. '도대체 너는 왜 가만히 있었던 거니?' 답은 단순해. 내가 비겁했던 거지. 그래서 앞으로 다시는 가만히 있는 사람이 되지 말자고, 비겁하게 모르는 척하는 사람이 되지 말자고 다짐했어. 그것밖에는 내가 할 수 있는 게 없어. 나 참 한심하지?"

나는 한결이에게 뭐라고 말해야 할지 몰랐다. 아니라고 이제 됐다고 그만 무거워하라고 해야 할지, 정말 비겁하고 한심하다고 그러니 더 반성하라고 해야 할지 판단할 수 없었다. 한결이의 이야기를 듣는 동안 그 두 가지 생각이 머릿속을 어지럽혔기 때문이다. 한결이는 나를 한 번 쳐다보더니 한숨을 쉬고 덧붙여 말했다.

"그리고 내가 수진이 편지를 너랑 수진이 엄마 아빠께 보여 주지 못한 건 정말로 수진이 부탁 때문이었어. 수진이가 엄마 아빠랑 너를 걱정하는 그 마음을 이해했으니까. 그 부탁이라도 들어주고 싶었어."

5

아파트 현관을 나서니 화단의 나무와 마른 풀 위로 서리가 앉았다. 곧 겨울이다. 함께 집을 나서는 영은이가 걱정스레 말한다.

"언니, 어제 뉴스에서 봤는데 겨울에 엄청 춥대. 작년보다 더 춥대."

날씨가 추워지면 할아버지부터 걱정이 된다. 날씨가 춥다고 기초 생활 수급비는 올라갈 리 없지만 보일러 온도는 높여야만 한다. 나는 영은이까지 괜한 걱정 하게 만들고 싶지 않았다.

"영은아, 걱정 마. 언니가 알바 한 돈으로 패딩 사 줄게. 내가 찾아봤더니 작년 패딩 70퍼센트나 싸게 파는 데 있어. 너랑 나랑 한 벌씩 사 입자. 그리고 할아버지 노인 연금 나온 걸로 가스비 내면 되니까 내가 추운 날은 보일러 빵빵하게 틀어 줄게."

영은이의 입이 금세 귀에 걸린다.


교문 앞에서부터 마음을 단단히 먹었다. 수진이 기일인 오늘 상미와 마주치면 기분이 더 안 좋을 것 같았다. 그런데 상미는 하필 교실 맨 뒤에서 자기와 친한 애들과 수다를 떨고 있었다. 나는 고개를 푹 숙이고 복도 옆 맨 뒷자리인 내 자리에 가 앉았다. 그런데 짝인 민지가 공책에다 낙서를 하며 훌쩍이고 있었다. 깜짝 놀라 민지를 내려다보는데 뒤에서 상미 목소리가 들렸다.

"쟤 가방 봐라. 저거 인터넷으로 팔더라. 짱 이상해. 하여튼 오타쿠들 취향 독특해. 그치? 난 저런 애들 심리 상태를 해부해 보고 싶더라."

상미는 아직도 민지를 오타쿠라고 부르며 험담을 하고 다니는 모양이었다. 상미의 빈정거리는 말투에 중학교 때 기억이 되살아났다.

"민지야, 저따위 말에 신경 쓰지 마."

민지는 고개를 끄덕이며 눈물을 훔쳤다. 민지는 조용하고 얌전한 아이였다. 학기 초에 반 아이들 사이에서 중학교 때 오타쿠였다는 소문이 돌았지만 금세 가라앉았고 친한 친구도 생겼다. 한 달 전 짝이 되기 전까지 친하게 지내지는 않았지만 다른 애들과 달리 내게도 살갑게 대해 주었다. 그런데 얼마 전, 우리 반 카톡 단체 대화창에 난데없이 민지가 중학교 때 찍은 사진이 올라왔다. 일본 만화 주인공을 코스프레 한 사진이었다. 사진을 올린 아이는 상미였다. 아이들은 민지 사진 밑에 득달같이 한마디씩 보탰다. 그날 하루만 오백 개도 넘는 메시지가 올라왔다. 물론 그 많은 메시지의 대부분은 헐, 대박, 쩐다, 짱나 따위였지만 심한 아이들은 오타쿠라며 욕설을 올리기도 했다. 지나친 인신공격이 이어지자 반장이 나서서 대화창을 닫아 버리자고 제안했다. 상미는 웃자고 했던 일이라며 민지에게 사과했다. 사흘 만에 대화창이 사라졌지만 민지와 반 아이들 사이는 예전 같지 않았다.

그 일을 겪으며 스마트폰이 무서워졌다. 내가 휴대 전화를 스마트폰으로 바꾼 것은 지난 9월 말 1학년 전체 수련회를 다녀온 뒤였다. 2박 3일간의 수련회를 마치고 돌아오는 길에 아이들은 카톡 대화창을 열어 수련회 소감을 나누었다. 스마트폰이 없는 나만 그 대화에 낄 수 없었다. 처음에는 아이들이 모두 고개를 숙이고 무엇을 하는지 몰랐다. 그런데 옆에 앉은 아이를 보니 우리가 사흘간

수련회에서 찍었던 사진을 단체 대화창에 올리며 대화를 하고 있었다. 나는 아이들한테 왜 얼굴을 보고 다 같이 이야기하지 않고 채팅으로 하느냐고 물을 수가 없었다. 그리고 수련회에서 돌아오자마자 이동 통신 매장을 찾았다. 그 뒤로 나도 단체 대화창만큼은 함께할 수 있었다. 그것이 오히려 덫이 되리라는 것도 모르는 채 말이다.

수업 종이 울리고 아이들이 제자리에 들어와 앉기 시작했다. 민지는 조용히 눈물을 훔치며 한숨을 쉬었다. 나는 왜 아이들이 자기와 다른 것을, 아니 '우리'와 다른 것을 조금도 용납하지 않는지 이해가 되지 않았다.

집으로 돌아오자마자 내 미니홈피에 들어갔다. 나만 볼 수 있게 설정해 놓았던 수진이의 사진첩 속에서 상미 사진을 찾아냈다. 그 사진은 상미가 중2 때 수진이와 같이 코스프레 동아리를 하면서 찍은 것이었다. 하늘색 긴 가발을 쓰고 짧은 스커트를 입은 상미는 지금 봐도 놀라울 만큼 하츠네 미쿠와 똑같았다. 나는 그 사진을 우리 반 대화창에 올렸다. 별다른 생각은 없었다. 그저 상미에게 너는 민지를 놀릴 자격이 없다는 말을 해 주고 싶었다. 그리고 상미와 어울려 아무 생각 없이 민지에게 상처를 준 아이들에게도 창피를 주고 싶었다. 그런데 저녁을 먹고 잠자리에 들기 전에 대화창을 열어 보니 그 사진 밑으로 메시지가 이백 개도 넘게 달려 있었다. 처음에는 헐, 대박 같은 짧은 낱말이 올라오다가 권상미도 오덕이었냐는 식의 메시지도 올라왔다. 심지어는 욕을 써 놓거나 배신 운운하는 것도 있었다. 뭔가 잘못돼 가고 있다는 걸 알았다. 두려운 마음에 스마트폰을 끄고 자 버렸다. 아침 등굣길에 열어 본 단체 대화창에는 자그마치 오백 건도 넘는 메시지가 있었다. 게다가 상미의 다른 사진도 올라와 있었다. 만화『원피스』에 나오는 페로나를 코스프레 한 사진이었다. 분홍색 가발과 빨간 바지가 인상적인 코스프레였다. 수진이는 상미에게 페로나 코스프레를 하게 해 주기 위해 이틀 밤을 꼬박 새웠다고 했었다. 그런데 놀랍게도 그 사진을 올린 아이는 민지였다. 그 밑으로도 댓글들이 몇 초 간격으로 올라왔다. 무서웠다. 상미가 해명 글을 올렸다.

이거 중2 때 축제에서 했던 거임. 나 오타쿠 아님.

그리고 상미는 나에게 스무 개도 넘는 문자를 보냈다.

나한테 죽고 싶은 거지? 사진 내려.

그러나 스마트폰 속의 사진은 날개가 달린 것처럼, 아니 빛이 전달되는 것보다 더 빠르게 퍼져 나갔다. 우리 반 대화창을 넘어 다른 SNS로 퍼져 나갔고, 심지어는 다른 학교 아이들에게까지 전달

되었다. 내가 단체 대화창에 올린 사진을 지우는 것은 이미 아무 의미가 없었다. 상미는 내게 쉼 없이 문자를 보냈다. 중학교 때의 악몽이 되살아났다. 상미가 수진이와 나의 안티 카페를 만들고 여기저기 우리 사진을 퍼 나르던 때가 생각났다. 나는 한결이에게 수진이의 편지를 휴대폰 카메라로 찍어 보내 달라고 했다. 글자가 보이도록 나눠서 보내 달라는 말도 잊지 않았다. 한결이는 왜냐고 묻지 않았다. 궁금하지 않냐는 말에 한결이가 답장을 보냈다.

오늘 아침에 중3 때 우리 반이었던 애 카스에 상미 사진 올라옴. 그 사진 처음에 네가 올린 거임?

응, 한결아, 큰일 났다ㅜㅜ

상미가 뭐라 했지?

응.

그래서 권상미한테 편지 보여 주려고? 좋은 생각이야.

한결이가 보내 준 사진을 상미에게 보내는데 손가락이 바르르 떨렸다. 나는 상미에게 사진을 보내고 문자도 보냈다.

권상미, 나 협박하지 마. 네가 그러면 이 편지도 공개할 거야. 넌 언제나 그랬지. 장난이었다고. 이번 일은 민지를 오타쿠라고 몰아가는 너한테 경고하는 거였어. 일이 이렇게 커질 줄 몰랐어. 그렇지만 이걸로 계속 나 협박하면 나도 가만 안 있어. 나랑 수진이는 중학교 3년 내내 너한테 당했어. 넌 미안한 마음도, 죄책감도 없지? 이 편지 보면 사람들이 어떻게 생각할까? 너도 알지? 요즘 하도 죽는 애들이 많아서 학교 폭력 문제가 커진 거. 지나간 일도 수사한다고 했어. 나도 더는 안 당해.

상미에게서 더는 문자가 오지 않았다. 조용한 스마트폰이 오히려 불안했다. 그런데 그다음 날부터 상미가 학교에 나오지 않았다. 아이들 사이에서 학교 폭력 대책 위원회가 열릴 거라는 소문이 돌았다. 몇몇 아이들이 상미네 엄마가 학교에 왔다 간 걸 봤다고 전했다. 종례 시간에 담임 선생님이 말했다.

"너희가 한 짓이 어떤 일인지 아니? 한 사람을 어떻게 이렇게 난도질할 수가 있니? 초등학생도 아니고 고등학생들이. 학교 폭력 대책위가 열렸어. 최초 유포자를 찾아서 처벌할 거야. 너희 요즘이 어떤 땐 줄 몰라? 너희 생기부에 기록되면 대학 가는 데도 걸림돌이 된다고 몇 번씩 말했지? 나한테 누가 먼저 이야기해 줬으면 일이 이렇게 커지지는 않았을 거 아니니? 내가 기다리고 있을 테니 최초 유포자는 나한테 와서 얘기해."

수업이 끝나자마자 한결이를 찾아갔다. 한결이는 내 이야기를 듣는 내내 얼굴이 붉으락푸르락했다. 그러고는 우리 반 대화창을 들여다보고 말했다.

"넌 욕 한번 안 했네?"

"응."

"그럼 이거 지우지 말고 선생님한테 가져가서 보여 드려. 어차피 네가 올렸다는 거 금방 찾아낼 거야. 그리고 이 일은 절대 최초 유포자만 찾아서 처벌하면 끝나는 문제가 아니야. 만약에 너랑 민지란 애만 징계하면 나도 가만 안 있을 거야. 퍼 나르고 욕 단 애들은 어쩌고 최초 유포자만 찾아서 징계를 해? 말도 안 돼."

"말 되는 일만 생기는 거 봤어? 무서워. 도대체 내가 무슨 짓을 저지른 건지 모르겠어. 권상미 남친이 우리 옆 학교 다니는데 거기까지 이 사진 다 퍼졌어. 나, 권상미랑 똑같은 사람 된 거 같아."

"아니야. 너는 이렇게 일이 커질 줄 몰랐잖아. 넌 민지란 애한테 상미가 하는 짓을 막고 싶었던 거잖아. 네가 한 일이랑 상미가 한 짓이랑은 달라."

"나도 다르다고 생각하고 싶지만 결국 똑같아. 솔직히 속으로는 '권상미 너도 당해 봐.' 이런 마음도 있었어."

"그런 마음이 안 들 수가 있냐? 안 그러면 더 이상한 거지. 일이 이렇게 커진 건 스마트폰 때문에 너랑 민지가 막을 새 없이 퍼져 버린 탓이야. 그러니까 너무 자책하지 마."

잠시 뭔가 생각하던 한결이가 단호한 투로 말했다.

"일단 네가 혼자 덤터기 쓰지는 말아야 해."

"어떻게?"

"이번에는 무슨 일이 있어도 상미 잘못도 꼭 밝혀져야 해. 너희만 징계당하면 안 돼."

"그러니까 어떻게?"

한결이는 내 질문에 대답하는 대신 내 대화창을 다시 꼼꼼히 들여다보며 말했다.

"너 절대 이 대화창 지우지 마. 너랑 민지라는 애는 욕 한번 안했네. 이거 누구야. 김지현? 또 한다솜. 이런 애들이 욕 바가지로 해 놨네. 깜찍이는 또 누구야? 얘는 완전 언어 폭력이네. 너 최초유포자라고 처벌한다고 하면 이거 증거로 내놔. 솔직히 이게 진짜폭력이지."

나는 맥이 빠져 말했다.

"지현이랑 깜찍이, 걔네 반장이랑 선도부야. 다솜이는 엄마가학교 운영위야. 걔네는 아마 학교에서 털끝도 안 건드릴걸."

한결이는 내가 무슨 말을 하는지 단박에 알아들었다.

"그래도 어쨌든 이거 다 캡처 해 놓자. 너희 선생님 어때?"

"뭐가 어때?"

"말이 통하느냐고."

"몰라. 나 원래 선생님들하고 안 친하고 관심 없잖아. 그래도 나쁜 사람은 아니야. 공부 못하는 애들한테도 관심 가져 주고. 그냥 엄마 선생님이야."

"좋아. 그럼 다 말해. 이거 고백하고, 상미가 너 협박하면 중학교 때 일까지 다 말하는 거야."

"싫어, 그건."

나는 단호하게 말했다. 그러나 한결이는 수진이의 편지를 내 가방에 넣으며 말했다.

"가은아, 어쩌면 이번 일로 상미가 다른 애들 괴롭히는 짓 안 하게 될 수도 있잖아. 그게 수진이가 원하던 일이야."

그 말에 갑자기 정신이 번쩍 들었다.


아침에 학교에 가자마자 마음을 다잡고 상담실을 두드렸다. 그런데 상담실 안에는 민지가 이미 와 있었다. 선생님과 상담을 마친 뒤였는지 퉁퉁 부은 얼굴로 눈물을 훔치고 있었다. 나는 조용히 스마트폰을 꺼냈다. 그리고 선생님 앞에다 아직 지우지 않은 단체 대화창을 열어 보였다.

"제가 제일 처음으로 사진 올렸어요. 여기 다 있어요."

담임 선생님은 말없이 내 스마트폰을 받아 들어 단체 대화창을 살펴보았다. 담임의 얼굴이 붉으락푸르락 변했다.

"도대체 왜 이런 짓을 했니?"

나는 민지를 내려다보았다. 민지도 겁에 질린 눈으로 나를 올려다보았다.

"민지야, 말해도 돼?"

민지는 잠시 머뭇머뭇하다가 고개를 끄덕였다.

"권상미가 지지난 주에 민지가 중학교 때 코스프레 했던 사진을 올렸어요. 그때도 애들이 민지가 오타쿠라고 막 뭐라고 했고요. 정말 무서울 정도로 메시지가 올라왔어요. 그때는 반장이 인신공격이 되었다며 사진 내리고 단체 대화창 닫자고 했어요. 상미는 민지한테 사과했고요. 그런데도 오타쿠라는 비난이 그치질 않았어요. 그래서 올렸어요. 상미 너도 그랬잖아, 하는 마음으로요. 이미 민지 일도 있었고 해서 이렇게 일이 커질 거라고는 생각 안 했어요."

"너는 이 사진 어디서 났어? 너도 민지처럼 블로그랑 미니홈피랑 카페 다 뒤졌어?"

"아니요. 제 사진첩에 있었어요. 저 권상미랑 같은 학교였어요."

그때 학생부장 선생님이 들어왔다. 학생부장은 나와 민지를 번갈아 노려보다 담임 선생님이 내미는 스마트폰을 받아 들여다보았다.

"어쭈, 이놈은 겁도 없네. 하나도 안 지웠어. 맹랑해."

담임 선생님이 언짢은 얼굴로 말했다.

"애들은 사진만 올렸어요. 욕을 하거나 다른 데로 퍼 나르지는 않았대요. 이거 좀 생각해 봐야겠어요. 최초 유포자만 찾아서 될

일이 아닌 것 같아요. 상미가 상처 받은 건 사실 댓글이랑 이 사진
이 널리 퍼진 것 때문이잖아요."

담임 선생님 말에 학생부장 선생님은 정색을 했다.

"아, 이 선생님 지금 무슨 말씀을 하시는 거예요. 그러니까 최초
유포자가 중요한 거죠. 이 건은 학교 폭력 대책 위원회까지 올라간
거니 그냥 얼렁뚱땅 넘어가서는 안 되지만 그렇다고 마구 키워서
도 안 돼요. 징계 범위를 넓히면 학교가 뭐가 됩니까. 피해자 엄마
가 고소한다고 난리니까 징계를 하고 뭔가 보여 준 다음에 어디선
가 끊어 줘야 해요. 괜히 일 크게 만들지 마세요."

담임 선생님은 우리 눈치를 보며 당혹스러워했다.

"그런 이야기는 저희끼리 따로 하도록 하시고요. 그런데 이 일
이 있기 바로 전에 권상미도 여기 있는 민지한테 똑같이 했더라고
요. 그 대화창을 다 지우긴 했지만 서로 상처를 주고받은 거잖습니
까."

"증거만 가지고 합시다. 딱 그만큼만."

학생부장 선생님은 누가 어떤 상처를 받았는지에는 관심이 없
어 보였다.

학교 폭력 대책 위원회에서는 사진을 퍼뜨린 아이와 욕설을 심
하게 한 아이들도 근신 정도의 징계를 해야 한다는 의견과 아예
최초 유포자에게만 무거운 징계를 내려야 한다는 의견이 분분하
다는 소문이 돌았다. 며칠이 지난 뒤 학생부장 선생님이 민지와 나

를 다시 불렀다. 징계를 하기 전 부모님과 면담을 해야 한다고 했다. 그런데 민지가 눈물을 글썽이며 말했다.

"저희 아빠는 일 나가서서 못 오세요."

"딸내미 인생이 걸린 일인데 왜 못 와? 어머니라도 오시면 되잖아."

"저 엄마 안 계세요. 아빠는 배 타셔서 집에 자주 못 오세요."

"참 내, 그럼 너 혼자 살아?"

"아니요. 언니랑……."

"그럼 언니라도 오라고 해."

학생부장 선생님은 내게 고개를 돌렸다. 나는 선생님이 묻기도 전에 말했다.

"저도 못 오시는데요."

학생부장은 기가 차다는 표정을 지으며 물었다.

"나 참, 넌 또 왜?"

"부모님 안 계세요."

"부모님 안 계시면 너도 혼자 살아?"

"할아버지가 계시지만 거동을 못 하세요."

학생부장은 체머리를 흔들었다.

"봐, 봐. 이럴 줄 알았어. 제대로 된 집 애들이 이런 일을 벌일 리가 없지."

학생부장의 말은 송곳이 되어 가슴을 후벼 팠다. 처음 듣는 말도 아니었다. 초등학교 때나 중학교 때도 별 잘못한 일이 아닌데도 꼭 부모님 운운하는 선생님들이 있었다. 그때마다 속이 상하고 창피했지만 나중에는 그런 말을 들어도 무덤덤해졌다. 그런데 오늘은 그렇지 않았다. 선생님이 무심코 던진 그 말이 가슴에 사무쳤다. 나도 모르게 주먹을 움켜쥐고 선생님을 노려보았다.

"어쭈, 눈깔이 그게 뭐야? 내가 틀린 말 했냐? 너희 둘 때문에 학교가 어떻게 된 줄 알아? 이것들이 잘못했으면 좀 수그러드는 맛이라도 있어야지. 어디서 눈을 치켜뜨고 지랄이야!"

눈물이 핑 돌았다. 그래도 나는 선생님의 눈을 피하지 않고 똑바로 보며 말했다.

"제가 잘못한 건 맞지만요, 선생님도 그렇게 말씀하시면 안 되는 거죠."

학생부장 선생님은 기가 막힌 듯이 나를 바라보았다.

"참 내, 기가 막혀서. 이러니 가정 교육을 탓하지 않을 수 없는 거야. 인마, 니들 담임이 하도 니들 변명을 해 대는 바람에 징계 수준을 조정하려고 했는데, 어림없는 줄 알아. 자식들이 아주 못돼 처먹었어."

학생부장 선생님의 말이 끝나자 민지는 어깨까지 들먹이며 엉엉 울었다. 나는 더는 대들지 못하고 불뚝불뚝 솟는 화를 억지로 삭여야 했다.

종례가 끝나자 담임 선생님이 상담실로 따라오라고 했다. 학생 부장 선생님하고 있었던 일 때문이었다.

"가은아, 학생부장 선생님 말투가 좀 거칠고 그렇지? 민지도 모욕적이었다고 하더라. 그런데 학생부장 선생님은 아무래도 많은 아이들을⋯⋯."

나는 선생님 말이 끝나기도 전에 입을 열었다.

"잘못했습니다. 한두 번 들었던 얘기도 아니고 선생님들 다 그렇게 말씀하시는 거 알면서 이상하게 괜히 더 화가 났어요."

선생님의 얼굴이 굳어졌다.

"선생님들이 다 그렇게 말한다고?"

"네, 거의⋯⋯."

선생님은 쓸쓸하게 웃었다.

"가은이가 선생님을 부끄럽게 하는구나."

나는 얼른 변명을 했다.

"아니요. 그게 아니라⋯⋯."

"알아. 혼내는 게 아니라 정말 부끄러워서 그러는 거야. 안타깝게도 학교 폭력 대책 위원회에서 아무래도 최초 유포자들만 높은 징계를 주려고 하는 것 같다. 내가 계속 문제 제기를 하긴 하는데⋯⋯. 그래서 부모님이 오셔야 해. 민지 아버지랑은 통화가 되었는데 네가 문제다. 생활 기록부에는 아버지가 계신 걸로 나오는데, 어떻게 된 거니?"

"아빠 본 지 거의 십 년 다 돼 가요."

"할아버지가 편찮으시다면서 그럼 병간호를 네가 하니?"

"병간호랄 거는 없어요. 거동을 잘 못하시긴 하지만 아직은 화장실도 가시고 밥도 죽 해 드리면 혼자 드세요."

선생님 눈빛에 동정의 빛이 가득하다. 초등학교 6학년 때 담임 선생님 눈빛도 그랬다. 그 선생님은 내 형편을 알고 난 뒤 어떻게든 나를 도와주려고 애를 썼다. 컴퓨터도 후원받아 집에다 설치해 주고 나처럼 방과 후에 할 일이 없는 아이들을 모아 도서관이나 영화관에 데려가 주기도 했다. 그 기억이 다 좋은 건 아니지만 그래도 우리 집 형편이나 나에 대해 별 관심이 없었던 중학교 때 선생님들에 비하면 나은 편이었다.

"담임이 된 지 일 년이 다 되어 가도록 우리 반 학생들에 대해 너무 몰랐다는 반성이 든다. 나는 어떻게든 민지와 네 징계를 최소화하고 사진을 다른 SNS로 퍼 나른 애들이나 욕한 애들도 혼을 내야 한다는 입장인데 쉽지가 않구나. 상미 부모님이 원하는 게 가해자의 전학이야. 상미 정신과 진단서까지 학교에다 제출한 상태고. 그래서 곰곰이 생각해 봤는데 일단 네가 상미한테 편지라도 써 보는 건 어떨까? 상미가 나쁜 애도 아니고 이번 일로 상처 받고 그러는 거 보면 여린 애 같은데 네가 사정을 하면……."

나는 고개를 저었다.

"그냥 전학 가면 되죠, 뭐."

내 말에 선생님은 정색을 하고 꾸짖었다.

"네 일을 꼭 남 일처럼 그렇게 말하면 어떻게 하니?"

"그렇지만 방법이 없잖아요."

"전학 가는 걸로 끝나는 게 아니야. 생활 기록부에 빨간 줄이 가는 거라고. 전학 간 학교에서도 너는 요주의 인물이 될 수 있어."

"전 권상미한테 편지 같은 거 쓰고 싶지 않아요."

내 말에 선생님 얼굴이 딱딱하게 굳었다.

"이가은, 내가 널 잘못 본 거니? 그게 무슨 말이야. 상미로서는 얼마나 충격이 크겠니? 상미는 이제까지 따돌림을 당해 보거나 그런 적이 없을 거야. 지금까지 모범생 딱지를 떼 본 적이 없는 애니 오죽하겠니. 원래 또래 사이의 따돌림은 정신적으로 굉장히 큰 상처가 되는 법이야. 상미가 원래 야무지고 성격도 밝은 편이라 큰 걱정은 없지만 믿었던 친구들한테 배신당한 충격이 크겠지. 네 말대로 민지한테 먼저 장난을 친 건 상미였지만 아마 이번 일로 장난이 도가 지나치면 어떤 상황을 불러오는지 알았겠지. 그러니까 서로 양보하고 화해하는 게 좋겠다는 거야. 무엇보다 네가 걱정이 돼서 그래."

"화해요? 권상미랑요? 무슨 화해요? 제가 걔랑 싸웠어요? 배신요? 걔가 누굴 믿었는데요? 걔는 원래 아무도 안 믿어요."

나도 모르게 선생님한테 불퉁스럽게 대들었다. 선생님의 얼굴에 난처한 기색이 또렷했다. 그런 선생님 얼굴을 보니 민망하고 죄송했다. 그런데 이번에도 틀림없이 상미는 저지른 일에 면죄부를 받게 될 것 같았다. 아니, 심지어 피해자가 되었다. 나와 민지는 학교에서 쫓겨날 수밖에 없을 터였다. 내가 잘못이 없다고 우길 수 있는 상황이 아니라는 것은 나도 안다. 그러나 이번에도 이 상황을 그냥 받아들이고 넘어가고 싶지는 않았다. 이번에는 뒤로 물러서지 말라던 한결이의 말이 떠올랐다. 나는 마음의 결정을 내리고 가방에서 한결이한테 받은 편지를 꺼내 선생님 앞에 내밀었다.

"이게 뭐야?"

"제 친구 유서요."

담임은 놀란 표정으로 나를 바라보았다.

"유서? 그런데 이걸 왜 나한테 주는데?"

"관련이 있으니까요."

선생님은 고개를 갸웃거리다 다시 물었다.

"이게 유서라고? 그럼 이 편지를 쓴 애가 죽었다고?"

"네, 일 년 전에 우리 아파트에서 떨어졌어요."

선생님은 몹시 놀란 듯 잠시 숨을 고르고 나서 수진이의 편지를 읽었다. 선생님은 찬찬히 편지를 읽어 내려갔다.

"상미가 이 아이랑 너를 괴롭혔니?"

"네."

편지를 읽고 벙해 있는 선생님에게 수진이와 나, 그리고 상미와 얽힌 이야기를 두서없이 털어놓았다. 내가 이야기를 하는 동안 상담실 문이 두어 번 열렸다 닫히자 선생님은 상담실 문을 아예 걸어 잠갔다. 진동이 울리던 전화기도 껐다. 선생님은 내 이야기를 참척히 다 들어 주었다. 그리고 내가 이야기를 끝내자 눈물을 글썽이며 말했다.

"많이 힘들었겠구나."

그 한마디에 나도 모르게 눈물이 왈칵 쏟아졌다. 그 긴 이야기를 하는 동안 단 한 방울도 흘리지 않았던 눈물이 멈출 수 없이 쏟아져 내렸다. 선생님은 내 이야기를 들을 때 그랬던 것처럼 내가 눈물을 흘리는 것도 멈출 때까지 기다려 주었다. 내가 울음을 그치고 고개를 들었을 때는 이미 상담실 창문 밖이 캄캄했고 복도에서는 아무 소리도 들리지 않았다. 그렇게 한참을 울고 났더니 희한하게도 몸이 가벼워진 듯했다. 박하사탕을 먹고 난 뒤 박하 향이 온몸을 휘감은 것 같은 느낌이었다. 온몸이 녹신녹신 느즈러져서 눈을 감으면 그대로 잠이 들 것도 같았다. 선생님은 그런 나를 말없이 바라보다 물었다.

"좀 후련하니?"

내가 고개를 끄덕이자 선생님은 애잔하게 웃었다. 그러고는 한숨을 크게 내쉬었다. 선생님도 어찌할 바를 모르는 것 같았다. 나는 선생님 눈치를 살피다 물었다.

"혹시 이 이야기를 학교 폭력 대책 위원회에 가서 하실 거예요?"

"모르겠다. 이미 지난 이야기를 대책위에 가서 하기는 좀 그렇지? 우리 학교에서 일어난 일도 아니고. 그렇지만 몇 사람은 알아야 할 거 같아. 선생님은 이번 일로 너랑 민지만 또 상처 받게 해서는 안 된다는 생각이 든다. 어쨌든 내가 고민해 볼게."

"저는 일이 더 커지는 게 싫어요. 만약에 이 일이 알려져서 상미가 조사받게 되고 그러는 거는 싫어요. 제 친구가 그러는데 어떤 학교는 이미 죽은 애의 문자가 증거가 돼서 가해자들이 조사받고 처벌받았대요. 만약에 상미가 그렇게까지 된다면 저도 힘들 거 같아요. 상미가 밉고 사실 아직 무서워요. 그렇지만 저는 수진이가 죽은 게 상미 탓이라고만 생각 안 해요. 학교에는 원래 상미 같은 애들이 있고 그 아이들에게 동조하는 애들이 있고, 그냥 내 일 아니라고 무심한 애들도 있어요. 선생님들도 대부분은 모르는 척하시죠."

"그렇지. 가은이 너는 그게 잘못됐다고 느끼는 거지? 그래서 이번에도 그런 일을 했고, 이 편지도 나한테 보여 준 거고."

"네, 그렇지만 솔직히 잘 모르겠어요. 이번에는 상미한테 당하지 않겠다는 마음이 들어 이 편지를 가지고 왔는데 이게 무슨 소용 있나 하는 생각도 들어요. 제가 상미랑 똑같은 사람이 되는 거 같기도 하고요."

"가은아, 한 가지만 물어보자. 가은이는 뭐가 가장 억울하니?"

나는 선생님을 물끄러미 바라보았다. 태어나서 그런 질문을 받아 본 적이 한 번도 없었다. 나 스스로 무엇이 가장 억울한지 생각해 본 적도 없었다. 억울한 일에 대해 아주 잠시 생각했을 뿐인데 억울한 감정이 물밀듯이 밀려들었다.

"수진이 죽은 거요. 그런데 아무도 책임이 없는 거요. 그리고 아무도 미안해하지 않는 거요. 솔직히 자기랑 같이 공부했던 애가 자살했다면 한 번쯤은 내 탓은 아닌지 생각해 보는 게 맞잖아요. 자기도 그 아이한테 잘못한 게 조금이라도 있다면 미안해해야 하잖아요. 그리고 아이들이 잘못을 모른다면 선생님들이 말씀해 주셔야 하잖아요. 얘가 이래서 죽었다. 그러니 우리 모두 애도의 마음을 갖자. 그 높은 곳에서 떨어질 생각까지 했을 그 아이의 마음을 헤아려 보자고 말해야 하잖아요. 그런데 안 그랬어요. 이번 일도 마찬가지예요. 제가 잘못한 거지만요. 선생님이 말씀하신 것처럼 상미도 마음이 많이 아플 거라는 거 알아요. 그런데 그냥 자기가 상처 받았다고 아픈 게 아니라 자기도 죄책감 같은 걸 가져야 하잖아요. 만약에 자기 마음속에 수진이가 그렇게 죽은 거에 대해 조금이라도 책임을 느낀다면, 민지한테 미안한 마음이 조금이라도 있다면 이렇게 안 했을 거 같아요. 그렇다고 상미도 징계를 해야 한다는 건 절대 아니에요. 그냥 걔도 알았으면 좋겠다는 생각이에요."

"그래, 무슨 말인지 알겠다. 선생님한테는 민지, 가은이, 상미 모두 돌봐야 할 책임이 있는 아이들이니 현명하게 해 볼게. 너무 걱정 마라. 그리고 선생님은 잘 모르지만 말이다. 애들이 수진이라는 친구의 죽음에 무심했던 건, 정말 무심해서가 아니라 아마 자신들도 감당하기 힘들었기 때문일 거야. 자기들 책임도 있다고 생각하는 순간 견디기 힘들어지니까 외면하는 거지. 학교 역시 책임을 지기 싫었을 거고. 비겁한 행동이지만 사람들이 원래 약한 존재라 그래. 아마 다들 마음속에는 상처로 남았을 거야. 모두 다 힘들었을 거야. 가은이 너는 누구보다 더 깊은 상처를 입었을 거고. 그래서 선생님은 네가 많이 걱정돼. 가은아, 힘든 거 마음에만 담아 두지 말고 앞으로는 말하고 살아."

방과 후에 한결이네 집으로 갔다. 진눈깨비가 흩날리는데 괜히 코끝이 맹맹해졌다. 하루 종일 진눈깨비만 흩날린다. 차라리 함박눈이 펑펑 쏟아져 모든 것을 다 덮어 버리면 좋겠다. 온 세상이 흰빛으로 뒤덮여 아무것도 보이지 않으면 좋겠다. 집도, 차도, 길도 다. 그러나 저 아파트는 결코 덮지 못할 거라는 생각이 들자 허탈해진다.

그동안 나는 왜 나한테만 자꾸 이런 일이 일어나는지 누군가를 원망하고 싶었다. 그러나 원망하고 미워할 대상이 찾아지질 않았다. 나와 내 동생을 버리고 간 엄마 아빠도 마음대로 미워할 수 없었고, 먼저 돌아가신 할머니를 원망할 수도 없었다. 나만 남기고 몸을 던져 버린 수진이도, 수진이를 그렇게 벼랑으로 내몬 상미도 마음 놓고 미워할 수 없었다. 내가 마음 놓고 미워할 수 있는 건 저 아파트뿐이었다. 복도식 임대 아파트. 저 아파트가 아니면 수진이는 제 몸을 허망하게 날릴 수 없었을지 모른다.

한결이는 내게서 담임 선생님의 이야기를 듣더니 느꺼운 표정으로 말했다.

"가은아, 다행이다. 그런 선생님 만난 거 부럽다. 요즘 나는 우리가 좀 좋은 선생님을 만났더라면 지금이랑 많이 달랐을지도 모른다는 생각을 하게 돼."

"난 사실 선생님한테 뭔가 기대해 본 적 없거든. 그런데 요즘 이일로 담임 선생님을 만나면서 그런 생각을 하게 됐어. 우리는 왜 그때 이런 선생님을 못 만난 걸까 하는……."

"맞아."

한결이는 내 말에 맞장구치고는 눈발이 제법 굵어지기 시작한 창밖을 내다보다 말했다.

"가은아, 나 선생님 될까?"

"선생님? 학교 싫어서 나온 애가."

"응. 나 원래 중1 때까지 선생님이 꿈이었잖아. 중학교 때 워낙 학교에 실망해서 관둔 거지만……. 너희 선생님 같은 분이 있는 걸 보니, 선생님이 되면 할 수 있는 일이 있을 거라는 생각이 들어. 수진이 같은 애들을 지켜 줄 수 있는 선생님이 있다면 우리처럼 마음이 다치는 애들도 줄어들지 않을까?"

"그게 뭐 선생님 한 명으로 되냐? 학교가 안 변하는데."

"안 되지. 그래도 없는 것보다는 낫잖아. 그리고 그런 선생님들
이 많아지면 바꿀 수도 있지 않을까? 솔직히 중학교 때 우리 학교
에 불만 갖는 선생님들 꽤 있었잖아. 수업 시간에도 그런 말 하는
선생님들 있었어. 학교가 죽었다, 바뀌어야 한다. 그렇게."

"다 말만 그렇게 했지, 뭐."

"그러니까 우리가 말만 하지 않게 바꾸면 되지."

나는 한결이에게서 의심의 눈길을 거두지 않았다. 그것이 가능
한 일일까? 그러나 그럴 수만 있다면 나도 바꾸고 싶었다.


6


이틀이 지난 뒤 학교 게시판에 징계 공고가 붙었다. 민지와 나는
일주일 전일 봉사와 한 달 동안 하루에 한 시간씩 추가 봉사 활동
그리고 벌점 20점, 단체 대화창에 올라온 사진을 퍼뜨린 여섯 명은
열 시간 봉사 활동에 벌점 15점, 대화창에 심한 욕설을 단 아이들
세 명은 다섯 시간 봉사 활동에 벌점 10점이 주어졌다. 게시판에
공고가 나기 전 선생님은 나와 민지를 따로 불러 징계 수위를 알
려 주었다. 그리고 내게는 상미 엄마와 만난 이야기도 해 주었다.

"상미 엄마께 네 스마트폰 캡처 한 거 보여 드리고 편지도 보여

드렸어. 상미 엄마는 상미가 중학교 때 너희한테 한 짓에 대해 하나도 모르고 계시더라. 일단 전학을 요구하거나 고소니 병원비 청구니 하는 건 안 하기로 했어. 교장 선생님도 일이 커지는 거 싫어하셔서 학교 폭력 대책위에 제안을 하셨고, 일단 피해자가 된 상미 엄마가 동의해서 확정된 거야. 상미는 학교에 나온 뒤 내가 따로 이야기할 거고. 어때?"

"네? 뭐가 어때요?"

어리둥절해하는 내게 선생님이 대답했다.

"이 결정이 마음에 드는지 물어보는 거야."

"학교 결정에 제 마음이 무슨 필요가 있어요?"

"그래, 이번 일에 결정권은 없지. 하지만 학교 결정에 누군가가 억울하거나 불공평하다고 느끼면 안 되니까. 솔직히 나한테는 썩 만족스러운 결정은 아니야. 그렇지만 가은아, 이제야 매듭 하나를 푼 거라 생각하자. 앞으로는 지레 겁먹고 피하지 말자. 우리 둘 다 그렇게 하는 거다. 자, 우리 악수라도 한번 하자."

선생님이 정확히 무슨 이야기를 하려고 하는지 나는 알지 못했다. 그러나 선생님 손을 잡는 순간 선생님과 내가 동지가 된 것 같았다.

"그리고 또 한 가지만 덧붙이자. 가은이 너 이번에 방과 후 교실 하나도 신청 안 했던데 겨울 방학 때부터는 꼭 들으면 좋겠다. 너는 기초 수급자니까 비용도 면제받을 거야. 성적 올려서 너도 대학 가야지."

나는 고개를 저었다.

"방과 후 교실 안 한 건 아르바이트 때문이었어요. 전 어차피 대학 안 갈 거예요. 2학년 때부터 위탁 신청하려고 했어요."

"위탁? 그랬구나. 알았어. 이 문제는 좀 더 얘기해 보자."

일주일간의 봉사 활동은 힘들 게 없었다. 학교 기사님들을 도와 학교 안에 있는 나무들 월동 채비를 하는 일이었다. 배롱나무, 감나무, 목련, 장미, 모란, 영산홍에 바람막이를 해 주고 뿌리 위에다 톱밥과 짚을 덮는 일이었다. 나무들의 월동 채비를 돕는 동안 누군가 수진이에게도 그 겨울을 견딜 힘을 주었더라면 어땠을까 하는 생각이 들었다.

민지와 내가 화단에서 봉사 활동을 하는 동안 대부분의 아이들은 우리를 무심코 지나쳤다. 몇몇 아이들은 나를 가리키며 상미 이름을 말하기도 했다. 그러나 그 아이들이 나를 두고 뭐라고 하는지는 알 수 없었다. 아무래도 상관없었다. 나와 민지는 우리 둘이 시작한 일에 대해서 반성할 뿐, 다른 아이들의 시선이나 비난, 뒷말 따위에 신경 쓰지 않기로 담임 선생님과 약속했기 때문이다. 선생님이 우리에게 말한 대로 우리는 주눅 들지 않기로 했다.

우리가 봉사 활동을 끝내고 교실로 돌아온 뒤에도 상미는 학교로 돌아오지 않았다. 혹시나 했던 기말고사 때조차 오지 않았다.

아이들 사이에서 상미가 자퇴할 거라는 소문이 돌았다. 상미가 학교에 온 것은 방학식 날이었다. 상미가 왔다는 말에 반 아이들이 긴장하는 것이 보였다. 그런데 상미는 교실에 들어오지 않고 반장을 통해 사물함만 비워 갔다. 상미에게 물건을 전하고 온 반장은 떨떠름한 표정으로 말했다.

"권상미 개, 학교 관두고 혼자 수능이랑 검정고시 준비할 거래. 검정고시 만점 받아서 내신 1등급으로 서울대 갈 거래. 나더러 서울대에서 꼭 만나자더라. 하여튼 권상미 개도 독특한 캐릭터인 것만은 분명해."

어디선가 반장의 말에 맞장구치는 소리가 들렸다.

"맞아. 생각해 보면 개 진짜 이상한 애야."

여기저기서 아이들이 고개를 끄덕였다. 상미는 진짜로 이상한 아이가 되었고 긴장되어 있던 반 분위기는 풀어졌다. 아마 상미는 곧 잊힐 것이다. 수진이가 그랬던 것처럼.


수업이 끝나고 민지와 함께 교문을 나서는데 누군가가 팔을 잡아끌었다. 상미였다. 상미는 패딩 점퍼를 입고 모자를 깊숙이 눌러쓰고 있었다. 상미를 알아본 민지가 당황했다. 상미는 민지에게 싸늘하게 말했다.

"나 이가은하고 얘기해야 하니까 넌 좀 비켜 줄래."

민지가 얼굴이 빨개져서 나를 올려다보았다.

"먼저 가 있어. 괜찮아."

상미는 민지가 간 뒤 빈정거리며 말했다.

"어쭈, 내 덕에 둘이 친해졌나 보네. 하여튼 찐따끼리는 뭐가 통하나 보지? 내가 너한테 꼭 하고 싶은 말이 있는데 괜히 문자로 뭐라고 했다가 또 협박했느니 뭐니 할까 봐 몸소 오셨다. 내가 하고 싶은 말은, 박수진 편지 때문에 내가 학교를 그만둔다고 착각하지 말라는 거야. 담임이 우리 엄마한테 나도 반성을 하길 바란다고 했다던데, 내가 왜 반성을 해야 하는데? 내가 박수진을 죽인 것도 아닌데 내가 왜? 솔직히 찐따 하나 죽은 거 가지고 누가 눈 깜짝하냐? 괜히 너 혼자 오버 하고 착각하지 마. 나랑 박수진은 달라. 어떻게 감히 나한테 그래? 내가 박수진 같은 찐따랑 똑같은 줄 알아? 너 앞으로 절대 내 앞에 나타나지 마. 꼴도 보기 싫으니까. 솔직히 앞으로 나는 너랑 노는 물이 완전 다를 거니까 마주칠 일도 없겠지만 말이야."

나는 상미를 노려보았다. 여기서 화를 내면 상미가 원하는 대로 끌려가는 거라는 생각이 들었다.

"그런 식으로 수진이를 모욕하지 마. 세상에 죽어도 상관없는 사람은 아무도 없어. 난 정말 네가 조금이라도 수진이에게 미안한 마음을 갖길 바랐어. 다른 애들이 눈 깜짝하지 않았다고? 자기 책임이라고 생각하면 너무 힘드니까 잠시 자기 양심을 외면한 거지. 네가 그랬던 것처럼. 그래도 나는 이제 다른 아이들 원망 같은 거

안 해. 아마 너도 언젠가는 너 자신이 창피하고 수치스러워 고개를 못 들 날이 올 거야. 그때 나한테 오면 내가 그 수치스러움을 어떻게 극복하는지 알려 줄게."

상미의 눈빛이 분노로 이글거리는 게 느껴졌다. 그래도 나는 상미의 눈을 피하지 않았다. 상미는 내게 욕지거리를 해 대고 나서 자기 엄마 차로 걸어갔다.

*

나는 겨울 방학 내내 떡볶이집에서 아르바이트를 했다. 그리고 담임 선생님과 상의한 뒤 2학년 때부터 위탁 교육을 받기로 했다. 미용 기술을 배울지 조리사 과정을 들을지는 좀 더 생각해 보기로 했다. 한결이는 1월부터 검정고시 속성반에 등록했다. 아르바이트를 하고 한결이에게 도움을 받아 방학 과제를 천천히 해 가는 것을 빼고 나면 달라진 게 없는 일상인데 이상하게 하루하루가 즐거웠다. 우리 집 형편이나 내가 일하는 떡볶이집의 별 볼 일 없는 매상도 그대로였다. 그런데 뭔가 달라졌다. 우리 집 창문에서 내려다보이는 아파트 놀이터나 화단의 나무들, 길 건너 상가 건물과 그 뒤 주택가의 빛깔도 달라졌다. 할아버지도, 영은이도, 한결이도, 푸드뱅크 차 운전기사의 표정도 달라졌다. 나는 달라진 사람들과 달라진 사물들이 마음에 들었다. 나는 스마트폰으로 옮겨 놓았던 수진이의 사진을 컴퓨터로 옮기고 수진이 폴더를 만들었다. 그리고 스마트폰 갤러리를 비운 기념으로 내 사진을 찍었다. 난생처음 찍어 보는 '셀카'였다. 카메라에 비친 나를 보며 웃어 보였다. 갑자기 얼굴이 화끈거렸지만 카메라를 피하지 않았다. 나는 그동안 카메라로 자기 모습을 찍으며 노는 아이들을 이해하지 못했다. 화면에 찍힌 자기 사진을 보며 웃는 것도 이상했다. 왠지 온몸이 오그라들고 민망했다. 그러면서도 그 당당함이 부러웠다. 나는 자꾸 민망해지는 나를 참기로 했다. 카메라에 비친 내게 더 크게, 더 밝게 웃어 주었다. 사진 속에 밝게 웃는 '이가은'이 점점 마음에 들기 시작했다. 나는 내 첫 '셀카'를 한결이에게 보냈다. 한결이는 내 사진에다 날개를 그리고 그 밑에 '날아라 메뚜기'라고 써서 다시 보내 주었다. 오랜만에 듣는 '메뚜기'란 별명이 어쩐지 정겹게 느껴졌다. 나는 그 사진을 카톡 프로필에 올렸다. 내 얼굴을 프로필 사진으로 올린 것은 처음이었다.

종업식 날, 담임 선생님은 2학년 때 우리 학년 문학을 담당할 거라는 기쁜 소식을 전해 주었다. 어차피 한나절은 위탁 교육을 받으러 학교 밖으로 나가야 하지만 선생님과 계속 만날 수 있다는 것이 기뻤다. 종업식 날 담임 선생님은 내게 『뛰어라 메뚜기』라는 그림책을 주었다. 집으로 돌아와 그림책을 펼쳤다.

조그마한 수풀 속에 숨은 메뚜기를 보는 순간 눈물이 왈칵 쏟아졌다. 그건 바로 나였고, 수진이였다. 메뚜기가 잡아먹힐 위험을 무릅쓰고 바위 꼭대기에 올라가 햇볕을 쬘 때는 눈시울이 뜨거워졌다. 메뚜기가 그런 용기를 내기까지 얼마나 두려웠을지, 얼마나 망설였을지 알 것 같았다. 메뚜기는 움츠러들지 않고 뱀과 사마귀와 거미와 새를 피하지 않았다. 그렇게 높이 뛰어오르던 메뚜기가 어느 순간 추락하기 시작했다. 그런데 바로 그때 메뚜기는 자기 등에 있는 날개를 생각해 냈다. 태어나 한 번도 써 본 적 없는 작고 보잘것없는 날개를. 우아한 잠자리의 날갯짓에 비하면, 아름다운 나비의 날갯짓에 비하면 우습기 짝이 없는 그 날개로 메뚜기가 날았다. 바람을 타고, 황무지를 지나서 날았다. 나는 그림책을 보면서 메뚜기의 날개보다 더 보잘것없는 내 날개를 떠올렸다. 나 역시 한 번도 써 보지 못한 날개가 있다. 수진이에게도 날개가 있었다. 수진이는 그 날개를 펼치지 못한 채 추락했지만 나는 볼품없는 내 날개를 당당하게 펼치기로 했다. 내 날개를 잠자리나 나비의 날개에 견주는 일 따위는 하지 않을 작정이다. 난 내 날개로 내가 숨었던 수풀을 벗어나 날아오를 것이다.

초등학교 때부터 고등학교를 졸업할 때까지 내가 다닌 학교에도 언제나 힘센 아이, 지금 말로 하면 일진, 일장들이 있었다. 그 아이들은 대부분 또래보다 키가 크고 힘이 세거나, 잘생기거나 예뻤다. 굳이 일진이 아니어도 공부를 잘하거나 집이 부유해도 어느 정도의 힘을 갖고 있었다. 그리고 그 아이들은 학생들뿐 아니라 선생님들에게도 지지와 인정을 받으며 선생님 버금가는 권력을 누리기도 했다.

나는 어디 하나 특출 난 곳이 없던 탓에 감히 그 권력을 탐한 적이 없었다. 다만 권력을 가진 아이의 눈에 띄어 인정과 보호를 받아 본 적은 있었다. 그때 맛본 권력의 맛은 달콤하고 짜릿했다. 그러나 그 달콤함이 옳지 못하다는 것을 아는 이상 그 맛에 계속 빠져 있을 수는 없었다. 나는 그것이 양심이라고 배웠다. 적어도 내가 자라던 그 시절에는 양심과 부끄러움이 있었고 연민과 동정이 있었다. 권력에 맞서는 일은 웬만한 용기 가지고는 힘들었지만 누군가는 그 용기를 지지해 주었다. 권력은 폭력을 동반했다. 주먹을 휘두르는 폭력이 아니어도 상관없었다. 사람들은 그것을 흔히 학교 폭력이라고 했다. 그때나 지금이나 학교 폭력은 모든 이들의 묵인과 방조를 통해 생명을 이어 간다.

요즘 일진, 일장은 한 가지만으로는 권력을 누릴 수 없단다. 예쁘고 잘생겼거나 공부를 잘하고 집이 부유해야 한단다. 다 가진 아이만이 권력을 누릴 수 있다. 그리고 권력을 갖지 못한 아이들은 그 권력에 복종하고 권력의 횡포를 묵인하고 방조한다.

얼마 전 방학을 앞두고 후배가 교사로 있는 인천의 한 초등학교 6학년이 발칵 뒤집혔다. 반장을 비롯한 아이 몇몇이 담임 선생님을 교육청에 고발하자는 카톡을 올린 것이었다. 자신들이 괴롭히는 아이를 선생님이 보호하고 편든다는 이유였다. 자신들과 사이가 좋을 때는 최고의 선생님이었으나 자신들의 문제를 지적하고 약한 아이들 편을 들자마자 무능한 교사로 낙인을 찍은 것이었다. 그 학교에서는 스마트폰을 이용한 집단 따돌림 사건과, 힘 있는 아이들 몇몇이 한 교실을 장악해 약한 아이들을 괴롭히는 일이 잦았다. 그 학교 6학년 다섯 개 반 중 교실 붕괴가 일어나지 않은 반은 6학년 담임 중 가장 무섭다는 후배의 반뿐이었다. 아이들은 교사의 권위보다 힘센 아이들이 가진 권력을 더 두려워했다. 그렇다고 권력을 가진 몇몇 아이들이 다른 아이들에 비해 문제라거나 애초부터 심성이 나쁜 아이들은 아니다. 그 아이들 중에는 자신이 학교 폭력의 피해자였던 아이도 있었다. 그 학교 교사들은 힘을 가진 아이들이 권력의 맛에 취해 그 권력을 놓으려 하지 않고, 다른 아이들은 그 권력을 부러워하고 두려워할망정 감히 '아니요.'라고 하지 못하는 것이 문제라고 했다. 아이들은 '아니요.' 하는 순간 자신도 그 무리에서 쫓겨나 자신들이 낙인찍은 '찌질한' 무리에 들 것을 두려워한다고 했다. 참 낯익은 풍경이지 않은가? 학교는 세상의 거울이다.

그 학교는 공단 지역이 가까운 공동 주택지와 오래된 중형 아파트 단지를 끼고 있어 서민층과 빈민층, 그리고 중산층이 섞여 있는 학교였다. 아이들 간에 위화감이 크고 힘센 아이들에 맞설 평범한 아이들의 집단이 너무 적은 것도 문제였다.

작년 연말, 광주의 한 중학교에 강연을 하러 갔다. 그 학교는 광주의 신도시 안에 있는 30평대 아파트 단지에 있었다. 한 학년에 열 개가 넘는 학급이 있는 큰 학교인데도 학교 분위기가 자유롭고 평화로웠다. 그 학교 교사의 말로는 학생들 중 기초 생활 수급자의 비율이 아주 낮고, 또 아파트 평수가 넓은 부자들도 거의 없는 탓에 학생들 간의 위화감이나 집단 폭력이 없다고 말했다. 물론 그 학교에도 공부보다 다른 데 관심이 많은 아이들, 자신의 힘만 믿고 휘두르는 아이들, 오로지 일등만 생각하는 아이들이 없는 것은 아니지만 그 아이들이 가진 영향이 다른 학교에 비해 크지 않다는 것이었다.

학교 폭력에 대한 대책으로 남발되는 벌점, 전학, 학교 폭력 대책위 따위는 일시적인 효과는 거둘 수 있을지 모르지만 근본적인 대책이 될 수는 없다.

일등이 최고인 세상, 돈이 최고인 세상, 권력의 독점과 횡포를 묵인하는 세상에서는 양심, 정의, 도덕 따위는 아무런 힘을 갖지 못한다. 명예와 힘을 가진 어른들이 앞을 다투며 도덕과 양심을 짓밟는 사회에서 학교 안에 있는 청소년에게만 착하고 바르고 정직하게 살아야 한다고 말하는 것은 의미가 없다.

초등학교 때부터, 영어 유치원에 다닌 아이들과 아예 한글도 제대로 떼지 못하고 입학하는 아이들이 있는 사회에서는, 아파트 평수가 친구의 기준이 되고 입는 옷의 브랜드가 그 아이의 가치가 되는 사회에서는, 폭력의 고리를 끊을 수 없다.

학교 폭력을 막는 것은 가치의 전환부터 시작해야 한다. 열등과 우등을 가르지 않고, 일등과 꼴등을 차별하지 않고, 불의에 눈감고 정의를 외면하는 현실을 비판하고, 부끄러움과 염치가 무엇인지를 알게 해야만 한다. 그러려면 세상이 바뀌어야 하는 것이지만 그렇다고 사회와 세상을 탓하며 그 폭력에 무릎 꿇거나 모르는 척할 수는 없다. 거대한 집단에서 겨우 몇 사람의 회심이나 용기가 폭력의 고리를 당장 끊을 수는 없다. 그러나 한 사람, 또 한 사람의 작은 용기와 회심이 모이면 언젠가는 바뀔 수 있다.

『조커와 나』는 바로 그 작은 용기와 회심을 선택한 사람들의 이야기이다. 세상의 변화는 이렇게 아주 작고 보잘것없는 것에서 시작한다.

2013년 1월
김중미

| 수록 작품 발표 지면 |

조커와 나 ⋯ 미발표작

불편한 진실 ⋯『창비어린이』2008년 겨울호

꿈을 지키는 카메라 ⋯『창비어린이』2009년 겨울호

주먹은 거짓말이다 ⋯『또야 너구리의 심부름』(창비 2002)에 실렸던 「희
       망」 개작

내게도 날개가 있었다 ⋯ 미발표작